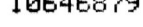

CONTRASTE IRREGULIER

Contraste insuffisant
NF Z 43-120-14

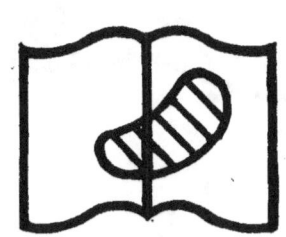

ILLISIBILITE PARTIELLE

Original illisible
NF Z 43-120-10

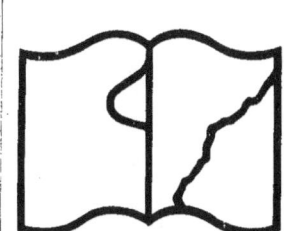

Texte détérioré — reliure défectueuse
NF Z 43-120-11

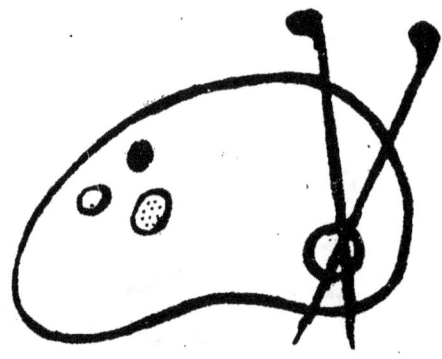

Original en couleur

Nf Z 43-120-8

COUVERTURES SUPERIEURE et INFERIEURE

L'ÉVOLUTION DES GENRES

DANS

L'HISTOIRE DE LA LITTÉRATURE

LEÇONS PROFESSÉES A L'ÉCOLE NORMALE SUPÉRIEURE

PAR

FERDINAND BRUNETIÈRE

INTRODUCTION

L'ÉVOLUTION DE LA CRITIQUE DEPUIS LA RENAISSANCE

JUSQU'A NOS JOURS

SIXIÈME ÉDITION

PARIS

LIBRAIRIE HACHETTE ET Cie

79, BOULEVARD SAINT-GERMAIN, 79

L'ÉVOLUTION DES GENRES

DANS

L'HISTOIRE DE LA LITTÉRATURE

OUVRAGES DE M. F. BRUNETIÈRE

Études critiques sur l'histoire de la littérature française. Huit volumes qui se vendent séparément. Chaque volume. . . . . . 3 fr. 50

I. — La littérature française au moyen âge. — Pascal. — Mme de Sévigné. — Molière. — Racine. — Montesquieu. — Voltaire. — La littérature française sous le premier Empire. Un vol. 3 fr. 50

II. — Les Précieuses. — Bossuet et Fénelon. — Massillon. — Marivaux. — La direction de la librairie sous Malesherbes. — Galiani. — Diderot. — Le théâtre de la Révolution. Un vol. 3 fr. 50

III. — Descartes. — Pascal. — Le Sage. — Marivaux. — Prévost. — Voltaire et Rousseau. — Classiques et romantiques. Un vol. 3 fr. 50

IV. — Alexandre Hardy. — Le roman français au XVIIe siècle. — Pascal. — Jansénistes et Cartésiens. — La philosophie de Molière. — Montesquieu. — Voltaire. — Rousseau. — Les romans de Mme de Staël. Un vol. 3 fr. 50

V. — La réforme de Malherbe et l'évolution des genres. — La philosophie de Bossuet. — La critique de Bayle. — La formation de l'idée de progrès. — Le caractère essentiel de la littérature française. Un vol. 3 fr. 50

VI. — La doctrine évolutive et l'histoire de la littérature. — Les fabliaux du moyen âge et l'origine des contes. — Un précurseur de la pléiade : Maurice Scève. — Corneille. — L'esthétique de Boileau. — Bossuet. — Les Mémoires d'un homme heureux. — Classique ou romantique? André Chénier. — Le cosmopolitisme et la littérature nationale. Un vol. 3 fr. 50

VII. — Un épisode de la vie de Ronsard. — Vaugelas et la théorie de l'usage. — Jean de la Fontaine. — La langue de Molière. — La Bibliothèque de Bossuet. — L'évolution d'un genre : La tragédie. — L'évolution d'un poète : Victor Hugo. — La littérature européenne au XIXe siècle. — Appendice. Un vol. 3 fr. 50

VIII. — Une nouvelle édition de Montaigne. — La maladie du burlesque. — Les époques de la comédie de Molière. — L'éloquence de Bourdaloue. — L'Orient dans la littérature française. — Les transformations de la langue française au XVIIIe siècle. — Joseph de Maistre et son livre « du Pape ». Un vol. 3 fr. 50

Ouvrage couronné par l'Académie française.

L'ÉVOLUTION DES GENRES DANS L'HISTOIRE DE LA LITTÉRATURE. Un vol. . . . . 3 fr. 50

L'ÉVOLUTION DE LA POÉSIE LYRIQUE EN FRANCE AU XIXe SIÈCLE. Deux vol. . . . . 7 fr.

LES ÉPOQUES DU THÉÂTRE FRANÇAIS (1636-1850). Un vol. . . . . . 3 fr. 50

VICTOR HUGO. Deux vol. . . . . 7 fr.

ÉTUDES SUR LE DIX-HUITIÈME SIÈCLE. Un vol. . . . . 3 fr. 50

BOSSUET, avec une préface de V. GIRAUD. Un vol. . . . . 3 fr. 50

Faguet (Émile), de l'Académie française. *Ferdinand Brunetière*, in-16 broché . . . . 1 fr.

1523-13. — Coulommiers. Imp. PAUL BRODARD. — P11-13.

L'ÉVOLUTION DES GENRES

DANS

L'HISTOIRE DE LA LITTÉRATURE

LEÇONS PROFESSÉES A L'ÉCOLE NORMALE SUPÉRIEURE

PAR

FERDINAND BRUNETIÈRE

INTRODUCTION

L'ÉVOLUTION DE LA CRITIQUE DEPUIS LA RENAISSANCE

JUSQU'A NOS JOURS

SIXIÈME ÉDITION

PARIS

LIBRAIRIE HACHETTE ET Cie

79, BOULEVARD SAINT-GERMAIN, 79

1914

A

M. PAUL POREL

DIRECTEUR DU THÉATRE NATIONAL DE L'ODÉON

comme un témoignage de vive reconnaissance et de sincère amitié

je dédie le recueil de ces quinze conférences.

FERDINAND BRUNETIÈRE.

Mai 1892.

AVANT-PROPOS

Les dix *Leçons* qui suivent, professées à l'École normale supérieure, pendant les mois de novembre et de décembre 1889, ont été rédigées d'après ses notes de cours, par M. Julien Pichon, l'un de mes auditeurs, à qui c'est mon premier devoir, et un plaisir en même temps, que d'en adresser ici tous mes bien vifs remerciements. Mais, comme il est difficile, en parlant, de ne pas laisser tomber une part de ce que l'on voulait dire, je les ai toutes récrites à mon tour; et j'ai pensé que si j'y corrigeais, en les récrivant, quelques erreurs, ou même si j'essayais d'y réparer quelques lacunes, on ne m'accuserait pas pour cela d'infidélité. Si d'ailleurs je leur ai conservé

leur forme de *Leçons*, c'est que ces corrections
n'en ont pas modifié le plan primitif. C'est aussi,
je l'avoue, que la composition d'une *Leçon* ayant
toujours quelque chose de plus libre, de plus
souple — et non pas de moins net, je l'espère,
mais de moins arrêté pourtant en son contour —
que celle d'un chapitre de livre, il me sera plus
facile à moi-même, au cas où ce volume serait
favorablement accueilli, de l'améliorer encore
quelque jour, et, sans en changer l'économie, de
le faire profiter des observations que je serais
heureux qu'il provoquât. Le livre, plus complet
d'abord, est plus définitif, si je puis ainsi dire, et
on n'y ménage point, comme dans une série de
Leçons, la possibilité de les refaire sans les
refondre.

Pour l'objet du *Cours* dont le présent volume
n'est que l'*Introduction*, je crois l'avoir assez
clairement défini dans la première de ces dix
Leçons, et il me suffit d'y renvoyer le lecteur.
J'y explique ce que ce titre même : *l'Évolution
des Genres dans l'Histoire de la Littérature*, a
sans doute d'un peu obscur; et j'y indique à
grands traits le contenu des trois volumes qui
suivront celui-ci. Au contraire, il n'est pas inu-

tile de préciser le dessein plus particulier de ce
premier volume, sur l'intention duquel, à le lire
ainsi séparé et en avant des autres, je souhai-
terais qu'on ne se méprît point.

Ce n'est pas en effet, à proprement parler, une
histoire de la critique, et l'on se tromperait d'y
voir ou d'y chercher rien de plus qu'une *Introduction*. Il m'a paru seulement qu'avant d'aborder le problème de l'évolution des genres, il
était nécessaire de montrer comment la critique
s'est trouvée amenée à le poser; et, pour cela, j'ai
pensé, qu'à défaut d'une histoire entière de la critique — où d'ailleurs on saisirait moins bien les
différents temps de son évolution, — il fallait en
avoir au moins quelque idée sous les yeux. Ainsi,
quand ils veulent décrire le mécanisme de quelque
fonction obscure et surtout complexe, dont l'étude
a besoin, pour être poussée plus loin, d'être sim-
plifiée d'abord, les physiologistes commencent-ils
par nous en donner ce qu'ils appellent une figure
ou une représentation schématique. C'est la réduction du phénomène à ce qu'il a d'essentiel; ou
plutôt, c'est le phénomène lui-même, abstrait et
comme dégagé, non seulement des singularités
ou des exceptions, mais encore de la solidarité

des autres phénomènes qui risqueraient, en voulant les considérer tous ensemble, d'en masquer ou d'en déguiser la nature. Si j'ai cru qu'il y avait lieu de faire quelque chose d'analogue pour l'histoire ou pour l'évolution de la critique, on voit assez que cela ne va pas sans de nombreuses omissions, — et surtout sans un parti pris constant de simplification ou d'abréviation.

Au reste, si j'avais formé le projet d'écrire l'*Histoire de la Critique en France*, je ne pourrais pas le réaliser pour le moment, faute de trois ou quatre ouvrages, qu'il est étonnant que nous n'ayons pas encore, et que je voudrais bien que ma réclamation pût faire naître.

Le premier de tous, et le plus indispensable, celui sans lequel on ne saurait écrire le premier chapitre d'une *Histoire de la Critique*, c'est une *Histoire de l'Humanisme*. La critique a commencé par être philologique, en Italie comme en France, grammaticale ou purement érudite ; et nous, sur nos érudits, sur nos grammairiens, ou sur nos philologues, sur un Budé ou sur un Turnèbe, sur les Scaliger ou sur les Estienne, quels renseignements avons-nous ? C'est eux pourtant qui, pendant plus d'un siècle, ayant seuls entre les mains la clef de ce qui passait pour être alors toute la science, ont été les vrais maîtres et les vrais instituteurs des esprits. Rabelais dans son *Pantagruel*, Ronsard dans ses *Odes*, Calvin même dans son *Institution chrétienne*, ou Montaigne dans ses *Essais*, ne sont que les disciples de nos humanistes. Mais nous ne le savons qu'en gros; et, de nous le dire avec exactitude, voilà ce qui devrait tenter, me semble-t-il, comme un devoir de piété, quelqu'un de nos jeunes érudits, avant qu'un Allemand s'emparât du sujet. On se rappellera que ce sont deux livres allemands, celui de Burckhardt sur *la Civilisation de la Renaissance en Italie*, et le livre de Voigt, intitulé : *Die Wiederbelebung des Classischen Alterthums, oder das erste Jahrhundert des Humanismus*, qui nous tiennent lieu, sans y suppléer, de celui que nous demandons.

Un autre ouvrage, d'un autre genre, n'intéresserait pas moins l'histoire de la littérature générale que celle même de la critique : je veux parler d'une *Bibliographie du* xvii° *siècle*, dont les services déjà rendus par la *Bibliographie Cornélienne* de M. Émile Picot, et même par la *Bibliographie Moliéresque* de Paul Lacroix, disent assez éloquemment quelle serait l'importance. Si quelques

chefs-d'œuvre ont une date certaine, il y en a
malheureusement d'autres, comme le *Polyeucte* de
Corneille, ou comme les *Maximes* de La Rochefoucauld, que nous ne pouvons « situer » qu'à
deux ou trois ans près dans l'histoire. A plus forte
raison, de moindres œuvres, qui ne sont point
d'ailleurs empêchées par leur médiocrité d'être
presque capitales pour l'histoire d'un genre,
flottent-elles dans une incertitude entière du vrai
temps de leur publication. C'est le cas, par
exemple, de plusieurs opuscules de La Mothe le
Vayer et de Saint-Évremont. Au lieu de s'atteler
à des besognes qui n'intéressent trop souvent que
les seuls amateurs de livres, si quelque biblio-
graphe nous donnait un jour cette *Bibliographie
du* xviie *siècle*, il devrait donc adopter la disposition chronologique. Mais quand il en choisirait
une autre, ce qu'il faudrait, c'est que le travail
fût fait ; et j'ajoute qu'à mesure que le temps
s'écoule, la difficulté de le bien faire augmente
elle-même d'année en année.

Nous manquons enfin d'un ouvrage, indispensable aussi lui pourtant, analogue à celui de
M. Georges Brandes : *Die Litteratur des neun-
zehnten Jahrhunderts in ihren Hauptströmungen* ;

mais mieux fait, plus personnel, et de plus de portée. Ainsi que j'essaye de l'indiquer dans une des *Leçons* qui suivent, le renouvellement de la critique, dans les premières années du XIXᵉ siècle, a procédé pour une large part d'une connaissance plus étendue des littératures étrangères. Mais pour quelle part, c'est là le point; et, pour nous l'apprendre, il nous faudrait quelqu'un d'également versé dans la connaissance de quatre ou cinq littératures. Au cours de ces *Leçons*, comme en vingt autres occasions d'ailleurs, je ne sache pas d'ouvrage dont j'aie ressenti plus cruellement le manque, à tel point que, comme on le verra, je me suis demandé si je ne devrais pas essayer de l'écrire; et, reculant à un autre temps la question de *l'Évolution des Genres*, si je n'étudierais pas d'abord celle de *l'Influence des Littératures étrangères sur la Littérature française*. Mais j'ai eu peur de mon incompétence.

Que si maintenant, en l'absence de tous ces secours, on s'étonnait que je n'aie pas moins tâché dans ce volume de retracer *l'Évolution de la critique*, ma réponse est bien simple : on ne ferait jamais rien si l'on attendait toujours; et puis, il y va d'une question de méthode.

Car, pourquoi la plupart de nos histoires de la
littérature ne sont-elles qu'une collection — je ne
dis pas une succession — de *monographies* ou
d'études, mises bout à bout, et reliées d'ordinaire
par un fil assez lâche? C'est qu'au lieu d'investir
du dehors, par une série de travaux d'approche,
la matière de l'histoire littéraire; au lieu d'en
prendre d'abord une idée générale et sommaire,
et comme une vue prespective; au lieu de com
mencer par distinguer, reconnaître et caractériser
les époques; on croit commencer par le commencement en commençant par épuiser les questions
les plus particulières; par étudier les hommes sans
se préoccuper de ceux qui les ont précédés ou
suivis; et par perdre enfin dans l'analyse ou dans
l'examen des œuvres le sens des rapports qu'elles
soutiennent avec l'ensemble de l'histoire d'une
littérature. Il en résulte quelques inconvénients,
dont celui-ci n'est pas le moindre, que nos histoires ne sont point des *Histoires*, mais seulement des *Dictionnaires*, où les noms sont classés
dans l'ordre chronologique, — au lieu de l'être
par alphabet.

C'est le contraire que je crois qu'il faut faire,
et que je tâche de faire ici.

Si la critique a une histoire, cela veut dire
sans doute que la critique n'est pas aujourd'hui
ce qu'elle était autrefois, ou, en d'autres termes,
qu'elle a *évolué*. Quels sont donc les moments de
cette évolution? Quelle est la ligne ou la courbe
qu'ils tracent, et quels en sont, comme je crois
que l'on dit, les points d'inflexion ou de rebrousse-
ment? Quelles sont enfin les œuvres, ou les noms,
qui les fixent pour nous dans l'histoire? Voilà la
question que j'essaye de résoudre; et tout ce qui
n'y contribue point peut bien avoir sa place dans
un *Dictionnaire* de la critique, mais ne l'a pas
nécessairement dans son histoire, et encore bien
moins dans le tracé de son évolution. Si nous
ne voulons pas plier bientôt et succomber sous le
nombre et sous le poids des documents, il faut
simplifier l'histoire de la littérature. Puisqu'il
suffit d'une seule *expérience*, pourvu qu'elle soit
bien faite, pour établir la loi d'un phénomène,
ce doit être assez de Chapelain ou de Boileau pour
représenter, eux seuls aussi, une période entière
de la critique. Le tout sera de s'assurer qu'en
même temps qu'elle est l'expression de leur façon
de sentir ou de penser, leur doctrine est celle de
toute une famille d'esprits dont ils ne sont que

les plus éminents. Et si l'on croit après cela qu'il
convienne de faire une place et une part dans
l'histoire du genre à un d'Aubignac ou à un
P. Bouhours, non seulement on le pourra toujours, mais on saura pour ainsi dire à quel endroit précis de la chaîne des œuvres il faudra
qu'on insère la leur.

Mai 1890.

L'ÉVOLUTION DES GENRES

DANS

L'HISTOIRE DE LA LITTÉRATURE

LEÇON D'OUVERTURE

IDÉE GÉNÉRALE, PROGRAMME ET DIVISION DU COURS

Messieurs,

Je me propose d'étudier avec vous, cette année, l'*Évolution des Genres dans l'Histoire de la Littérature*; et, comme ce titre est un peu long, mais comme il risque surtout de vous paraître d'abord obscur, je m'empresse de vous l'expliquer.

Vous savez tous, au moins en gros, ce que c'est que le mot et que l'idée d'*Évolution*; la fortune qu'ils ont faite; et ce qu'on en peut dire : que, depuis une vingtaine d'années, ils ont envahi, l'une après l'autre, pour les transformer ou les renouveler, toutes les provinces de l'érudition et de la science. *Évolution des Êtres*, *Évolution de la Philosophie*, *Évolution de la Morale*, *Évolution de la Famille*, *Évolution du Mariage*, que sais-je encore? il n'est plus aujourd'hui partout

question que d'évolution. Or, s'il est toujours bon de
se défier un peu des nouveautés, et d'attendre —
surtout pour les faire entrer dans l'enseignement —
qu'elles aient, selon le mot expressif de Malebranche,
de la barbe au menton, nous pouvons être certains,
qu'après vingt-cinq ou trente ans maintenant écoulés,
la doctrine de l'évolution doit avoir eu quelque chose
en elle qui justifiait sa fortune. Il est possible qu'elle
ne soit pas l'expression de la vérité tout entière; et
c'est même probable. J'accorde encore que demain,
peut-être, elle soit dépossédée de sa popularité d'un
moment par une autre doctrine ou une autre hypothèse; — quoique dans le fond je n'en croie rien. Mais,
en attendant, puisqu'elle règne, je ne vois pas l'avantage qu'il y aurait à feindre d'en ignorer l'existence;
et, puisque nous savons ce que l'histoire naturelle
générale, ce que l'histoire, ce que la philosophie en
ont déjà tiré de profit, je voudrais examiner si l'histoire littéraire et la critique ne pourraient pas aussi
l'utiliser à leur tour.

Voilà tout mon dessein. Quelques exemples vous le
feront d'ailleurs mieux entendre, si nous considérons
dans l'histoire de l'art, ou dans celle de la littérature,
les grandes lignes de l'histoire d'un genre, ou celles
de l'évolution de l'art même.

Théoriquement, à l'origine même de l'art de peindre, au moins dans l'histoire de la peinture moderne,
on peut placer la *Peinture religieuse,* telle que l'ont
conçue, par exemple, les Cimabue et les Giotto en
Italie; ou, en Flandre, les Van Eyck et les Memling.
Pour les uns et pour les autres, avant d'exister pour
elle-même, ou pour le charme des yeux, avant presque

d'être un art, la peinture est une œuvre pieuse, un moyen d'édification, une manière d'enseigner, à la foule qui s'assemble dans les églises, les grandes vérités de la religion ou les légendes de l'hagiographie ; une façon aussi, pour le peintre lui-même, de *mériter*, et de faire, en quelque sorte, avec son métier, son salut.

Cependant, comme les séductions de la ligne et de la couleur sont trop fortes, et trop vives, pour ne pas être bientôt perçues, senties, aimées en elles-mêmes, la *Peinture mythologique* ne tarde pas à se détacher de la *Peinture religieuse*, qui ne cesse pas d'exister, ni même d'occuper encore le premier rang, mais qui déjà ne règne plus seule ; dont le pouvoir unique se divise ; et qui partage avec un autre genre l'empire, les honneurs et la popularité. Vous savez que le peintre de *la Cène* ou de *la Vierge aux rochers* est aussi celui de la *Léda*. Celui de *la Madone de Saint-Sixte* est aussi le peintre des fresques de la Farnésine ; et les admirables *Vénus* du Titien ne sont égalées ou surpassées que par ses *Visitations* ou ses *Assomptions*.

Comment la *Peinture mythologique* est-elle à son tour devenue la *Peinture d'histoire*? On en pourrait donner plus d'une raison, si l'on le voulait ; — et si c'en était présentement le temps. Mais, sans entrer dans cette recherche, il nous suffit qu'en fait les choses se soient passées de la sorte et, qu'à la représentation des scènes de l'Olympe païen, on ait vu succéder, en Flandre comme en Italie, celle des grands événements de l'histoire. Encore un peu mêlés ensemble dans l'École florentine, les deux genres se

séparent et se distinguent dans l'École vénitienne.
Maintenant, ils vont vivre chacun de sa vie personnelle. Et, comme si la beauté n'était plus capable à elle
seule de remplir et de satisfaire les yeux, on veut
désormais, qu'à son prestige propre, elle joigne celui
d'avoir existé, d'avoir été réelle, d'avoir enfin un état
civil et un nom dans l'histoire.

La *Peinture de portraits* se détache ainsi de la *Peinture d'histoire*; elle s'y fait du moins son domaine, elle
s'y taille son royaume; et même, vous savez que dans
certaines écoles, comme la Hollandaise, avec Franz
Hals ou Rembrandt, par exemple, elle devient elle
seule presque toute l'histoire. La *Leçon d'anatomie* ou
la *Ronde de nuit* ne sont qu'une réunion de portraits;
et tant d'autres portraits analogues, dispersés dans
les musées d'Europe ou dans les collections particulières, si nous les avions là, sous les yeux, dans leur
suite, vous savez qu'ils composeraient l'histoire même
de la Hollande.

Mais, avec le portrait, et surtout dès qu'il y en a
plusieurs sur une toile, c'est l'anecdote et la particu-
larité qui s'introduisent dans la peinture. En effet,
ce n'est plus assez qu'un portrait soit ressemblant,
ou vivant; on veut qu'il agisse, pour ainsi dire; et
qu'avec les traits de l'original il en rappelle les occupations, les habitudes, les entours, — la page héroïque
ou mémorable de sa biographie. D'un autre côté,
si les scènes de la vie quotidienne, si les objets
inanimés eux-mêmes ne laissent pas d'avoir leur
physionomie, leur individualité, on peut donc en faire
aussi le portrait. Et c'est ainsi que la *Peinture de genre*
peut être conçue comme s'étant dégagée d'abord et

détachée de la *Peinture de portraits*, pour vivre à son tour d'une vie indépendante, et se créer insensiblement à elle-même des règles, des lois, ce que les juris consultes appellent un statut personnel.

Faisons enfin un dernier pas : coupons les objets inanimés des communications qu'ils entretiennen¹ avec nous ; représentons-les-nous — tels que nous les voyons sans doute, puisque nous ne saurions faire autrement, — mais cessons d'avoir égard à l'usage que nous en tirons ; traitons-les enfin comme s'ils existaient en eux-mêmes et pour eux-mêmes : c'est la *Peinture d'animaux*, c'est la *Peinture de paysage*, c'est la *Peinture de nature morte*.... Nous avons parcouru le cycle, et en quelque sorte épuisé les combinaisons possibles : toute peinture est *Religieuse*, ou *Mythologique*, ou *Historique*, ou *Iconique*, ou *de Genre*, ou *de Paysage*, ou *de Nature morte*; — et chacune de ces formes successives, que l'on peut combiner toutes ensemble, nous est apparue, à son origine, comme un démembrement, et, dans son développement, comme une extension de la précédente.

Prenons un autre exemple, un exemple plus particulier, plus précis, plus démonstratif, et plus éloquent par cela même : soit l'histoire ou la succession des formes du roman français.

Il s'offre à nous d'abord sous la forme de l'*Épopée* ou de la *Chanson de geste* : *Roland, Aliscans, Renaud de Montauban*; et sous cette forme, vous le savez, c'est presque de l'histoire. Aussi bien, chez nous comme en Grèce, l'histoire, sous la forme des *Mémoires* ou des *Chroniques*, semble-t-elle s'être dégagée de la *Chanson de geste*.

Mais, d'un autre côté, à mesure qu'elle s'allégeait de
sa substance historique, et pour en remplir le vide,
l'épopée donnait à la légende ou au rêve une part
plus considérable d'elle-même ; c'est l'époque des
Romans de la Table-Ronde : *Parsifal*, *Tristan et
Yseult*, etc. ; dont l'intérêt n'est déjà plus d'entretenir
le culte des souvenirs, mais de chatouiller la curiosité. C'est ce que l'on voit d'ailleurs encore plus clairement dans ces *Amadis*, qui succèdent aux *Romans
de la Table-Ronde*, et qui ne sont déjà plus des *Épopées*, à vrai dire, mais ce que nous pouvons appeler
des *Romans d'aventures*. L'invraisemblance en fait la
principale beauté. On les écrit pour donner à la liberté
de l'imagination une pleine carrière ; et c'est pour
sortir par eux de la réalité, c'est pour courir en pensée les grandes aventures, c'est pour chevaucher avec
eux l'hippogriffe et la Chimère qu'on les lit.

Les *Amadis* sont du xvie siècle : un autre genre les
remplace avec le xviie siècle naissant, dont on peut
prendre l'*Astrée* pour modèle ou pour type, ou peut-
être, et plus justement, les romans de Gomberville, de
la Calprenède, de Mlle de Scudéri : *Polexandre*, *Cassandre*, *Cyrus* et *Clélie*.

Appelons-les des *Romans épiques* : ils le sont à la
fois par leur longueur, par la manière dont les épi-
sodes y sont rattachés au récit principal, par le caractère également invraisemblable et héroïque des aventures qui s'y passent, par la qualité souveraine ou
princière des personnages qui en sont le support, par
la fluidité continue du style, par le ton d'emphase qui
le rehausse ou qui l'anime. Mais ils sont autre chose
aussi. *Polexandre* est un roman « maritime et géo-

graphique ». La Calprenède, en son *Faramond*, se
pique de raconter, « en les embellissant de quelques
inventions qui n'ôtent rien à la vérité des choses »,
la décadence de l'Empire, et « avec les commence-
mens de notre belle Monarchie » les commencements
de celle des Espagnols, des Vandales, des Huns : c'est
un roman « historique ». Enfin, dans son *Cyrus* ou
dans sa *Clélie*, sous ces grands noms qu'elle emprunte
à l'histoire, Mlle de Scudéri ne se cache point — elle
s'en cache si peu qu'au contraire elle s'en vante elle-
même — d'avoir représenté « au vif » les personnes,
raconté les histoires, et consigné l'expression des sentiments de ses contemporains. Qu'est-ce que cela,
sinon le *Roman de mœurs* qui commence à poindre? je
veux dire ce genre de romans dont l'intérêt n'est plu
dans l'invraisemblance des aventures ou dans l'*irréa-
lité* des personnes, mais au contraire dans leur ressemblance avec la vie contemporaine.

Aussi, ne tardons-nous pas à voir *la Princesse de
Clèves* succéder au *Grand Cyrus*; *Gil Blas, Manon
Lescaut, Marianne* à *la Princesse de Clèves*; et le *Roman
de mœurs générales*; et le *Roman de mœurs intimes*; et
le *Roman de mœurs exotiques*.... Mais arrêtons-nous
ici, pour ne pas empiéter sur un sujet auquel vous
allez voir que nous reviendrons dès cette année même;
et d'ailleurs, tels que les voilà, ces deux exemples
me suffisent pour définir, je crois, avec assez de précision maintenant, l'idée générale du cours.

Il s'agit donc de savoir quel est le rapport de ces
formes entre elles, et les noms que l'on doit donner
aux causes encore inconnues qui semblent les avoir
comme dégagées successivement les unes des autres.

N'y a-t-il là qu'un pur hasard, une succession toute
fortuite? Si les circonstances l'eussent voulu, la *Peinture de genre* aurait-elle pu précéder la *Peinture religieuse*; ou, pareillement, dans l'autre cas, le *Roman
de mœurs* aurait-il pu précéder l'*Épopée*? Mais si ce
n'est ni hasard, ni succession fortuite, comment les
formes se sont-elles succédé? ou peut-être engendrées
dans l'histoire? Le lien qui les unit est-il chronologique ou généalogique? je veux dire : le fait de leur
succession est-il l'œuvre des circonstances, des conditions du dehors? ou au contraire y a-t-il génération
dans le vrai sens du mot? C'est la première question
que nous essayerons de résoudre.

En second lieu, et quand nous connaîtrons le rapport chronologique ou généalogique de ces formes
entre elles, quel en est, quels en sont, si je puis ainsi
dire, les rapports esthétiques? La *Peinture religieuse*,
pour avoir paru la première, est-elle de soi nécessairement supérieure à la *Peinture de paysage*, par
exemple? et pour quelles raisons? Ou, si c'est le contraire, en quoi dirons-nous que consiste la supériorité
de la seconde? Ou encore, et si chacune d'elles peut
se vanter de qualités que l'autre n'a pas eues, peut-on
dire, et en s'appuyant de quels principes, qu'il y ait
eu, de l'une à l'autre forme, acquisition, enrichissement, progrès, ou au contraire décadence, appauvrissement, diminution pour l'art? Ce sera notre seconde
question.

Enfin, et après les rapports généalogiques ou esthétiques de ces formes entre elles, quels en sont, s'il y
en a, les rapports scientifiques? c'est-à-dire, y a-t-il
des Lois qui gouvernent cette succession; et, ces Lois,

d'où les peut-on tirer? comment et par quels moyens
pouvons-nous les déterminer? Ou, en d'autres termes
encore, trouvons-nous ici quelque chose d'analogue à
cette « différenciation progressive » qui, dans la nature
vivante, fait passer la matière de l'homogène à l'hétérogène, et sortir constamment, si j'ose ainsi parler,
le contraire du semblable? Ce sera notre troisième
question, — dont je pense que vous voyez assez l'analogie avec le problème général de l'évolution. Il nous
reste à dire, cette question et les autres, les moyens
que nous prendrons, sinon pour les résoudre, au
moins pour les traiter.

Il me semble, avant tout, que l'introduction naturelle, et même nécessaire, d'une recherche de ce
genre est une *Histoire sommaire* ou une *Esquisse de
l'évolution de la critique en France*, depuis ses origines
jusqu'à nos jours. En effet, comment la critique, de
la simple expression d'un jugement ou d'une opinion
qu'elle a longtemps été, qu'elle est encore pour beaucoup de gens, comment la critique est-elle devenue, je
ne dis pas une dépendance, ou une province, mais
véritablement une science analogue à l'histoire naturelle? Nous ne pouvons, si nous ne le savons, aborder
ce problème de l'*Évolution des genres*, tel à peu près
que je vous l'indiquais tout à l'heure, — et qui doit
faire, par hypothèse ou par choix, la principale partie
de notre recherche. Mais, pour que cette recherche ne
s'égare pas, pour que nous soyons assurés que les conclusions n'en demeurent pas suspendues dans le vide,
qu'elles tombent au contraire dans la réalité, il faudra

les vérifier. C'est ce que nous ferons au moyen de quelques *Exemples et Applications* dont l'étude remplira la troisième partie du cours. Quant à la quatrième, où nous donnerons nos *Conclusions*, je la laisse encore volontiers flotter dans le vague. Si je sais, en effet, qu'elle devra contenir nos conclusions, j'avoue que je sais moins bien quelles seront ces conclusions, qui doivent être, pour moi comme pour vous, le résultat de cette année d'étude. En enseignant, on apprend toujours soi-même; et je ne veux point, en m'engageant dès à présent à conclure de telle ou telle manière, perdre le bénéfice de ce que mon enseignement m'apprendra.

Revenons maintenant sur ces divisions, comme on fait sur une carte, après en avoir tracé le contour, pour y dessiner l'orographie, l'hydrographie, la configuration particulière du pays.

Si sommaire qu'elle soit — et, malheureusement, je ne lui pourrai pas accorder autant de place que je le voudrais, — une *Histoire de la Critique en France*, depuis ses origines jusqu'à nos jours, se divise en trois principales parties, qui sont : 1° l'*histoire de la Critique anté-classique*, qui commence en France avec l'histoire même du mouvement de la Renaissance; 2° l'*histoire de la Critique classique*, qui occupe — sans les remplir uniquement ni entièrement, — comme vous le verrez, le xviie siècle et le xviiie siècle; 3° et enfin, l'*histoire de la Critique moderne*, puisque, comme nous l'avons dit, l'objet de cette histoire même de la critique est d'en conduire et d'en amener l'évolution jusqu'au moment présent, — pour la continuer.

Arrivés alors au bout du vestibule, nous pourrons

entrer dans les appartements, et traiter la question de l'*Évolution des genres*. Elle en comprend, si je ne me trompe, au moins cinq autres, que voici

1° *De l'Existence des genres* : c'est-à-dire, les genres ne sont-ils peut-être que des mots, des catégories arbitraires, imaginées par la critique pour son propre soulagement, afin de se retrouver et de se reconnaître elle-même dans la foule des œuvres dont autrement l'infinie diversité l'accablerait de son poids ; ou, au contraire, les genres existent-ils vraiment dans la nature et dans l'histoire ? sont-ils conditionnés par elles ? vivent-ils enfin d'une vie qui leur soit propre ; et indépendante non seulement des besoins de la critique, mais du caprice même des écrivains ou des artistes ? Ce sera la première question.

2° *De la Différenciation des genres*. Supposé que les genres existent, et, même *a priori*, je ne vois guère comment on le nierait, — car enfin une *Ode*, qu'à la rigueur on peut confondre avec une *Chanson*, n'est pas une *Comédie de caractères*, par exemple ; et un *Paysage* n'est pas une *Statue* ; — supposé donc qu'ils existent, comment les genres se dégagent-ils de l'indétermination primitive ? comment s'opère en eux la différenciation qui les divise d'abord, qui les caractérise ensuite, et enfin qui les individualise ? Ce sera la seconde question ; et déjà vous voyez qu'elle est sensiblement analogue à celle de savoir comment, en histoire naturelle, d'un même fond d'être ou de substance, commun et homogène, les individus se détachent avec leurs formes particulières, et deviennent ainsi la souche successive des variétés, des races, des espèces.

3° *De la Fixation des genres*. Mais, de même que dans la nature, et pour peu que les circonstances les favorisent, les espèces ne sont pas incapables de quelque permanence et de quelque stabilité, de même les genres aussi se fixent, au moins pour un temps. Observons que c'est même ce qui a pu faire croire quelquefois qu'ils étaient séparés les uns des autres par des frontières ou des barrières infranchissables. Troisième question, celle de la *Fixation des genres*, ou des conditions de stabilité qui leur assurent une existence, non plus seulement théorique, mais historique — je veux dire, comprise entre une date et une autre date, — une existence individuelle, une existence comparable à la vôtre ou à la mienne, avec un commencement, un milieu et une fin.

4° *Des Modificateurs des genres*. Toutefois, et par cela seul que nous la comparons à l'existence humaine, cette existence historique des genres n'est pas éternelle. De même encore que dans la nature, il arrive donc un moment dans l'évolution d'un genre, où la somme des caractères instables l'emporte sur celle des caractères stables, et où, si l'on peut ainsi dire, le composé qu'il était se dissout. Sous quelles influences? ou, en d'autres termes, quels sont les *Modificateurs des genres*? Quatrième question, la plus complexe peut-être et la plus obscure de toutes, celle où nous devrons donc le plus longuement insister; mais aussi celle dont la solution, si nous la trouvons, nous donnera le plus de lumières sur la question qui nous occupe, et qui est enfin la dernière que nous traiterons dans cette seconde partie du cours.

5° *De la Transformation des genres*. Nous cherche-

rons ici s'il y a des lois du phénomène ou, au contraire, si, comme on serait d'abord plutôt tenté de le
croire, l'évolution de chaque genre ayant ses lois à
elle, il n'y a pas de loi générale de l'évolution des
genres.

Pour cela, nous devrons recourir aux exemples,
dans la foule desquels j'en ai choisi trois, que je
tàcherai de développer avec l'ampleur qu'eux-mêmes,
et le sujet qu'ils nous serviront à éclaircir, me semblent mériter.

Le premier nous sera fourni par l'*Histoire de la
tragédie française* : genre illustre, s'il en fut, genre
fameux, aujourd'hui mort et bien mort; né d'ailleurs
dans des temps historiques; dont nous n'ignorons rien
d'essentiel; et, en raison de ce motif, exemple admirable, pour ne pas dire unique, de la façon dont *un
Genre naît, grandit, atteint sa perfection, décline, et
enfin meurt!*

Nous étudierons, dans un second exemple, *comment
un Genre se transforme en un autre*; et, pour cela, j'essayerai de vous montrer comment, dans l'histoire de
notre littérature, sous l'action de quelles influences
du dedans ou du dehors, l'éloquence de la chaire, telle
que l'a connue le xvii° siècle, est devenue de nos jours
la poésie lyrique de Lamartine, d'Hugo, de Vigny, de
Musset.

Enfin, pour dernier exemple, je prendrai l'*Histoire
du roman français*; et, si je ne me trompe, vous verrez
là, *comment*, quand le temps en est venu, *un Genre se
forme du débris de plusieurs autres*; comment, et de
lui-même, il se conforme à ce que j'appellerai l'idée
intérieure de sa définition; et comment, après beau-

coup d'essais et de tâtonnements, en arrivant à la
conscience de son objet, il arrive en même temps à
la plénitude et à la perfection de ses moyens.

Repassons enfin pour la dernière fois sur ces divisions, et transformons cette esquisse en un véritable programme.

Si nous y regardons, en effet, de plus près, ce n'est
plus deux ou trois périodes, vaguement distinguées
l'une de l'autre par la chronologie, qu'il nous faut
étudier dans une *Histoire*, même sommaire, *de la Critique*, c'en est au moins sept ou huit, caractérisées par
des traits bien précis, et qui forment ainsi les chapitres nécessaires de notre *Introduction*.

1° Dans la première période — que l'on peut
étendre de 1550 aux environs de 1605, et que limitent
les noms et l'œuvre de Du Bellay d'une part, et de
Malherbe de l'autre, — la critique, incertaine encore
de son objet et de ses voies, mise en présence des
chefs-d'œuvre de l'antiquité que l'on connaissait depuis
longtemps, sans doute, mais que l'on comprend
alors pour la première fois, s'efforce de reconnaître,
d'analyser, de définir, et de cataloguer les moyens,
les raisons, et les causes de l'impression que ces
œuvres produisent.

2° Ces raisons et ces causes une fois reconnues, la
critique s'efforce de les transformer en règles de l'art.
Puisqu'en effet, à l'analyse, la comédie de Térence,
par exemple, ou l'épopée de Virgile se trouvent plaire
pour et par de certains mérites, bien et dûment éti-
quetés, on tâche de trouver des moyens, des recettes,

ou des procédés pour reproduire à son tour ces mérites; et, ainsi, pour faire entrer dans les œuvres les
beautés avec les *règles*. Cette seconde période s'est
étendue, dans l'histoire de la critique française, de
1610 à 1660. environ, ou — si vous voulez des titres
et des noms, — depuis la publication de la *Préface* de
l'*Adone*, par Chapelain, et des premières *Lettres* de
Balzac, jusqu'à l'apparition des premières *Satires* de
Boileau.

3° Car Boileau fait un pas de plus; et ces *règles* dont
le seul titre était, avant lui, d'avoir été jadis observées
par les anciens, l'originalité propre du *législateur du
Parnasse* est d'avoir essayé de les fonder à la fois en
nature et en raison. Boileau s'efforce de montrer que,
si les *règles* sont conformes à l'usage de Pindare ou
d'Homère, elles le sont bien davantage encore à la
vérité de la *nature*, telle que l'observation nous la
révèle, et à l'autorité de la *raison*, telle que tous les
hommes tombent d'accord pour la reconnaître. C'est
une troisième période; — et elle s'étend de 1660 à
1680 ou 1690, des débuts triomphants de Boileau
jusqu'aux premières attaques dirigées contre ses
doctrines par les partisans des *Modernes*.

4° En effet, avec la *Querelle des Anciens et des
Modernes*, de 1680 à 1730 à peu près, et de Perrault
jusqu'à Voltaire, c'est une quatrième période, intéressante entre toutes, et cependant assez mal connue.
Quelques beaux esprits — dont il faut malheureusement dire qu'ils paraissent en général avoir été plus
irréguliers que hardis — partent en guerre contre les
anciens, c'est-à-dire contre la tradition; et, au nom
d'une confuse idée du progrès, réclament pour l'écri-

vain le droit d'appartenir à son temps, ce qui est
d'ailleurs tout à fait légitime, et de n'appartenir qu'à
lui, ce qui l'est beaucoup moins. Ils n'échouent qu'à
moitié, mais ils ne réussissent aussi qu'à demi, pour
diverses raisons, que nous aurons à examiner, mais
dont nous pouvons dire dès à présent que les principales sont : 1° leur incapacité personnelle d'égaler
ces anciens qu'ils attaquent, de faire prévaloir leurs
Églogues contre celles de Théocrite, et le *Saint-Paulin*
contre l'*Odyssée*; 2° l'embarras où Boileau les a mis
par avance, en donnant aux règles de son *Art poétique* l'imitation de la nature pour fondement et pour
mesure; 3° et enfin, l'erreur qu'ils commettent sur la
nature et l'étendue de l'idée de progrès.

5° C'est ce qui décide Voltaire, l'autorité littéraire
souveraine du XVIII° siècle, à se ranger enfin — après
un peu d'hésitation toutefois — du côté de Boileau. Si quelques indépendants, comme Diderot, par
exemple, essayent de résister, sans trop savoir pourquoi, leurs protestations demeurent de nul effet. Il
faut attendre maintenant non seulement que Rousseau paraisse, mais qu'une génération nouvelle ait
aperçu les conséquences de ses doctrines. Et, en
attendant, c'est Voltaire que l'on suit; c'est de Voltaire que procèdent les Marmontel et les Laharpe; ce
sont, en somme, les principes ou les idées de Boileau — souvent rétrécis, quelquefois aussi élargis
par Voltaire — qui continuent de régner en critique, et de remplir la cinquième période, celle que
nous étendrons par conséquent de 1730 à 1780
ou 1790.

6° Ici commence l'histoire de la critique moderne.

et avec elle une période nouvelle. J'en marquerai les principales divisions, en disant :

A. Qu'avec Mme de Staël et Chateaubriand, dès le commencement du siècle, une connaissance encore bien vague des littératures étrangères, et une connaissance à peine plus précise d'un passé plus lointain, en donnant à nos écrivains l'idée de *beautés nouvelles,* qui ne se retrouvent ni dans nos classiques, à nous, ni chez les anciens, les obligent, pour la première fois, à contrôler le titre et la valeur de leurs règles.

B. Qu'avec Villemain — du nom de qui, dans cette conquête, on ne saurait séparer ceux de Guizot et de Cousin, — au changement opéré dans le goût public par la connaissance des littératures étrangères et de l'histoire, s'ajoute un changement non moins profond, opéré par une connaissance plus étendue, plus précise, et on peut dire même une connaissance toute neuve des rapports qui unissent les œuvres littéraires au temps, aux institutions, à la forme et à la structure de la société dont elles sont l'expression.

C. Qu'avec Sainte-Beuve, la psychologie, la physiologie, la considération du rapport des œuvres non plus seulement avec leur temps, mais avec leur auteur, avec son tempérament, avec son éducation, élargit encore la base, déplace le point de vue, et transforme les méthodes de la critique.

D. Qu'avec M. Taine enfin, si la critique ne devient pas une science, elle aspire à le devenir; et qu'en tout cas, elle cherche un supplément à ses moyens d'information dans les moyens, si je puis

ainsi dire, dans les méthodes, et dans les procédés
de l'histoire naturelle.

Vous vous souvenez que c'est là précisément que
nous reprenons la question à notre compte ; et —
d'une manière à la fois un peu étroite et un peu pré-
somptueuse — nous pourrions dire qu'à la critique
fondée sur les analogies qu'elle présente avec l'histoire naturelle de Geoffroy Saint-Hilaire et de Cuvier,
nous nous proposons de voir si l'on ne pourrait pas
substituer, ou ajouter pour la compléter, une critique
à son tour qui se fonderait sur l'histoire naturelle de
Darwin et de Hæckel.

De là pour nous l'obligation — sans transformer ce
cours de littérature en un cours d'histoire naturelle, —
de là, l'obligation d'insister cependant sur la doctrine,
ou, si vous l'aimez mieux, sur l'hypothèse de l'évolution. Je m'attacherai surtout à mettre trois points en
lumière.

1° En premier lieu, j'essayerai de marquer avec
plus de précision qu'on ne l'a fait les origines de la
doctrine — les origines philosophiques notamment, —
dont les naturalistes, en général, me semblent avoir
fait assez bon marché. Comme si le triomphe de la
doctrine, pour une large part, n'avait pas dépendu de
l'état des idées ambiantes! et qu'en général il fût possible, à la vérité même de faire son chemin dans le
monde, sans y être aidée par une certaine complicité
de l'opinion!

2° Je tâcherai de vous dire alors quelle a été, dans
la constitution de la doctrine ou de l'hypothèse, la
part propre de Darwin. Elle est nulle dans sa diffusion; et je la distinguerai aussi soigneusement que

je le pourrai de celle de ses prédécesseurs, comme Lamarck, ou de ses successeurs, comme Herbert Spencer, et surtout comme Hæckel.

3° Enfin, et puisqu'il n'y a pas moins de trente ans aujourd'hui que le livre de l'*Origine des Espèces* a paru, ne faudra-t-il pas que nous examinions ce que la doctrine est devenue dans ce long intervalle de temps? les objections qu'on lui a opposées? les réponses qu'on y a faites? l'extension qu'on lui a donnée? et le point précis enfin où elle en est à l'heure même où nous parlons?

Nous retrouverons alors l'objet essentiel de notre recherche.

1° Sur la première question, celle de l'*Existence des genres*, et pour décider si les genres existent ou non, nous montrerons qu'ils doivent exister, comme répondant : 1° à la *diversité des moyens de chaque art*; et que, par exemple, les lois de la statuaire en marbre ne peuvent pas être celles de la sculpture en bronze; 2° comme répondant à la *diversité de l'objet de chaque art*; étant obscur peut-être si nous ne demandons pas à l'histoire ou au roman des plaisirs analogues, mais étant très clair, en revanche, que nous n'allons pas au théâtre dans la même intention qu'au sermon; 3° comme répondant enfin à la *diversité des familles d'esprits*; dont on pourrait dire que chacune a choisi et choisit tous les jours, comme expression de son besoin ou de son idéal d'art, qui la peinture, qui la musique, qui la poésie; et, dans la poésie même, dont chacune a ses préférences, qui peuvent aller jusqu'à l'exclusion. Il se trouvera toujours des juges, ou des amateurs, pour préférer Horace à Virgile; et chez nous, pour préférer aux *Méditations* de Lamartine ou aux *Odes* d'Hugo les *Chansons* de Béranger.

2° Sur la deuxième question : *Comment les genres se différencient*, c'est à la doctrine de l'évolution que nous emprunterons nos arguments, et la division elle-même de la question. Sans doute, la différenciation des genres s'opère dans l'histoire comme celle des espèces dans la nature, progressivement, par transition de l'un au multiple, du simple au complexe, de l'homogène à l'hétérogène, grâce au principe qu'on appelle de la *divergence des caractères*, et sur lequel il est inutile d'insister aujourd'hui, puisque la formule, sans le fondement des faits qui l'autorisent, nous en apparaîtrait comme purement abstraite.

3° J'en dis autant de ce qui regarde la *Fixation* ou la *Stabilité* des genres. Et toutefois, dès à présent, dans cette seule question, je vous en indique au moins trois qui sont contenues. A quels signes certains reconnaît-on la jeunesse? et à quels signes l'épuisement, la décrépitude, et la mort prochaine d'un genre? Mais surtout — puisque, comme vous le savez, c'est le point vif de la controverse, — à quels signes reconnaît-on la *perfection* ou la *maturité* du genre? et que faut-il penser du mot de La Bruyère, que, « comme il n'y a qu'un point de bonté ou de maturité dans la nature », de même il n'y aurait dans l'art qu'un point de perfection, unique, et indivisible peut-être? Ce n'est rien de moins, comme vous le voyez, que la question du *classicisme*; et dans la littérature comme ailleurs, comme dans la peinture ou comme dans la sculpture, vous en savez, ou vous en verrez la complexité, les difficultés et l'étendue.

4° La quatrième question est peut-être plus vaste encore, et si nous ne voulons pas nous y perdre, il faudra commencer par distinguer les uns des autres les *Modificateurs des genres*. J'entends par là les forces mal connues qui agissent sur les genres, soit pour en renforcer d'ailleurs, soit au contraire pour en diminuer la stabilité.

A. En premier lieu, c'est l'*Hérédité* ou la *Race*, qui fait qu'un genre, comme l'épopée, toujours naturel, toujours prêt à renaître peut-être dans l'Inde, par exemple, sera toujours plus ou moins littéraire, et artificiel par conséquent chez nous.

B. Pourquoi les Sémites ou les Chinois n'ont-ils pas d'épopée? pourquoi les Germains n'ont-ils pas d'art dramatique? Si la *Race* n'y suffit pas, l'influence des *Milieux* nous l'expliquera peut-être, et par *Milieux*, nous voulons dire : 1° *les conditions géographiques* ou *climatologiques*, dont il faudra que nous tâchions de déterminer la nature et l'influence; 2° *les conditions sociales*, celles qui sont imposées par la structure de la société, selon qu'elle est plus ou moins avancée en civilisation, conforme à tel ou tel autre type, théocratique, aristocratique, ou démocratique; 3° *les conditions historiques*, ce sont celles qui agissent du dedans ou du dehors sur la structure de la société, mais que l'on peut concevoir comme en étant indépendantes. Par exemple, il n'était pas nécessaire que Louis XIV fît la guerre pendant un demi-siècle, et si les guerres de son règne, comme vous n'en doutez pas, ont réagi sur la structure de la société de son temps, voilà la différence des *conditions historiques* et des *conditions sociales*.

C. Enfin, une force sur l'importance et le pouvoir de laquelle j'essayerai de vous montrer qu'on ne saurait trop appuyer, c'est l'*Individualité*, c'est-à-dire l'ensemble des qualités ou des défauts, qui font qu'un individu est *unique* en son genre, qu'il introduit ainsi dans l'histoire de la littérature et de l'art quelque chose qui n'y existait pas avant lui, qui n'y existerait pas sans lui, qui continuera d'y exister après lui. Je crois que je vous en citerai de mémorables exemples. Sans tomber dans les exagérations de Carlyle, vous verrez qu'il a suffi quelquefois d'un seul homme pour dévier le cours des choses ; et vous verrez aussi qu'il n'y a rien de plus conforme à la doctrine de l'évolution que d'insister sur cette cause modificatrice des genres, puisqu'à vrai dire, selon l'*Origine des Espèces*, ce serait l'idiosyncrasie qui serait le commencement de toutes les variétés.

5° Poussant plus loin le parallélisme, nous examinerons enfin, sous le titre de *Transformation des genres*, s'il se rencontre, dans l'histoire de la littérature et de l'art, quelque chose d'analogue à ce qu'on appelle, en histoire naturelle, des noms de *concurrence vitale*, de *persistance du plus apte*, ou généralement de *sélection naturelle*. Et, dès à présent, si l'apparition de certaines espèces, en un point donné de l'espace et du temps, a pour effet de causer la disparition de certaines autres espèces ; ou encore, s'il est vrai que la lutte pour la vie ne soit jamais plus âpre qu'entre espèces voisines, les exemples ne s'offrent-ils pas en foule pour nous rappeler qu'il n'en est pas autrement dans l'histoire de la littérature et de l'art? Mais c'est une question que nous ne saurions décider avant d'avoir

vérifié sur nos exemples la vraisemblance ou la justesse de nos théories.

Pour ce qui est de l'*Histoire de la tragédie française*,
le plan nous en est, en quelque sorte, donné par la
manière même dont nous avons posé la question :
*Comment un Genre naît, grandit, atteint sa perfection,
décline, et enfin meurt.*

1° Nous étudierons donc d'abord la tragédie française dans sa période de formation, c'est-à-dire depuis
les origines, depuis la *Cléopâtre* et la *Didon* de Jodelle
jusqu'au théâtre de Robert Garnier ou d'Antoine de
Monchrétien.

2° Sous l'influence de la littérature espagnole et du
bel esprit italien, nous la verrons alors, dans une
seconde période, comme osciller entre les diverses
directions qu'elle eût pu prendre ; et nous tâcherons
de dire pourquoi, grâce au concours de quelles circonstances — non pas du tout en 1628, comme on le
dit, mais douze ou quinze ans plus tard, entre 1640
et 1645, — elle dégage, pour ainsi parler, la pureté de
son type du mélange et de la confusion de ses contre-
façons : comédie héroïque, tragi-comédie, mélo-
drame, tragédie pastorale, etc.

3° C'est alors que, diversement comprise et traitée
par deux hommes de génie, par l'auteur de *Rodogune*
et par celui d'*Andromaque*, elle atteint, entre 1645
et 1675, ce qu'on peut appeler son point de perfection ou de maturité.

4° Mais déjà, quelque estime que nous fassions de
Phèdre, la tragédie semble y tendre, par le lyrisme,
vers une forme d'elle-même plus pompeuse, plus
décorative, plus ornée ; et, Quinault survenant, avec

ses opéras, ses *Atys* et ses *Rolands*, ses « doucereux
Rolands », son vers fait pour être chanté, pour être
surtout fredonné, du vivant même de Racine la décadence commence. L'histoire en est longue et triste,
mais intéressante.

5° En vain Voltaire, avec sa fécondité d'invention,
essaye de rendre à la tragédie racinienne un peu de
souffle et de vie; on dirait qu'il ne la comprend
plus; et, en tout cas, ce qu'il en admire, c'est ce
qu'elle a de plus contraire à sa vraie perfection. Ce
que Voltaire n'a pas pu faire, d'autres s'y essayent à
leur tour, mais avec moins de succès ou de bonheur
encore, Marmontel, Laharpe, Ducis; et — phénomène
bien digne d'attention, qu'il nous faudra regarder de
très près — la tragédie périt pour avoir en quelque
manière laissé rentrer dans sa définition tout ce que
l'on en avait exclu pour la conduire elle-même à sa
perfection.

Ce sont, comme vous le voyez, cinq chapitres bien
distincts, que je ne vous promets pas d'ailleurs de
pouvoir faire tenir chacun en une seule leçon — je
pourrais même dès à présent vous dire qu'ils n'y
tiendront point, — mais dont il me suffit pour aujour-
d'hui que vous ayez bien vu l'enchaînement logique
sous la loi de l'évolution.

Passons au second exemple : *Comment un Genre se
transforme en un autre.* C'est, avons-nous dit, l'histoire
de la transformation de l'éloquence de la chaire en
poésie lyrique.

1° Pour nous convaincre de la réalité de la transformation, nous étudierons l'éloquence de la chaire au
XVII° siècle, c'est-à-dire à l'époque de sa perfection,

premièrement dans sa *matière*, et secondement dans sa *forme*. Sa *matière*, j'entends par là les idées ou les sentiments qu'elle remue d'ordinaire; et sa *forme*, c'est ce qui en rend l'expression proprement éloquente : c'est le rythme et c'est l'image.

2° Nous trompons-nous peut-être? Je ne le crois pas ; mais, pour nous en assurer, c'est ce que nous demanderons à Bossuet, à Bourdaloue, à Massillon. Nous y trouverons d'ailleurs cet avantage inattendu que, de l'un à l'autre, nous verrons la forme diminuer de splendeur; la matière s'*humaniser*; l'inspiration biblique remplacée par la dialectique; et la dialectique par la rhétorique.

3° Puis, il se fait un grand silence; Massillon descend de sa chaire; et pendant près d'un demi-siècle, de 1704 à 1749, si vous cherchiez une page éloquente dans l'histoire de la prose française, vous ne l'y trouveriez pas. Ni Fontenelle, ni Voltaire, ni l'auteur même de l'*Esprit des lois* ne sont des hommes éloquents, et vous le savez de reste, mais il faudra que nous en cherchions ensemble, et que nous en disions les raisons.

4° Mais voici tout d'un coup qu'une parole enflammée se fait entendre : c'est celle de l'auteur du *Discours sur l'origine de l'Inégalité parmi les hommes*; et ce *Discours* est suivi de la *Lettre sur les Spectacles*, de la *Nouvelle Héloïse*, de l'*Émile*, du *Contrat social*; autant d'écrits qui peuvent d'ailleurs avoir d'autres qualités, mais dont la première est d'être les modèles d'une éloquence nouvelle. Désormais, comme on le faisait cent ans auparavant, on va pouvoir traiter les grands intérêts de l'humanité avec des

mots dignes de leur importance, et avec une chaleur
digne de la noblesse de la cause. En même temps, le
même homme réintègre dans leurs droits deux puissances que, jusqu'alors, on avait subordonnées dans
la littérature : il rend à la *sensibilité* l'influence dont
on l'avait destituée, et il confère à l'écrivain le droit
de mettre sa *personnalité* dans son œuvre.

5° Or c'est là tout le *romantisme*, et pour en devenir certains, nous n'aurons qu'à l'étudier lui-même
dans ses plus illustres représentants, l'auteur des
Méditations, celui des *Feuilles d'Automne*, celui des
Destinées, Lamartine, Hugo, Vigny, que font-ils, en
effet, que réfracter en eux l'univers? et, en donnant
la bride à leur sensibilité, que font-ils, comme l'auteur
des *Confessions*, que se confesser eux-mêmes. Seulement, comme ce sont de grands poètes, il y a quelque
chose en eux de plus grand, de plus universel, de
plus permanent qu'eux-mêmes; et ce quelque chose,
il reste à démontrer que c'est ce qui faisait la matière
et la forme de l'éloquence de la chaire.

6° Nous achèverons de nous en rendre compte en
étudiant le *lyrisme*, premièrement dans sa *forme*, secondement dans sa *matière*; et si nous trouvons cette
matière et cette forme identiques à celles de l'éloquence de la chaire, la démonstration sera complète,
me semble-t-il; et nous aurons vu vraiment, non pas
métaphoriquement, un genre se transformer en un
autre. Cela fera, si j'ai bien compté, six ou sept autres leçons ou chapitres.

Nous suivrons une autre méthode encore pour tracer
l'*Histoire du roman français*, et sachant ce que c'est,
pour l'avoir appris en étudiant l'*Histoire de la tra-*

gédie, nous essayerons d'abord de déterminer l'objet propre du genre et le point de sa perfection dans l'histoire de notre littérature.

1° Nous trouverons qu'il a pris conscience de l'un avec Lesage et Marivaux, dans les premières années du xviii° siècle, et qu'il n'a vraiment touché l'autre que de notre temps, avec George Sand et Balzac. Vous voyez la conséquence : de l'un à l'autre de ces deux extrêmes, nous n'aurons plus, en effet, qu'à insérer les moments de son évolution.

2° Avec Lesage et Marivaux, nous le verrons s'enrichir, pour ainsi parler, des pertes successives de la comédie, comédie de caractère, comédie de mœurs, comédie d'intrigue.

3° Avec Prévost et Rousseau, nous le verrons absorber la matière de la tragédie, et précéder ainsi de soixante ou de quatre-vingts ans ce drame bourgeois qu'à la même époque les Diderot, les Beaumarchais, les Mercier, Sedaine même essayent vainement d'en faire sortir.

4° Encore un pas, et avec l'auteur de *Corinne*, avec l'auteur d'*Indiana*, de *Valentine*, de *Jacques*, nous le verrons s'incorporer : d'abord cette *moralité* ou, pour mieux dire, cette science de la vie qui avait été jusque-là le privilège des moralistes à la Rivarol, à la Chamfort, à la Duclos; ensuite, le droit de traiter ces questions, sociales ou religieuses, que d'autres moralistes s'étaient, eux aussi, réservées jusque-là; en troisième lieu ce droit de peindre qui semblait uniquement appartenir à la poésie.

5° Et enfin, de nos jours même, avec Balzac et Flaubert, égalant ses ambitions à la diversité de la

« Comédie humaine », nous le verrons accommoder la souplesse infinie de sa forme à tous les états de la pensée, à toutes les conditions de la vie, à toutes les nécessités de toutes les propagandes, le plus large, le plus divers, le plus souple, le plus ondoyant, et avec cela, cependant, de tous les genres, le plus facile à reconnaître, à déterminer et à définir.

Tel est, messieurs, le programme du cours que nous essayerons de traiter cette année. Je le crois assez neuf, et vous en jugerez, à mesure que nous avancerons. Mais, le grand avantage que j'y trouve et qui a déterminé mon choix quand j'hésitais encore entre deux ou trois autres sujets — parmi lesquels il en est un que je regrette vivement de ne pouvoir traiter cette année, sur l'*Influence des littératures étrangères dans l'histoire de la littérature française*, — c'est qu'il est à la fois critique, dogmatique et historique. Vous avez, en effet, remarqué que nous y trouverions, chemin faisant, l'occasion de tracer une histoire sommaire de la critique en France, et que cette histoire n'existe pas, ce qui peut sembler assez bizarre, quand on considère la place que la critique a tenue dans l'histoire de la littérature française. Mais en outre, et comme application ou comme vérification de notre méthode, nous esquisserons également l'histoire de la tragédie classique, celle de l'éloquence de la chaire et de la poésie lyrique contemporaine, enfin celle du roman français; et j'ajoute, qu'en les esquissant du point de vue de l'évolution, nous ne pourrons pas manquer d'y faire quelques petites découvertes.

Quant aux conclusions générales du cours, j'ai dit et je répète, qu'ayant toute une année devant moi pour y songer avec vous, je les laisse encore quelque temps et volontiers flotter dans le vague. Cependant, et sans rien vouloir engager, je ne saurais m'empêcher de dire que nous jouerions de malheur, si, de tout cela, nous ne tirions rien d'utile pour la solution ou la position de quelques questions très générales et très importantes, dont je veux en terminant vous indiquer deux ou trois.

1° Quel est l'objet de l'art, en général, et particulièrement de l'art d'écrire? a-t-il en soi son commencement? y a-t-il surtout sa fin ou son but? puisqu'il se sert de *mots*, et que ces *mots* sont des *sons*, et qu'ils traduisent ou plutôt qu'ils évoquent des *images*, les théoriciens de *l'art pour l'art* n'auraient-ils pas peut-être raison? Mais, si ces *mots* expriment en même temps des *idées* ou des *sentiments*, peut-on les traiter comme on fait des *couleurs* ou des *formes*? Et si le langage fait assurément l'un des liens les plus étroits et les plus forts des sociétés humaines, peut-on séparer l'art d'avec la vie sociale? A toutes ces questions nous trouverons sans doute de quoi répondre, ou, je le répète, c'est que nous serons bien malheureux.

2° Nous prendrons en même temps des leçons de méthode; car, la critique est-elle une *science*? le problème est litigieux; et, pour ma part, je ne crois pas qu'elle en puisse prendre le nom, ni même, pour des raisons que je vous dirai, qu'elle ait aucun avantage à le prendre. Mais, en tout cas, nous nous convaincrons, je l'espère, que pour n'être pas une *science*, la

critique n'en a pas moins ses *méthodes*; et que, conséquemment, les jugements qu'elle porte sur les œuvres dérivent de quelque source plus haute que son
caprice et que sa fantaisie. Les poètes et les romanciers n'en veulent pas convenir, parce qu'en effet,
lorsqu'il leur arrive, à eux, l'auteur de *Cromwell* ou
de *Volupté*, de faire de la critique, ils y portent cette
conception d'art en vertu de laquelle ils sont romanciers et poètes. Je serai trompé, si nous ne réussis-
sons pas à établir contre eux qu'il y a critique et
critique; et que, si la leur a toujours été, sera toujours personnelle, ce n'est pas une raison pour que
la nôtre le soit, nous, qui ne nous piquons point de
faire des vers ou des romans, mais uniquement de
l'esthétique ou de l'histoire, et d'établir, sur quelque
solide fondement, un ordre ou une hiérarchie parmi
les productions des poètes et des romanciers.

3° Car il faudra bien que nous en venions là. On se
moque des classificateurs; et, aujourd'hui surtout,
peu s'en faut que l'on ne considère leur besogne
comme à peu près aussi stérile que de tourner des
ronds de serviettes ou de collectionner des timbres-
poste. On se moque aussi de ceux qui « comparent »
Corneille et Racine, Lamartine et Hugo, Balzac et
George Sand; et, quoiqu'un peu vieille, il semble bien
que la plaisanterie réussisse toujours. Ce qui est toutefois curieux, c'est que ceux qui s'en moquent soient
les mêmes aussi qui célèbrent le plus éloquemment
les découvertes et les conquêtes contemporaines de
l'anatomie *comparée*, de la physiologie *comparée*, de
la philologie *comparée*, quoi encore? S'ils prenaient
donc la peine de réfléchir davantage, ils s'aperce-

vraient sans doute que, s'il est intéressant de comparer l'ornithorynque et le kanguroo, les mêmes
raisons, absolument les mêmes, tirées du besoin de
connaître, et pour mieux connaître, de comparer,
rendent également intéressante, ou plutôt nécessaire,
la comparaison du drame de Shakespeare avec la tragédie de Racine, ou du lyrisme de Byron avec celui
de Victor Hugo.

Ou, plus généralement, ce qu'ils verraient alors peut-
être, c'est que la fin finale de toute science au monde
est de classer, dans un ordre de plus en plus semblable
à l'ordre même de la nature, les objets qui font la
matière de ses recherches. L'histoire naturelle en est
un admirable exemple, où, de Linné jusqu'à Cuvier,
de Cuvier jusqu'à Darwin, et de Darwin jusqu'à Hæckel, on peut dire avec assurance que chaque progrès
de la science est un progrès ou un changement dans
la classification. De confuse et de vague en devenant
systématique; de *systématique* en devenant *naturelle*;
et de *naturelle* en devenant *généalogique*, la classification, toute seule, par son progrès même, a bouleversé
les sciences de la nature et de la vie. Il en sera quelque jour ainsi, il en est ainsi, dès à présent, de la
critique; et, sans y insister aujourd'hui, je dis que, si
c'était la seule conclusion à laquelle nous dussions
aboutir, elle est assez importante; — et vous esti-
merez avec moi que nous n'aurions perdu ni notre
peine ni notre année.

9 novembre 1889.

INTRODUCTION

L'ÉVOLUTION DE LA CRITIQUE EN FRANCE
DEPUIS LA RENAISSANCE JUSQU'A NOS JOURS

PREMIÈRE LEÇON

DE DU BELLAY JUSQU'A MALHERBE

1550-1610.

Importance de la critique dans l'histoire de la littérature française. — Origines de la critique moderne : la critique philologique et le réveil de l'individualisme. — La *Défense et
Illustration de la langue française* de Joachim Du Bellay. —
Défauts et qualités du livre. — Les origines du classicisme.
— La *Poétique* de Scaliger. — Du caractère de la critique
de Scaliger. — Substitution des modèles latins aux modèles
grecs. — Les opuscules de Ronsard sur la poétique. — *L'Art
poétique* de Vauquelin de la Fresnaye. — Tendance générale
de la critique au xvi° siècle.

Messieurs,

C'est un lieu commun assez répandu — parce qu'il
est effectivement flatteur pour l'amour-propre de ceux
qu'elle chagrine et qu'elle gêne — que la critique, en
général, ne saurait exercer d'influence appréciable
sur la direction ou sur la destinée des littératures ;
et, assurément, si l'on veut dire par là, qu'incapable
qu'elle est de susciter le talent, la critique l'est
davantage encore de faire naître le génie, on a raison. Mais, si peut-être, comme je le crains, on voulait

dire qu'aucune littérature moderne eût pu se développer, ou se soit en effet développée, en dehors et
indépendamment de la tutelle, ou de l'action de la
critique, on aurait tort; et, après la preuve qu'en
fournirait au besoin la littérature allemande du
XIXᵉ siècle, issue, pour ainsi parler, tout entière de
Lessing, je n'en connais pas de meilleure, de plus
péremptoire, et de plus irrécusable que celle que nous
offre l'histoire de la critique en France, depuis ses
origines jusqu'à nos jours.

Voilà bientôt, en effet, trois cents ans — ou même
un peu plus — que la critique est vraiment l'âme de
la littérature française. Depuis Ronsard jusqu'à nos
jours, on ne citerait pas une révolution de la littérature ou du goût qui n'ait eu chez nous pour origine
et pour guide une évolution de la critique. Il n'y a
pas jusqu'aux poètes — Ronsard lui-même, Malherbe,
Boileau, Voltaire, Chateaubriand, Hugo — qui, pour
préparer le triomphe de leurs doctrines, n'aient dû
consentir à se faire critiques. Et leurs doctrines enfin,
ou leurs réformes, c'est la critique — en leur prêtant
pour ainsi dire l'autorité de son désintéressement, —
et en les propageant, qui a seule eu le pouvoir de les
rendre durables. Hugo a écrit la *Préface de Cromwell*,
mais ce n'est pas elle qui a gagné la bataille romantique; ce n'est même pas *Hernani*; c'est le *Tableau
de la Poésie française au XVIᵉ siècle*, c'est Sainte-Beuve;
et c'est la critique du *Globe*.

Aussi, notre littérature est-elle la seule entre toutes
les littératures modernes où la critique ait vraiment,
depuis son origine, — je ne dis pas une tradition,
puisqu'elle en a plusieurs fois changé, nous venons

d'en faire l'observation, — mais une histoire ininter-
rompue; et peut-être penserez-vous que la remarque
n'en était pas inutile.

Car, il y a eu des critiques en Angleterre, il y en
a eu en Allemagne; et, de même que celui de Boileau ou de Laharpe, les noms de Pope, de Johnson,
de Gottsched, de Lessing ou de Herder sont devenus
des noms européens. Vous pouvez donc, si vous le
voulez, préférer l'*Essay on Criticism* à l'*Art poétique*
de Boileau. Vous pouvez dire qu'au besoin vous don-
neriez tout Marmontel, avec Laharpe par-dessus le
marché, pour le *Laoocoon* ou la *Dramaturgie de Ham-
bourg*; en quoi d'ailleurs vous auriez tort, et vous
feriez un vrai marché de dupe. Mais, si Pope et Lessing ne sont pas des isolés dans leur littérature ou dans
leur langue, ils sont au moins des exceptions; et nulle
part ailleurs qu'en France vous ne trouverez un corps
de doctrines littéraires — universellement admis ou
contesté, peu importe, et ce n'est pas là le point, —
mais un corps complet, un corps entier, mais une
théorie générale du style, mais une esthétique des
genres, mais des règles, mais des lois. Vous ne trouverez non plus, dans aucune autre littérature, vingt
écrivains pour un par génération qui se soient trans-
mis à eux-mêmes la mission, tantôt de maintenir le
poète dans la rigoureuse observation des règles, ou
tantôt au contraire de le pousser non pas peut-être
à les violer, mais à les promouvoir.

Ce n'est pas cependant en France, c'est en Italie
que la critique moderne a pris naissance, au xv° siècle,
sous l'influence de diverses causes, qu'il serait sans
doute un peu long d'étudier en détail, et dont je ne

retiendrai, pour vous en dire quelques mots, que les deux principales.

L'une, la plus extérieure, si je puis ainsi dire, mais non pas la moins agissante, ç'a été la nécessité pour les hommes de la Renaissance de se reconnaître et de s'orienter parmi les richesses confuses de l'antiquité retrouvée. A peine ai-je besoin d'insister. Quelque estime que l'on fasse des littératures anciennes, tout n'y est pas de la même valeur, du même titre, du même aloi : l'*Alexandra* de Lycophron ne vaut pas sans doute l'*Odyssée* d'Homère, et l'*Enlèvement de Proserpine* ne saurait être mis au rang de l'*Énéide*. Les barbares du Nord, Gaulois ou Allemands, Welches ou Teutons, pouvaient être capables de ces confusions, mais non pas les Italiens, ceux de la Renaissance, les contemporains des Vinci, des Corrège, des Titien. Avant tout, et surtout avant de choisir les modèles qu'on imiterait, il fallait donc en dresser l'inventaire; il fallait déterminer à quels signes on les reconnaîtrait pour modèles; il fallait enfin, si l'on voulait soi-même les reproduire, commencer par en étudier, par en analyser, par en définir la structure. C'est la critique philologique, base nécessaire, base indispensable, encore aujourd'hui, de la critique littéraire, et dont les procédés ou les méthodes ont bien pu se perfectionner depuis lors, mais dont l'objet est demeuré le même. Elle n'est pas tout à fait la critique littéraire, mais il n'y a pas de critique littéraire sans elle; et quiconque l'oublie, de notre temps comme alors, il peut bien éviter le reproche de *pédantisme*, mais il encourt celui de n'être qu'un amateur, qu'un dilettante, qu'un amuseur.

Une autre cause, plus intime, est celle que signale
J. Burckhardt, — dans son livre si mal fait, plus
mal traduit encore, mais d'ailleurs si savant, si *sug-
gestif*, sur *la Civilisation en Italie au temps de la Renaissance*; — et c'est ce qu'il a lui-même appelé « le
réveil de la personnalité ».

En effet, l'homme du moyen âge, avant d'être à
lui-même, était une partie de sa caste ou de sa cor-
poration, n'était pas toujours maître de sa personne,
l'était encore moins de ses actions ou de sa pensée.
Aussi, la littérature du moyen âge, considérée dans son
ensemble — et Dante ou Pétrarque mis à part, qui
sont les premiers des modernes, — est-elle imperson-
nelle, universelle et anonyme. Je veux dire par là,
que rien ne ressemble à une épopée comme une autre
épopée, à la *Chanson de Roland* comme la chanson
d'*Aliscans*, si ce n'est un mystère à un autre mystère,
et un trouvère à un autre trouvère : Thibault de Cham-
pagne à Quesne de Béthune ou au châtelain de Coucy.
Même la nationalité de l'auteur, à défaut de son individualité, ne se trahit pas dans son œuvre. Nous avons
nos *Mystères*, les Allemands ont les leurs, les Italiens
aussi, qui se ressemblent tous; et — n'était la diversité de la langue — on pourrait bien mettre la critique
au défi de leur assigner à chacun son pays d'origine.
Mais, précisément avec la Renaissance, les nationa-
lités prennent conscience d'elles-mêmes, et l'individu
s'émancipe. Désormais, dans son œuvre, poème ou
tableau, l'artiste a la prétention de mettre quelque
chose de lui-même; son monogramme ou sa marque,
sa signature, son empreinte; et, très différent en ce
point de ces pieux « tailleurs d'images » dont le

ciseau subtil a ouvré les pierres de nos cathédrales,
ou de ces « primitifs » qui se faisaient de leurs tableaux, comme nous le disions l'autre jour, un moyen
de salut, l'intérêt ou la curiosité que soulève son
œuvre, c'est vers lui que l'artiste moderne en prétend dériver le profit. L'ambition de la gloire —
perpetuandi nominis desiderium, c'est l'expression de
Boccace, *lo gran disio dell' eccellenza*, c'est l'expression
de Dante — sont entrés pour n'en plus sortir dans le
cœur du peintre ou du poète.

Seulement, il en résulte qu'il se rend ainsi justi-
ciable, dans son œuvre et dans sa personne, de tous
ceux qu'il invite, pour en accroître d'autant la sienne,
à lui quitter leur part de gloire. Tous ceux qu'il sur-
passe, et qu'en les surpassant, il frustre inévitablement de leurs espérances de réputation ou de noto-
riété, deviennent ses rivaux, ses envieux, et partant
ses critiques. Comme ses intentions ont changé de
nature, elles ont changé aussi de juridiction. Le *Moi*
de l'artiste, en essayant d'empiéter sur celui des autres, l'irrite, et le provoque aux représailles. On ne
pardonne plus maintenant ses défauts à ses qualités,
mais ce sont au contraire ses qualités qui sombrent
en quelque sorte parmi ses défauts. Que ce soit bien
là l'une des origines de la critique moderne, on n'en
saurait douter, quand on a bien saisi, dans le livre
de Burckhardt, le rapport qui lie ces trois termes
entre eux : *Esprit critique, Désir de gloire* et *Réveil*
ou *Développement de la personnalité*. J'en voudrais
une plus honorable, — si je ne me rappelais ce qu'on
a si bien dit, qu'à l'origine de tous les pouvoirs on
trouve « des choses qui font frémir ».

Hâtons-nous donc d'ajouter qu'en passant d'Italie
en France, la critique allait promptement dépouiller
à la fois son caractère d'érudition pédantesque et
d'âpreté satirique, pour devenir, non pas tout de suite
esthétique ou philosophique, mais proprement littéraire. Sans se rendre encore assez indifférents aux
questions de personnes, et tout en se permettant
d'étranges violences entre eux ou contre leurs vic-
times, nos critiques allaient cependant donner dans
leurs œuvres la première place aux questions de principes ou de doctrine. Et ils n'allaient pas sans doute
renoncer à l'étalage d'une érudition dont ils se faisaient gloire, mais enfin, ils allaient s'efforcer de donner à cette érudition même quelque chose de l'air de
la cour ou du monde.

C'est ce qu'il faudrait montrer si nous faisions ici
l'histoire de la critique. Mais, comme je vous l'ai dit,
nous ne nous proposons que d'en retracer les lignes
les plus générales; et c'est pourquoi, de cette première
période, je ne veux mettre à part, pour vous en parler,
que trois œuvres, entre beaucoup d'autres. Ce sont :
la *Défense ou Illustration de la langue française*, de
Joachim Du Bellay, qui parut en 1550; la *Poétique* de
Scaliger, dont la première édition est datée de 1561 ;
et enfin l'*Art poétique* de Vauquelin de la Fresnaye,
qui ne vit le jour qu'en 1605, mais dont nous savons
qu'il était achevé d'écrire dès 1590.

Je ne sais pas si, sur la foi de Sainte-Beuve, et de
quelques autres, on n'a pas trop vanté la *Défense et
Illustration de la langue française*. « Toutes les tendances de l'esprit français, tous les progrès que la
poésie avait encore à faire sont exprimés dans ce

manifeste », a dit en effet Désiré Nisard; et encore :
« Ce sont les premières pages où la critique littéraire
ait été éloquente ». En réponse à cet enthousiasme,
il nous faut donc observer tout d'abord, et sans y
méconnaître d'ailleurs une certaine élévation d'idées,
de réelles qualités de verve et d'imagination, que le
livre, ou la brochure, n'en demeure pas moins affecté
de deux graves défauts : c'est un livre de jeune
homme, et c'est un livre du xvie siècle.

Un livre de jeune homme — permettez-moi de le
dire, — c'est un livre où les mots sont plus grands
que les choses, disproportionnés à l'intérêt de ces
choses, et les choses traitées elles-mêmes sans égard
à la multiplicité des rapports qu'elles soutiennent
avec d'autres choses. Mais, un livre du xvie siècle —
et je n'en connais pas un, ni celui de Rabelais, ni
celui de Montaigne, dont l'observation ne soit vraie,
— c'est un livre quelque peu pédant, où les questions, au lieu d'être tranchées par l'autorité d'Aristote,
comme au moyen âge, le sont par celle de Platon ou
de Cicéron, de Macrobe ou d'Aulu-Gelle au besoin;
c'est un livre confus, dont le plan ne se discerne
qu'autant qu'on a commencé par l'y introduire soi-
même; c'est surtout un livre où les contradictions de
toute sorte abondent. En réalité, au temps de Du
Bellay, nous ne faisons que commencer d'apprendre
à penser; nous ne pensons pas encore, nous tradui-
sons; et si jamais on a traité les anciens d'un respect
superstitieux, nous le verrons, ce n'est pas du tout
au xviie siècle, c'est au xvie. La *Défense et Illustration
de la langue française* en peut servir d'un mémorable
exemple.

Quant à l'idée du manifeste ou du livre, dégagée
des contradictions qui l'embrouillent et des développements parasites qui l'étouffent par moments, il me
semble qu'elle est assez claire. Il s'agit d'égaler la
dignité de la langue française à la dignité des langues
anciennes, de la grecque et de la romaine. Et, pour
cela, rompant sans retour avec la tradition du moyen
âge, Du Bellay nous propose, au lieu de continuer de
nous traîner dans l'ornière gauloise, d'imiter les
Romains et les Grecs.

C'est bien tout ce que j'y vois d'*idées*; car, je ne
puis donner ce nom à de vagues pressentiments,
dont, si quelques-uns se sont réalisés par la suite,
il y en a bien la moitié que l'événement devait dé-
mentir. Défions-nous de ceux qu'on appelle des pré-
curseurs : les *idées*, dans l'histoire littéraire comme
ailleurs, appartiennent à ceux qui en ont développé
les conséquences, et n'appartiennent qu'à eux. De ce
que Du Bellay, par exemple, aura conseillé aux poètes
ses contemporains « de restituer les tragédies et comédies en leur ancienne dignité » lui ferons-nous honneur, sinon d'avoir ouvert la voie, mais au moins de
l'avoir indiquée aux Corneille, aux Molière, aux Racine? Il faudrait donc alors le rendre responsable
aussi, pour son chapitre du *Long poème françoys*, de
tout ce que son siècle, et le suivant, et le xviiie à son
tour allaient enfanter de prétendues épopées, depuis
Ronsard jusqu'à Thomas, depuis *la Franciade* jusqu'à
la Pétréide. Il faudrait le rendre responsable aussi
de ce débordement de *Sonnets* amoureux ou galants,
d'*Odes* soi-disant horatiennes ou pindariques, d'*Églogues* à l'exemple de Théocrite et de Virgile.... Mais

le fait est que, les anciens nous ayant légué des *Épo-*
pées ou des *Églogues*, Du Bellay en conseille l'imitation comme il eût fait celle des *Romans*, si l'antiquité
les avait connus. Et je veux bien rendre justice à la
délicatesse de son goût quand il préfère la *Satire*
d'Horace au *Coq-à-l'âne* de Marot. Mais, encore une
fois, des conseils aussi vagues, des préceptes aussi
généraux, des espérances si mal justifiées, je n'appelle pas cela avoir eu des *idées*.

Si les idées de Du Bellay sont courtes et peu nombreuses, nous aurions trop beau jeu de vouloir
montrer maintenant l'insuffisance ou le danger des
moyens qu'il propose pour les réaliser. En ce qui
regarde le choix des modèles à imiter, son admiration tumultueuse confond un peu trop, en vérité, les
Grecs, et les Romains, et les Italiens de la Renaissance, auxquels même, si je ne me trompe, il a quelque
part adjoint je ne sais quels « Hespagnols ». Et pour
les moyens qu'il indique d' « enrichir » ou d' « enno-
blir » la langue, de l'accroître et de l'amplifier, on en
voudrait de plus précis que cette éternelle « imitation » où nous le voyons constamment revenir, sans
en autrement définir l'objet et la limite que par la
métaphore si souvent citée : qu'il ne faut pas « imiter »
platement les anciens, mais « se les convertir en sang
et en nourriture ». Mais, comment y réussira-t-on ?
C'est ce qu'il a négligé de dire, et c'était cependant
la seule chose qui nous importât.

Après cela, toutes ces critiques ne sauraient faire —
et je n'ai pas l'intention de nier — qu'à son heure, la
Défense et Illustration de la langue française n'ait produit une émotion considérable. On peut même dire,

en un certain sens, que les effets s'en sont propagés
jusqu'à nous, si cette imitation un peu superstitieuse
des anciens, qu'elle conseille, est devenue le fond de
l'esprit classique. Par le manifeste de Du Bellay, la
Pléiade, et à sa suite la poésie française, ont rompu
pour deux siècles avec la tradition du moyen âge,
avec la tradition même de Villon et de Marot; et
disons-le en passant, rien n'est plus naïf ou plus vain
que de s'en lamenter, puisque aussi bien cette tradition était épuisée depuis longtemps, puisqu'il n'en
pouvait plus rien sortir, puisqu'elle était morte. On
a tiré, comme je vous le disais, la poésie française
de l'ornière où depuis près de deux siècles alors
elle se traînait misérablement, et, en lui proposant
comme ambition de rivaliser avec les anciens, on lui
a comme ouvert ou frayé l'accès vers des hauteurs
que d'elle-même elle n'eût pas atteintes.

Mais on ne saurait se dissimuler qu'en substituant
l'imitation des anciens à celle même de la nature, et
qu'en prenant pour devise le fâcheux distique :

> Rien ne nous plaît, hors ce qui peut déplaire
> Au jugement du rude populaire,

la Pléiade n'ait creusé trop profondément chez nous
l'abîme qui, déjà partout, sépare assez la littérature
de la vie nationale, et qu'elle n'ait ainsi donné au
classicisme, en France, quelque chose de plus savant,
de plus compassé, de plus artificiel aussi que peut-être
nulle part ailleurs. — Notez à ce propos l'erreur ou
la méprise de Malherbe et de Boileau qui n'ont fait,
comme nous le verrons, tout en maltraitant Ronsard

et la Pléiade qu'abonder eux-mêmes dans le sens de
ces « réformateurs » qu'ils ont si cruellement jugés.

Cependant, et tandis qu'avec l'ambition de la jeunesse, Du Bellay tirait de son expérience trop sommaire
une poétique encore un peu confuse, la connaissance
de celle d'Aristote se répandait en France, par l'intermédiaire des commentateurs italiens. Vous trouverez des détails sur Robortelli, sur Lombardus et
sur Vettori dans les leçons de M. Egger sur l'*Hellénisme en France*. Si je ne joins pas à leurs noms
celui de Castelvetro, c'est que sa paraphrase est pos-
térieure à la *Poétique* de Scaliger, qui parut pour la
première fois en 1561, et dont il me suffirait, pour
en pouvoir mesurer approximativement l'influence,
d'avoir entre les mains la « quatrième » édition :
*Julii Cæsaris || Scaligeri || a Burden || viri claris-
simi ||* Poetices libri septem. *|| In Bibliopolio Com-
meliniano ||* 1607.

La *Poétique* de Scaliger se divise en sept livres, qui
portent les titres de *Historicus, Hyle, Idœa, Parasceve,
Criticus, Hypercriticus*, et *Epinomis*, titres parlants,
comme vous voyez, à l'exception du dernier, — qui
n'est effectivement qu'un ressouvenir de Platon, — et
titres dont la gradation — de la *matière* au *sujet*, et du
sujet à la *forme* de l'œuvre poétique — indique assez
bien l'objet et le plan de tout l'ouvrage. Il est posthume; et Jules César, on le voit assez, n'a pas eu le
loisir d'y mettre la dernière main. Mais il n'en est
que plus curieux ou plus significatif, et ces notes à
peine digérées, où nous surprenons les procédés de
travail du rhéteur, ne sont que plus intéressantes;
dans leur confusion même. C'est véritablement ici

l'antiquité mise en coupe réglée. Scaliger « extrait »
les littératures anciennes, comme on pourrait faire
pour un dictionnaire, et il classe alors ses extraits
conformément à son plan. S'il n'y a rien de plus fas-
tidieux à lire, il n'y a rien aussi qui nous confirme
davantage dans l'idée que nous nous faisons de la
critique au xvıᵉ siècle.

Il n'est pas difficile d'expliquer le succès de ce
livre. Effectivement, si l'on avait besoin de quelque
chose alors, après Du Bellay, c'était de précision
dans l'enthousiasme; et ce que Scaliger se montre
avant tout dans sa *Poétique*, c'est un définiteur exact;
c'est un classificateur ingénieux; c'est enfin, si je puis
risquer le barbarisme, un infatigable comparateur.
Exemples et comparaisons, classifications, définitions, voilà toute sa *Poétique* : l'antiquité mise en
morceaux, disions-nous, décomposée dans ses moindres parties; et la matière entière de la poésie systématiquement ordonnée. Qu'est-ce que la tragédie?
Qu'est-ce que la comédie? Qu'est-ce qu'une figure? la
synecdoche ou la métonymie? Qui devons-nous préférer, de Plaute ou de Térence? de Virgile ou d'Homère, et pourquoi? Telles sont les questions sur lesquelles roule toute la critique de Scaliger; et, sans
doute, il y en a de plus importantes, il y en a de
plus intéressantes en critique, mais qu'on ne pouvait
poser utilement qu'après avoir résolu celles-ci. Quant
à la façon dont lui-même il les traite, quelques citations vous en donneront une idée. Voici, par exemple,
sa définition de la tragédie :

Tragœdia, sicut et comœdia, in exemplis vitæ humanæ
confirmata, tribus ab illa differt : personarum conditione,

fortunarum negotiorumque qualitate, exitu. In illa, e pagis sumpti Chremetes, Davi, Thaïdes loco humili; initia turbatiuscula; fines læti; sermo de medio sumptus. In tragœdia reges, principes, ex urbibus, arcibus, castris; principia sedatiora; exitus horribilis; oratio gravis, culta, a vulgi dictione aversa; **tota** facies anxia : metus, minæ, exilia, mortes.

Rien de plus précis, ou même de plus sec, mais aussi rien de plus conforme à ce que je vous signalais comme le caractère éminent de la critique au XVIᵉ siècle. On veut se rendre compte. On cherche donc les causes de son impression dans les qualités apparentes et extérieures des œuvres. L'impression même est un total, dont on suppose que les éléments sont nécessairement contenus dans l'œuvre qui la produit. On essaye de les déterminer, et chacun de ces éléments, une fois reconnu, vient former un trait de la définition que l'on donne du genre.

La tragédie produit en nous une impression de grandeur, de pompe et de majesté : c'est que les héros en sont des princes ou des rois — *ex urbibus, arcibus, castris sumpti,* — des Étéocle et des Polynice, des Agamemnon et des Clytemnestre, des Coriolan et des Caton. Elle produit en nous une impression de terreur ou d'angoisse : c'est que la catastrophe en est horrible — *exitus horribilis* — et que, comme l'action tend tout entière vers cette catastrophe, elle participe de son horreur, — *tota facies anxia, metus, minæ, exilia, mortes.* Ou bien enfin, la tragédie produit en nous quelque impression de dignité, de noblesse et de poésie : c'est que le langage n'en est pas celui de la conversation familière, mais un langage choisi, re-

cherché, noble, et poétique par sa rareté même, —
oratio gravis, culta, a vulgi dictione aversa. La conséquence n'est-elle pas évidente? Voulant produire les
mêmes effets, nous aurons recours aux mêmes moyens.
Et s'ils ne sont pas toute la tragédie, n'en feront-ils
pas au moins les linéaments nécessaires, ou, en d'autres termes, la définition? Des rois ou des héros en
tiendront les principaux rôles; elle roulera sur des
événements qui enveloppent le destin des empires;
et elle finira dans le sang.

Nous retrouvons encore les mêmes qualités, et visi-
blement le même dessein, dans la classification que
la *Poétique* nous donne des figures :

Figuras quidem ante nos ad certam speciem nemo de-
duxit....

Et sans doute, quand il le dit, on peut reprocher à
Scaliger de n'être pas modeste, mais il dit la vérité.
C'est lui qui paraît avoir le premier classé les figures
de rhétorique, dont les anciens rhéteurs ont moins
bien distingué les diverses espèces; et c'est de sa
Poétique que les définitions consacrées en ont passé
depuis dans tous les *Manuels.*

Significatur aut id quod est, aut contrarium. Si id quod
est, aut æque, aut plus, aut minus, aut aliter, quippe aut
unam rem pluribus verbis, aut plures uno. Contrarium
significatur ut per *antiphrasin,* æque ut per *tractationem* :

C'est ce que nous appelons maintenant *développement* ou *amplification....*

plus [significatur] ut per *hyperbolen,* minus ut per *de-
tractionem* :

C'est ce que nous appelons aujourd'hui, tantôt
litote, et tantôt *suspension*.

.... Va, je ne te hais point,

dit Chimène à Rodrigue; et Agrippine, dans *Britannicus* :

Et ce même Sénèque, et ce même Burrhus
Qui depuis.... Rome alors estimait leurs vertus.

Aliter [significatur] ut per *allegoriam*; pluribus una res,
ut *periphrasi*; plures uno verbo, ut *collectione*, eques pro
equitatu....

Oui, encore une fois, ce travail est ingrat sans doute,
mais il fallait bien qu'il fût fait; et, après tout, jusque
de nos jours on ne saurait se dissimuler que ces dis-
tinctions, plus ou moins finement aperçues, et plus
ou moins heureusement rendues, demeurent la base
et la condition de l'appréciation des styles. La raison
en est bien simple; ou du moins, non, elle n'est pas
simple, elle est même complexe; mais je veux dire
qu'on la découvre aisément. C'est que toutes ces figures
expriment les rapports secrets de la parole avec la
pensée; c'est que la métaphore est le procédé naturel
de fructification ou d'enrichissement du langage; et
c'est enfin qu'une *hyperbole* ou une *litote*, qui différencient du tout au tout la nuance d'un même sentiment ou d'une même idée, ne sont pas seulement de
la rhétorique : elles sont de la psychologie.
C'est aussi bien ce qui a permis à Scaliger de donner à la comparaison des poètes une précision toute
nouvelle, et d'introduire ainsi dans la critique une

subtilité d'analyse dont je ne connais guère d'exemples avant lui. Voyez-le plutôt comparer Homère ou
Théocrite à Virgile :

Homeri epitheta sæpe frigida, aut puerilia, aut locis
inepta. Quid enim convenit Achilli flenti ποδας ὠχυς? Quod
si noster poeta — c'est Virgile — *patrem* vocat Æneam in
multis locis, id eo modo facit quod... Æneas Romanorum
principium esset :

At pater Æneas, Romanæ stirpis origo....

Præterea, quum in Augusti gratiam conderet illud opus,
voluit ejus quoque acta attingere.... At cum scimus ejus-
modi cognomen ascivisse sibi. Legimus enim in numis-
mate quod habemus : AUGUSTUS PATER....

Mais vous en trouverez vingt exemples pour un, qui
formeraient, si vous les tiriez de sa *Poétique*, tout un
commentaire de l'*Énéide* ou des *Bucoliques*....

Ce qui n'est pas moins intéressant que le détail de
ces comparaisons, ce qui l'est même beaucoup davantage, et ce qui est surtout plus important, c'est le but
auquel elles tendent, et c'est l'esprit qui les anime.
Aux modèles grecs, la *Poétique* de Scaliger vise résolument à substituer les modèles latins; et, comme
elle y a en partie réussi, vous voyez la place que tient
dans une histoire de la critique moderne cet ouvrage
aujourd'hui trop oublié peut-être.

Poètes ou prosateurs, c'est à la littérature grecque
en général que nos écrivains de la première partie
du XVIᵉ siècle avaient surtout demandé leurs modèles,
nos poètes notamment, ceux de la Pléiade, et sinon Du
Bellay, mais au moins Ronsard et Baïf. Les Alexandrins les avaient surtout séduits, en raison, je pense,

d'un certain rapport avec les Italiens, d'une certaine
recherche, d'une certaine affectation de pensée, d'un
certain raffinement qu'à douze ou quinze cents ans
de distance ils ont en commun avec Pétrarque, et
surtout avec les *Pétrarquisants*. Mais, à dater de Scaliger, et sans cesser tout à fait encore d'être teintées
d'un peu de grec, l'éducation et la culture deviennent éminemment, et bientôt après exclusivement latines. Vous comparerez, pour vous en rendre compte,
Montaigne à Rabelais, et l'inspiration habituelle de
Malherbe à celle de Ronsard. Si ce fut un bien ou
si ce fut un mal, ce n'est pas d'ailleurs ici le temps
ou le lieu de l'examiner. Il y faudrait trop de dis-
tinctions ; — et à peine oserais-je dire que les Latins,
en général, me paraissent des modèles plus sains
que les Grecs, si je n'ajoutais tout de suite qu'il est
résulté de cet exclusivisme une limitation nouvelle
de l'idéal classique.

L'influence de Scaliger et de sa *Poétique* s'étendit
d'ailleurs jusqu'aux poètes eux-mêmes de la Pléiade ;
et, à cet égard, c'est un rapprochement assez curieux
à faire que celui de la *Défense et Illustration de la
Langue française* avec l'*Abrégé de l'Art poétique*, ou
encore les *Préfaces* de Ronsard pour sa *Franciade*,
postérieures d'une dizaine d'années à la première édition du gros livre de Scaliger. Si, dans la première
Préface de sa *Franciade*, Ronsard s'excuse — car c'est
bien et dûment une excuse — « d'avoir patronné son
œuvre plutôt sur la naïve facilité d'Homère que sur
la curieuse diligence de Virgile », il semble cependant
qu'il les mette tous deux au même rang ; mais, dans
sa seconde *Préface*, « touchant le poème héroïque »,

le nom d'Homère est à peine prononcé, tandis qu'au
contraire tous les exemples dont il s'autorise, et
toutes les citations qu'il produit à l'appui de ses opinions, sont tirés de Virgile.

Au surplus, il le dit lui-même en propres termes :
« Je m'assure que les envieux caqueteront de quoy
j'allègue Virgile plus souvent qu'Homère, qui était
son maître et son patron, mais je l'ai fait tout exprès,
sachant bien que nos Français ont plus de connaissance de Virgile que d'Homère, et d'autres auteurs
grecs ». En elle-même, l'explication ou la justification
n'importe guère ; c'est le fait seul ici qui nous intéresse ; et, comme je le disais tout à l'heure, c'est la
latinisation de la culture. Le grec a désormais cessé
d'avoir le prestige qu'il avait aux yeux des premières
générations du xvi⁰ siècle. Dans quelque cinquante
ou cent ans, on reconnaîtra, on distinguera presque
infailliblement ceux de nos écrivains qui sauront le
grec : Racine, Fénelon, Chénier, de ceux qui ne sauront plus que le latin : Corneille, Bossuet, Voltaire ;
très différents eux-mêmes de ceux qui n'auront su
que le français. Et, pour le moment, et par l'intermédiaire de Scaliger, en matière de poétique ou de
critique, c'est l'autorité de l'*Épître aux Pisons* qui
commence à se substituer à celle de la *Poétique* d'Aristote.

L'*Art poétique* de Vauquelin de la Fresnaye nous en
peut servir de preuve, et, à vrai dire, c'est aujourd'hui
le principal intérêt qu'il nous offre. Composé, comme
je vous l'ai dit, en 1590, mais n'ayant paru pour la
première fois qu'en 1605, il n'a pas en effet exercé
sur son temps d'influence bien sensible, ni même

aisément reconnaissable. S'il contient d'ailleurs quelques jolis vers, d'une veine assez facile, quoique tou·
jours un peu prosaïque, la diffusion, la confusion,
les répétitions, et les contradictions en rendent la
lecture non pas pénible, si l'on veut, mais à tout le
moins ennuyeuse. En revanche, on peut considérer
qu'il résume la poétique de la Pléiade, et qu'il marque ainsi le dernier terme du mouvement qu'avait
inauguré, quelque trente ans auparavant, la *Défense
et Illustration de la langue française.* Vous trouverez
à cet égard, comme à plusieurs autres, des indications utiles dans une édition de l'*Art poétique* donnée
chez l'éditeur Garnier, sous la date de 1885, par
M. Georges Pellissier.

Pour moi, tout ce qu'il me semble utile d'y noter,
au point de vue de l'histoire de la critique, et indépendamment de cette perpétuelle imitation que le
poète y fait de l'*Épitre aux Pisons* — dont il s'amuse
à reproduire jusqu'aux vers où Horace reproche aux
« rimeurs » de son temps, de ne se point faire assez
souvent la barbe ni les ongles, — c'est le ton doctoral
qu'y affecte Vauquelin, le meilleur homme du monde
pourtant, et dont le long poème respire assurément
la moindre satisfaction de soi-même :

> O vous qui composez, que prudents oń s'efforce ·
> De prendre un argument qui soit de votre force....
>
> Ote-moi la ballade, ôte-moi le rondeau,
> Et des vieux chants royaux décharge le fardeau.

A la vérité, ces formes de dire, oratoires autant
que didactiques, se trouvent déjà dans Du Bellay,

mais elles se multiplient à l'infini sous la plume de
Vauquelin.

> L'ode, d'un grave pied, plus nombreuse et presséе,
> Aux dames et seigneurs par toi *soit* adresséé....
>
> Si tu veux sur le jeu de nouveau mettre en vue
> Une personne encor sur la scène inconnue,
> Telle jusqu'à la fin *tu la dois* maintenir....
>
> Quand vous voudrez les rois à vos chants amuser,
> De paroles de soie *il faut* toujours user....
>
> La brave tragédie au théâtre attendue,
> Pour être mieux du peuple en la scène entendue,
> *Ne doit point avoir* plus de cinq actes parfaits....

Et je vois poindre là ce que je vous disais : la tendance à transformer en lois ou en règles des genres
les observations qu'on a faites sur le genre de plaisir
dont l'*Ode* ou la *Tragédie* pouvait être la cause. Les
constatations, si je puis ainsi dire, sont faites. On a
reconnu les raisons de ses impressions; on croit du
moins les avoir reconnues. Il va s'agir maintenant de
les transformer elles-mêmes en préceptes, et c'est une
seconde période de l'histoire de la critique qui commence. Nous l'étudierons la prochaine fois [1].

12 novembre 1889.

[1]. Sur ce sujet les curieux peuvent encore consulter : Les
Épithètes de Mr de la Porte, *parisien, livre non seulement utile
à ceux qui font profession de la poésie, mais fort propre aussi
pour illustrer toute autre composition française,* Paris, 1571.
Gabriel Buon; — Le Dictionnaire des rimes françaises, *premièrement composé par Jean Le Fèvre, Dijonnais, chanoine de Lan-
gres et de Bar sur Aube, et depuis augmenté, corrigé et mis en*

bon ordre par le seigneur des Accords, Paris, 1588. Jean Richer;
— et enfin : LES MARGUERITES POÉTIQUES, *tirées des plus fameux
poètes français, tant anciens que modernes, réduites en formes
de lieux communs et par ordre alphabétique par Esprit Aubert.*
Lyon, 1613. Barthélemy Ancelin. Celui-ci, le plus volumineux
des trois, en est aussi le plus instructif. Il contient notamment, sous le mot de *Poésie,* tout un *Art poétique* dont les
règles méticuleuses définissent assez bien l'idéal technique de
la Pléiade.

DEUXIÈME LEÇON

DE MALHERBE JUSQU'A BOILEAU

1605-1665.

Malherbe : versificateur, grammairien et critique. — Sa théorie de l'art et sa conception de la poésie. — Question sur le
rôle de Richelieu dans l'histoire de la littérature. — Chapelain. — La question des trois unités, son histoire et son évolution. — D'une fausse origine qu'on attribue quelquefois à
la règle des trois unités. — La part de Chapelain dans la
fondation de l'Académie française. — Les *Sentiments de l'Académie sur le Cid* et la superstition des règles. — La théorie
du poème épique. — La *Pucelle* de Chapelain et l'*Alaric* de
Scudéri. — Influence de Chapelain. — Balzac et l'extension
des « règles » à la prose. — Deux passages curieux de Balzac. — Son influence. — Du caractère formel de la critique
dans les premières années du XVIIᵉ siècle.

Messieurs,

En 1605, c'est-à-dire en l'année même où le vénérable Vauquelin — il avait plus de soixante et dix
ans — publiait son *Art poétique*, débarquait à la
cour, du fond de la Provence, où son mariage l'avait
fixé, un gentilhomme bas normand, qui passait pour
faire les vers aussi bien ou mieux qu'homme de

France, ainsi que l'on disait alors, et dont la tyrannique influence allait substituer, pour un demi-siècle environ, la royauté littéraire des Normands à celle des Angevins. Il s'appelait Malherbe; il avait peu produit; et il avait une cinquantaine d'années : cette considération d'âge n'est pas inutile à une juste appréciation de son œuvre et surtout de son rôle.

Je dis : et surtout de son rôle. C'est qu'en effet, ni de l'œuvre ni de l'homme je n'ai grand'chose à vous dire; et je pourrais aussi bien me passer d'en parler, s'il n'était amusant, et instructif, de constater que l'homme, assez différent du caractère de son œuvre, lequel est plutôt sévère, semble avoir été ce que l'on appelle un bon original, avec un fond de scepticisme ou de hardiesse d'esprit; libre, et au besoin même assez gaillard en ses propos. Vous en trouverez les preuves dans les *Mémoires pour la vie de Malherbe*, par son disciple et ami Racan, ou bien encore dans les *Historiettes* de Tallemant.

Peut-être cependant tout se retrouve-t-il, se raccorde-t-il, et se remet-il enfin d'ensemble quand on songe à quel point le poète fut dépourvu d'imagination et de sensibilité. Car c'est surtout par là qu'il pèche; et l'on pourrait presque dire de lui que ses plus beaux vers sont beaux comme de la belle prose, n'était une certaine ampleur de mouvement, et comme une certaine ardeur d'inspiration intérieure, qui sont bien, elles, des qualités poétiques, et même vraiment lyriques. Vous connaissez les belles strophes, souvent citées :

> La terreur de son nom rendra nos villes fortes,
> On n'en gardera plus ni les murs ni les portes,

Les veilles cesseront au sommet de nos tours,
Le fer mieux employé cultivera la terre,
Et le peuple qui tremble aux frayeurs de la guerre,
Si ce n'est pour danser n'orra plus les tambours....

Jamais encore — si assurément, dans les vers de Ronsard, ou de Desportes même, on avait senti passer des caresses plus légères, un frisson plus voluptueux, quelque chose de plus ailé, — jamais la poésie n'avait parlé chez nous une langue plus pleine, plus ferme, plus mâle, disons plus fière et plus forte de sa seule justesse.... Mais ce n'est pas plus du poète que de l'homme qu'il s'agit aujourd'hui pour nous; et ce que nous proposons d'étudier uniquement en Malherbe, c'est le versificateur, c'est le grammairien, c'est aussi le critique.

Boileau, dans les vers bien connus de son *Art poétique*, n'a uniquement loué que le versificateur, et je crois que l'observation vaut la peine d'en être faite :

Enfin Malherbe vint, et le premier en France
Fit sentir dans les vers une juste cadence,
D'un mot mis en sa place enseigna le pouvoir
Et réduisit la Muse aux règles du devoir.
Par ce sage écrivain la langue réparée
N'offrit plus rien de rude à l'oreille épurée,
Les stances avec grâce apprirent à tomber,
Et le vers sur le vers n'osa plus enjamber....

Entendons-le bien : il n'y a pas dans ces vers un seul mot qui loue Malherbe en tant que poète; et les mérites que Boileau vante en lui ne relèvent tous que de la connaissance ou de la possession du métier. Aux yeux de Boileau, Malherbe a surtout excellé dans l'art de faire le vers; et, si l'on eût un peu pressé « le légis-

lateur du Parnasse », je crois qu'il eût volontiers
ajouté que l'instrument que Malherbe avait ainsi per-
fectionné, rendu capable de traduire et de porter la
pensée, ce sont d'autres que lui qui ont su s'en servir, et l'appliquer à de plus nobles usages.

Si Boileau n'a été que juste pour le versificateur,
il me semble que Balzac a été un peu dur pour le
grammairien :

> Vous vous souvenez du vieux pédagogue de la cour
> qu'on appelait le tyran des mots et des syllabes, et qui
> s'appelait lui-même, lorsqu'il était en belle humeur, le
> grammairien en lunettes et en cheveux gris. N'ayons point
> dessein d'imiter ce que l'on conte de ridicule de ce vieux
> docteur; notre ambition se doit proposer de meilleurs
> exemples. J'ai pitié d'un homme qui fait de si grandes
> différences entre *pas* et *point*, qui traite l'affaire des
> *participes* et des *gérondifs* comme si c'était celle de deux
> peuples voisins l'un de l'autre, et jaloux de leurs fron-
> tières. Ce docteur en langue vulgaire avait accoutumé de
> dire que depuis tant d'années qu'il travaillait à *dégascon-
> ner* la cour, il n'en pouvait venir à bout. La mort l'attrapa
> sur l'arrondissement d'une période; et l'an climatérique
> l'avait surpris délibérant si *erreur* et *doute* étaient mascu-
> lins ou féminins.

En vérité, Balzac est bon là! comme s'il avait fait
lui-même autre chose que ce qu'il raille dans Malherbe,
nous le verrons tout à l'heure; et j'ajouterai : comme
si, de déplacer *pas* ou *point* dans un vers, en en changeant toute l'économie, ce n'était pas risquer d'en
faire évanouir l'harmonie !

Ce que j'ai dit de Scaliger avec ses classifications,
je le répéterai donc de Malherbe : il fallait que son
œuvre fût faite. Oui; pour emprunter l'expression de

Regnier, un autre ennemi de Malherbe, il fallait « re-
gratter les mots douteux au jugement »; il fallait
nettoyer la langue des gasconismes, italianismes,
hispanismes dont elle était chargée; il fallait enfin
apprendre à nos Français, puisqu'ils l'ignoraient,
qu'il n'y a pas de considération de grammaire ou
d'orthographe qui doive être indifférente au poète,
puisqu'il n'y en a pas qui soit étrangère ou inutile à
l'effet total de la poésie. Comment dédaignerait-on le
pouvoir des mots ou des sons dans un art qui nous
prend d'abord par l'oreille? et Balzac lui-même l'a-t-il
donc dédaigné dans la prose?

Mais, grammairien et versificateur, Malherbe est
encore un critique; et il l'est parce qu'une théorie du
vers et du *verbe*, comme on dit aujourd'hui, ne va
pas, que l'on s'en doute ou non, sans une théorie, ou
sans une idée de la nature et de l'objet de la poésie.
Cette idée, il faut la chercher dans le *Commentaire
sur Desportes*, et dans ces *Mémoires sur la vie de Malherbe* où je vous ai déjà renvoyés.

Certes, Desportes n'est pas sans mérite, et si je
voulais vous citer d'admirables vers de lui, je n'en
serais pas embarrassé. Mais, sans examiner si Malherbe a tort ou raison dans les critiques qu'il lui
adresse, ce que je vous signale dans ce *Commentaire*,
c'est la première apparition d'une critique nouvelle,
qui va désormais exiger que l'inspiration même se
soumette à la logique, qu'en toute occasion elle rende
compte d'elle-même, et qu'elle puisse dire constamment enfin le *comment* — et le *pourquoi* surtout — de
son caprice ou de sa fantaisie. Il serait un peu long
d'en poursuivre les preuves à travers le *Commentaire*;

mais nous y pouvons heureusement suppléer par quelques citations de Racan :

Il avait aversion contre les fictions poétiques, et en lisant une élégie de Regnier à Henry le Grand qui commence

Il était presque jour, et le ciel souriant...

et où il feint que la France s'enlève en l'air pour parler à Jupiter et se plaindre du misérable état où elle était pendant la ligue, il demandait à Regnier en quel temps cela était arrivé, et disait qu'il avait toujours demeuré en France depuis cinquante ans, et qu'il ne s'était point aperçu qu'elle fût enlevée hors de sa place.

Et ailleurs :

Il ne voulait pas qu'on nombrât en vers de ces nombres vagues, comme *mille* ou *cent* tourments, et il disait assez plaisamment, quand il voyait quelqu'un nombrer de la sorte : « Peut-être n'y en avait-il que quatre-vingt-dix-neuf ». Mais il estimait qu'il y avait de la grâce à nombrer nécessairement, comme en ces vers de Racan :

Vieilles forêts de trois siècles âgées....

Rapprochons tout de suite une autre citation :

Il blâmait Racan — notez, n'est-ce pas, que c'est Racan lui-même qui parle, — premièrement de rimer indifféremment aux terminaisons en *ent* et en *ant*, comme *innocence* et *puissance*, *apparent* et *conquérant*, *grand* et *prend*.... Il le reprenait aussi de rimer le simple et le composé, comme *temps* et *printemps*, *séjour* et *jour*. Il ne voulait pas aussi qu'il rimât les mots qui avaient quelque convenance, comme *montagne* et *campagne*, *défense* et *offense*, *père* et *mère*, *toi* et *moi*,... et sur la fin il était devenu si rigide en ses rimes qu'il avait même peine à souffrir que l'on rimât les verbes de la terminaison en *er* qui avaient tant soit peu de convenance, comme *abandonner*, *ordonner* et *pardonner*, et disait qu'ils venaient tous trois de *donner*.

Et rappelons enfin l'anecdote célèbre :

> Quand on lui demandait son avis sur quelque mot fran-
> çais, il renvoyait ordinairement aux crocheteurs du Port
> au Foin, et disait que c'étaient ses maîtres pour le lan-
> gage.

Que si maintenant, de ces citations et de quelques
autres qu'on y joindrait facilement, nous essayons de
déduire l'idée qu'il se faisait de son art, et qu'il en a
répandue, il semble en vérité qu'on puisse dire qu'elle
n'est pas sans quelques rapports avec celle que les
Romantiques, et les Parnassiens surtout, devaient
s'en faire deux cents ou trois cents ans plus tard. Ce
qui n'est pas au moins douteux, c'est qu'en renvoyant
aux « crocheteurs du Port au Foin », s'il y mettait
moins de passion et d'injurieuse violence, il disait
aux poètes la même chose que Victor Hugo dans une
pièce fameuse de ses *Contemplations*; et ce qu'il est
curieux de constater, c'est que, de nos jours, dans
son *Petit Traité de Poésie française*, M. Théodore de
Banville s'est à peine montré plus exigeant sur l'article de la rime. Il y a toutefois quelques différences;
et, pour le plaisir paradoxal de rapprocher l'eau et
le feu, il ne conviendrait pas d'exagérer les analogies. Disons donc plus simplement qu'en continuant,
avec Ronsard, de placer très haut l'objet de la poésie
— plus haut même peut-être, si Ronsard et les siens
n'en avaient guère fait en somme qu'un divertisse-
ment, — Malherbe a le premier rapproché le vocabulaire de la poésie de celui de tout le monde, et
qu'il a le premier compris et fait comprendre le pouvoir de la forme. Boileau l'a très bien dit dans les

vers que nous rappelions tout à l'heure, Malherbe « a
enseigné le pouvoir d'un mot mis en place »; et celui
d'une césure heureuse; et celui d'une rime rare; et
celui d'un concours de sons harmonieux; et celui
d'une pensée se déployant sous la règle, et tirant
ainsi sa valeur de la contrainte même qu'elle subissait
pour s'exprimer. Ou, en d'autres termes encore — et
pour mieux indiquer à la fois ce que sa réforme avait
d'étroit et d'utile, de fâcheux et d'urgent, de regrettable et de nécessaire, — Malherbe est venu substituer
le premier aux qualités intérieures de sensibilité, de
fantaisie, d'imagination, qui faisaient l'essence de la
poésie, selon Ronsard et ses disciples, les qualités
extérieures ou formelles : d'ordre, de clarté, de logique, de précision, de régularité, de mesure, qui allaient devenir, pour un siècle ou deux, non pas toutes
les qualités, mais les qualités les plus apparentes, et
comme telles les plus universelles de notre littérature. Et, disons encore quelque chose de plus : en
enlevant au poète le droit de se montrer ou de s'étaler dans son œuvre, Malherbe allait tarir les sources
du lyrisme; et c'est pour cela que, dans l'histoire de
notre poésie, sa place est petite; mais, d'autre part,
en donnant pour objet à la littérature l'expression de
ce qu'il y a plus général et de plus permanent, il
annonçait la littérature du xviie siècle; et c'est pour
cela que sa place est considérable dans l'histoire de
la critique.

Quelle que soit la valeur absolue de cette conception, elle avait pour elle de répondre au besoin d'ordre
et de règle qui se faisait alors universellement sentir,
et dont l'*Astrée* d'Honoré d'Urfé, par exemple, ou

l'*Introduction à la vie dévote* de saint François de
Sales, dans un autre ordre d'idées, sont d'instructifs
témoignages. Aussi est-ce à peine, si sous le règne de
Henri IV, et plus tard, sous la Régence — puisque
« le vieux pédagogue » ne mourut qu'en 1628, —
quelques irréguliers se cabrèrent, dont Mathurin
Regnier, par exemple, ou encore Théophile de Viau.
Mais on suivit généralement Malherbe, et dès qu'eut
paru Richelieu, la littérature, avec tout le reste, ren-
tra dans l'ordre : elle y devait, comme vous savez,
demeurer environ deux cents ans.

Il s'élève à ce propos une question curieuse — et
que je voudrais bien qu'on examinât d'un peu près,
quelque jour : — c'est celle de savoir s'il entra plus
de *pédantisme*, ou plus de *politique*, dans la conduite
que le cardinal crut devoir observer à l'égard des lettres et des gens de lettres. On semble croire communément — parce qu'il a prononcé quelques *Sermons*,
composé quelques traités de controverse, et plus ou
moins rimé quelques *Tragédies* — qu'à défaut du talent de l'homme de lettres, Richelieu en aurait nourri
l'amour-propre et la vanité. N'est-on pas allé jusqu'à
dire que, dans l'affaire de la querelle du *Cid*, l'auteur
assez malheureux de *Mirame* et de la *Comédie des Tui-
leries* n'aurait pas eu moins de part que le ministre
irrité? Et, à cette interprétation de ses vrais sentiments, les faits ne donnent-ils pas une apparence de
probabilité, quand on considère, si le *Cid* eût con-
trarié quelqu'un de ses desseins politiques, comme
il lui eût été facile, au lieu de le faire critiquer, d'en
interdire la représentation.

Mais ce que je crois, c'est qu'ayant bien connu le

pouvoir de l'esprit, et qu'ayant pressenti celui de
l'opinion, c'est qu'ayant conçu le projet d'inféoder,
pour ainsi dire, la littérature à l'État, et de s'en servir, à l'occasion, comme d'un instrument de règne, il
se pourrait que, pour s'attirer plus sûrement les gens
de lettres, le cardinal ait feint à leurs yeux d'être lui-
même un des leurs, de partager leurs passions, et de
se mêler enfin comme l'un d'eux à leurs rivalités. Je ne
tranche pas la question; je la propose seulement, et
je voudrais qu'elle vous parût curieuse. Ce que je puis
toujours dire, sans vouloir sonder plus profondément
ses desseins, c'est qu'il suffit que la question se pose
pour que nous dussions faire à Richelieu une place
dans l'histoire du développement de la critique française. Mais elle vous paraîtra d'ailleurs bien plus
grande et importante encore — c'est la place que je
veux dire, — si vous vous rappelez quel fut dans
toutes ces affaires littéraires, le porte-voix de ses
intentions, le secrétaire habituel de ses opinions, et
le continuateur enfin, jusque sous Colbert, de ses doctrines : j'ai nommé Chapelain.

On s'est beaucoup moqué de Chapelain, et non pas
sans raison. Aussi n'ai-je pas ici l'idée de le réhabi-
liter; et, plutôt, je protesterais contre l'étrange éloge
que Victor Cousin, dans ses études sur *la Société française au* XVII° *siècle* — s'il n'a pas osé se donner le
ridicule d'en accabler l'auteur de la *Pucelle*, — a cru
pouvoir faire, par compensation, du prosateur et du
critique. En réalité, la prose de Chapelain vaut ses
vers. On n'en sent pas toute la lourdeur, il est vrai,
dans ses *Lettres familières*, où l'intérêt anecdotique du
fond détourne notre attention des vices de la forme,

mais il ne faut que lire la préface de *la Pucelle* ou celle de *l'Adone*. A quoi je pourrais ajouter, si c'en était le lieu, que, de toutes manières, ce « bonhomme » fut un assez vilain homme : avare, malpropre, pédant, vindicatif et méchant. Mais, grâce aux circonstances, son rôle fut considérable ; et cent écrivains qui valaient mieux que lui n'ont pas eu cet honneur de laisser, comme lui, dans l'histoire de notre littérature, une ineffaçable trace.

Passons rapidement sur son premier ouvrage : c'est cette préface qu'il écrivit, en 1623, pour *l'Adone* de l'illustre cavalier Marin, et que je veux bien ne pas lui imputer, puisque, comme vous le lirez partout, elle fut le résultat d'une gageure. Mais, où nous pouvons mesurer la portée de son influence et tâcher d'en caractériser la nature, c'est d'abord dans la question des trois unités, et conséquemment, de la détermination de l'idéal classique de la tragédie. Vous connaissez la légende :

Un jour, dans une conférence littéraire tenue au Palais-Cardinal, Chapelain démontra que l'on devait indispensablement observer dans les compositions dramatiques les trois unités de temps, de lieu et d'action. *Rien ne surprit tant que cette doctrine.* Elle n'était pas seulement nouvelle pour le cardinal, elle l'était pour tous les poètes qu'il avait à ses gages — l'aimable façon de parler, pour un homme de lettres ! — il donna dès lors à Chapelain une pleine autorité sur eux.

Ainsi s'exprime d'Olivet, dans son *Histoire de l'Académie* ; et, pour diverses raisons, son récit ne saurait être tout à fait exact. Mais ce qui l'est moins que tout le reste, c'est de prétendre que Chapelain aurait

puisé sa doctrine, comme l'on dit, dans les anciens
ou sous son bonnet; et il faut dire que, versé comme
il l'était dans les littératures italienne et espagnole,
c'est de là bien plutôt qu'elle lui vient. Les preuves
en ont été données dans une curieuse brochure —
sur *les Unités d'Aristote avant le* Cid *de Corneille* —
publiée, en 1879, à Genève, par M. H. Breitinger,
professeur de littératures étrangères à Zurich, et qui
semble, je ne sais comment, avoir passé chez nous
presque inaperçue.

Il ne s'agit point de faire aujourd'hui l'histoire
de la question des trois unités : elle nous entraîne-
rait trop loin de notre sujet; et puis, nous la retrouverons, quand nous étudierons prochainement l'*Évolution de la tragédie française*. Il est bon cependant, dès
à présent, de savoir que la question n'a pas été du
tout, comme on semble le croire, inventée par Chapelain; qu'avant d'être discutée dans les « Conférences
littéraires du Palais-Cardinal », elle l'avait été publiquement dans l'Europe entière; et qu'à vrai dire nos
Français sont presque les derniers qui s'en soient
avisés.

Scaliger y avait touché, dans sa *Poétique*, mais
d'une façon tout à fait incidente; et, s'il conseillait
au poète tragique de prendre en général un sujet
de très courte durée — *argumentum brevissimum*, —
c'était uniquement au nom du principe de la vraisemblance, comme il lui conseillait de ne pas nous montrer Hercule jetant Lichas à la mer : « *Si Licham in
mare jaciat Hercules...* ».

Deux ans plus tard, en Italie, dans le supplément
posthume de sa *Poétique*, on avait pu lire, sous le nom

du Trissin — l'auteur de cette *Sophonisbe* qu'on peut
considérer comme la première en date de toutes les
tragédies systématiquement imitées de l'antique, —
la paraphrase que voici du passage bien connu d'Aristote :

> Dans la longueur encore la tragédie diffère de l'épopée,
> *en ce que la première se termine en une seule journée*, c'est-
> à-dire en un seul tour de soleil, tandis que l'épopée n'a
> pas de temps limité, comme cela se faisait à l'origine
> même pour la tragédie et la comédie, *et se fait encore*
> *aujourd'hui par les poètes ignorants.*

Voilà le premier texte où l'observation de la règle
de l'unité de temps soit présentée comme distinctive
du savant et de l'ignorant ; du poète qui connaît ses
classiques, et de celui qui n'obéit, en écrivant, qu'à
l'impulsion de son libre choix.

Les textes anglais seraient encore plus caractéristiques : il y en a d'un certain Whetstone (1578), dans
le prologue d'une comédie où Shakespeare quelques
années plus tard devait prendre le sujet de *Mesure*
pour Mesure; il y en a de Philip Sidney, dans son
Apologie pour la poésie (1583) ; il y en a de Ben Jon-
son, en divers endroits de ses œuvres, et notamment
dans le prologue de la célèbre comédie, *Every man*
in his humour (1598).

> Bien que le besoin de vivre ait créé un grand nombre
> de poètes, même parmi ceux que la nature et l'art
> n'avaient point formés pour l'être, cependant le nôtre,
> malgré cette même nécessité, n'a pas assez aimé le théâtre
> pour oser conserver les mauvaises coutumes du siècle, en
> sacrifiant son propre goût et sa juste répugnance à vous
> montrer l'enfant à peine sorti de ses langes qui devient

tout à coup un homme fait, et atteint bientôt la soixantaine
et plus; ni à ressuciter, au moyen de deux ou trois épées
rouillées et de quelques mots longs d'un pied on d'un
demi-pied, les querelles d'York et de Lancastre.

Mais, comme il ne paraît pas que Chapelain ait
connu les textes anglais, je ne vous les signale ici
que pour mémoire, et j'arrive aux espagnols, lesquels,
d'après sa *Correspondance,* ne lui étaient guère moins
familiers que les italiens.

En voici d'abord un qui date de 1610, et où vous
n'aurez pas de peine à reconnaître les termes mêmes
dont Boileau, soixante ans plus tard, se servira dans
son *Art poétique* :

> Quel plus grand disparate peut-il y avoir, dans le sujet
> que nous traitons, *que d'être dans la première scène du pre-
> mier acte un enfant au maillot et dans la seconde de se pré-
> senter la barbe au menton?*... Et que dirai-je de l'observation
> du temps où se passent et peuvent se passer les actions
> représentées, si ce n'est que j'ai vu une pièce dont le pre-
> mier acte se passait en Europe, le second en Asie, tandis
> que le troisième se terminait en Afrique? et si elle se
> composait de quatre actes, le quatrième s'achèverait sans
> doute en Amérique.

Qui parle ainsi? Ce n'est rien moins que Cervantès,
et dans son *Don Quichotte*; et si la citation ne vous
suffisait pas, M. Breitinger en apporte plusieurs
autres, dont la plus curieuse est celle qu'il emprunte
à Tirso de Molina :

> Parmi les nombreuses absurdités de cette pièce — dit
> un des interlocuteurs des *Cigarrales de Toledo*, qui paru-
> rent en 1624, — je fus choqué surtout de voir avec quelle
> insolence l'auteur franchit les limites salutaires assignées

à la comédie par ses premiers inventeurs. Car, celle-ci
*n'admettant qu'une durée de vingt-quatre heures, et deman-
dant un lieu toujours le même,* je vois qu'il vous a bourré
quarante-cinq jours tout au moins d'aventures amou-
reuses.... Enfin, je ne comprends pas que l'on puisse
appeler comédie une pièce dans laquelle figurent des ducs
et des comtes, vu que, dans cette catégorie de spectacles,
il n'y a tout au plus d'admissible que le bourgeois, le
patricien, et la dame des classes moyennes.

Qu'est-ce que prouvent tous ces témoignages? Plusieurs choses, à mon avis, et d'abord, comme je vous
le disais, que la France est presque le dernier pays
d'Europe où l'on se soit avisé des trois unités, bien
loin que Chapelain, par un coup de génie, ou dans
un accès de pédantisme aigu, les ait inventées aux
environs de 1635. « Il n'y a pas de doute possible —
lisais-je tout récemment encore dans un ouvrage,
d'ailleurs estimable, — c'est bien Chapelain qui dé-
terre dans Aristote la prétendue règle des trois unités. » Non, en effet, « il n'y a pas de doute possible » ;
et ils sont pour le moins une douzaine qui l'avaient
« déterrée » avant lui.

Vous voyez également qu'on se trompe quand on
essaye de trouver l'origine de la règle dans l'encom-
brement de la scène française, et dans l'impossibilité
matérielle, entre deux rangées de marquis, étalés
« sur les bancs du théâtre », de donner au décor, et
par conséquent à l'action, ce qu'on leur donne aujourd'hui de développement et de diversité. D'autres
marquis, quelque vingt ans auparavant, à Londres,
encombraient la scène du « Théâtre du Globe », et
n'empêchaient point Shakespeare ni ses contemporains de se soustraire à la « règle des trois unités ».

Et vous voyez encore quelle erreur on commet lorsqu'on impute à Descartes et au caractère de sa philosophie le caractère « abstrait » ou « rationnel » de notre système dramatique. La philosophie carté-sienne, l'institution de l'Académie française, le déve-loppement de l'esprit janséniste, la règle des trois unités, autant d'effets dont on ne peut pas dire qu'il y en ait un qui soit la cause des autres, et qui peu-vent bien procéder, qui procèdent même très assuré-ment du même esprit général, mais dont la première origine est un peu plus reculée qu'on ne le dit dans le temps. Cette question des trois unités, on l'a discu-tée partout avant qu'on la reprît, et non pas du tout qu'on l'inventât en France. Ce qu'elle nous repré-sente surtout, c'est donc un *moment* de l'évolution du genre dramatique. Espagnols et Anglais, longtemps avant nous, l'ont formulée non moins expressément que Boileau lui-même. Et tout ce qu'a fait ici Chape-lain — et c'est déjà beaucoup, — ç'a été, pour flatter Richelieu, de promulguer solennellement une règle qui se trouvait, d'ailleurs, être également conforme aux besoins du temps, aux exigences de l'esprit national, et, nous le verrons plus tard, à l'essence peut-être de la tragédie même.

Sa part personnelle fut presque plus considérable encore dans la fondation de l'Académie française. C'est lui qui servit d'intermédiaire entre le cardinal et les gens de lettres qui se réunissaient habituel-lement chez Conrart. C'est lui qui leva leurs scru-pules, qui triompha de la résistance qu'opposaient au cardinal ces bourgeois effrayés à l'idée « de faire un corps », et d'abdiquer leur indépendance « pour

s'assembler régulièrement sous une autorité publique ». C'est lui qui fixa l'objet des travaux de la
Compagnie naissante :

en émettant l'idée qu'elle devrait travailler à la pureté
de notre langue, et la rendre capable de la plus haute
éloquence; que, pour cet effet, il fallait premièrement *en
régler les termes et les phrases*, par un ample *Dictionnaire*
et une *Grammaire* fort exacte, qui lui donnerait une partie
des élémens qui lui manquaient; et qu'ensuite on pourrait
acquérir le reste par une *Rhétorique* et une *Poétique* que
l'on composerait pour servir de règle à ceux qui voudraient écrire en vers et en prose.

Toujours la « règle », vous le voyez; toujours cette
idée fausse que, les chefs-d'œuvre dans tous les
genres étant conformes aux règles — puisqu'elles en
sont tirées, — l'observation des règles ne saurait manquer d'engendrer de nouveaux chefs-d'œuvre. Mais si
nous voulons être justes, il ne faut pas oublier qu'à
la date où nous sommes, parmi beaucoup d'inconvénients, cette confiance dans le pouvoir des règles a
eu du moins cet avantage, en posant les conditions
de la noblesse du style, de perfectionner l'instrument
des chefs-d'œuvre. L'Académie française, constituée
gardienne de la langue, et officiellement chargée,
pour ainsi dire, de trouver les moyens de la rendre
capable de rivaliser, d'abondance, de justesse, de
force, d'élégance, de clarté, d'éloquence avec la
langue de Démosthène et celle de Cicéron, a ainsi
centralisé les tentatives éparses, et en apparence
contradictoires de la génération précédente; elle a
marqué le but où tendaient à la fois les poètes de la
Pléiade, les critiques de l'école de Malherbe, les tra-

ducteurs de l'espèce des Méziriac, des Du Ryer, des
Perrot d'Ablancourt, dont l'exactitude était le moindre
souci ; le but où tendaient également les précieuses ;
et, nous, ne pouvant, je pense, méconnaître ou con-
tester la grandeur du service, il en faut rendre honneur à Chapelain, qui le rendit.

C'est encore lui, nous le savons aujourd'hui par
sa *Correspondance*, qui fut le principal rédacteur des
Sentiments de l'Académie sur le Cid, en 1638 ; et cet
opuscule célèbre a fait date, à bon droit, dans l'histoire de la critique. Indépendamment en effet d'une
critique particulière du *Cid*, laquelle, pour n'empêcher pas le *Cid* d'être un chef-d'œuvre, n'en tombe
pas moins généralement assez juste au fond et dans
la forme, j'y relève plusieurs choses dignes d'être
notées, — et même retenues :

Comme dans la musique et dans la peinture nous n'es-
timerions pas que tous les concerts et tous les tableaux
fussent bons, encore qu'ils plussent au vulgaire, si les préceptes des arts n'y étaient bien observés, et si les experts
qui en sont les vrais juges ne confirmaient par leur appro-
bation celle de la multitude, de même nous ne dirons pas
sur la foi du peuple, qu'un ouvrage de poésie soit bon
parce qu'il l'aura contenté, si les doctes aussi n'en sont
pas contents.

Ceci veut dire, en français plus moderne et en
termes plus généraux, que le plaisir qu'elle procure à
la foule est un juge ordinairement douteux, et même
partial, de la valeur d'une œuvre d'art. L'estime que
l'artiste a toujours et d'abord prétendue, c'est celle
de ses pairs, sinon de ses rivaux ; et quand elle lui
manque, on a beau dire, il n'y a pas de popularité

dont l'incompétence ne gâte les joies qu'elle lui
donne.

Voici maintenant qui va déjà plus loin, et qui
signifie que la qualité de notre plaisir dépend de sa
conformité à de certaines règles :

> Comme il est impossible de plaire à qui que ce soit
> par le désordre et par la confusion, s'il se trouve que les
> pièces irrégulières contentent quelquefois, ce n'est que
> pour ce qu'elles ont quelque chose de régulier.... Que si
> au contraire quelques pièces régulières donnent peu de
> satisfaction, il ne faut pas croire que ce soit la faute des
> règles, mais bien celle des auteurs dont le stérile génie
> n'a pu fournir à l'art une matière qui fût assez riche.

Chose admirable! et d'ailleurs utile à ce moment du
siècle; mais, la confiance qu'il met dans les « règles »
emporte Chapelain si loin, qu'il en devient presque
« moderne », et qu'il ose avancer ce paradoxe à peu
près inouï jusqu'alors : qu'elles doivent juger même
les anciens :

> Ce qui excuse l'auteur du *Cid* ne le justifie pas, et les
> fautes mêmes des anciens, qui semblent devoir être res-
> pectées pour leur vieillesse, ou, si l'on ose dire, pour leur
> immortalité, ne peuvent pas défendre les siennes.... La
> faveur, *qui met à peine à couvert ces grands hommes*, ne passe
> point jusqu'à leurs successeurs.... Ceux qui viennent après
> eux héritent bien de leurs richesses, mais non pas de
> leurs privilèges; et *les vices d'Euripide ou de Sénèque ne
> sauraient faire passer ceux de Guillen de Castro.*

Si c'est donner beaucoup sans doute aux règles, et
même un peu trop, vous remarquerez qu'en un certain sens aussi c'est dire qu'il y a quelque chose de
supérieur aux modèles; et, un pas de plus — mais

Chapelain ne devait pas le faire, — c'était fonder les règles en nature et en raison.

La publication des *Sentiments de l'Académie sur le Cid* consacra du même coup l'autorité de l'Académie sur l'opinion, et l'autorité de Chapelain sur l'Académie. Vous connaissez, à cinquante ans de distance, le mot de La Bruyère : « L'une des meilleures critiques que l'on ait faites sur aucun sujet est celle du *Cid* ». On sait moins, qu'après deux cent cinquante ans passés sur cette vieille querelle, Sainte-Beuve exprimait le regret que, depuis Chapelain et à son exemple, l'Académie française n'eût pas saisi plus souvent l'occasion de « faire acte de jugement et de sincérité ». *Les Sentiments de l'Académie sur le Cid* font honneur à leur auteur, disait-il à ce propos; et, peut-être, après tout, jugerez-vous qu'il n'avait pas tort. La critique appliquée, si je puis ainsi dire, date vraiment en France des *Sentiments de l'Académie sur le Cid*, cette critique qui cherche à fonder ses jugements sur des principes plus généraux, non seulement que l'impression personnelle du juge, mais que ces jugements eux-mêmes; et, dans les œuvres qu'elle examine, à découvrir les lois des genres.

Malheureusement, c'est ici que Chapelain allait commettre sa grande erreur, celle que l'on commet aujourd'hui même encore trop souvent, et confondre les « règles » avec les « lois » des genres. De ce que nous connaissons, par exemple, les lois, quelques-unes au moins des lois de la vie, il n'en résulte pas, vous le savez, que nous puissions créer la vie même. Ou encore, de ce que nous connaissons les éléments et l'exacte proportion des éléments qui concourent à

la composition d'un corps, il ne s'ensuit pas du tout
que nous puissions reproduire la combinaison qui
constitue ce corps. Pareillement, de savoir ce qui fait
la beauté de l'*Iliade* ou celle de l'*Énéide*, et de pouvoir, au besoin, non seulement le dire avec exactitude, mais le montrer avec évidence, ce n'est pas du
tout une raison pour être capables d'écrire nous-
mêmes à volonté l'*Énéide* ou l'*Iliade*; et j'ai l'air de
dire une naïveté, mais ce n'en est pas une, puisqu'on
a cru pendant deux cents ans le contraire, ou qu'on
a écrit comme si l'on le croyait. Voltaire même l'a
cru quand il composait sa *Henriade*; Boileau, peut-
être, aussi lui, quand il composait son *Art poétique*;
mais Chapelain en était certainement convaincu quand
il voulut joindre les exemples aux préceptes, et qu'il
composa *la Pucelle*.

J'avoue de n'avoir que bien peu de qualités requises
en un poète héroïque — lit-on dans la *Préface* de ce poème
fameux; — je n'ai point cru égaler les princes du Parnasse,
et, bien moins, atteindre au but où ils ont inutilement
visé. *J'ai apporté seulement à l'exécution de mon sujet une
connaissance assez passable de ce qui y était nécessaire....*
Ce fut plutôt un essai,... pour voir si cette espèce de poésie,
condamnée comme impossible par nos plus fameux écrivains, était une chose véritablement déplorée, et *si la théorie,
qui ne m'en était pas tout à fait inconnue, ne me servirait
point à montrer à mes amis, par mon exemple, que sans avoir
une trop grande élévation d'esprit on pouvait la mettre heureusement en pratique.*

Je ne crois pas que nulle part la confiance dans le
pouvoir des « règles » et de la « théorie », se soit plus
naïvement étalée, dans un plus beau jour, comme on
disait alors; et si *la Pucelle* est prodigieusement

ennuyeuse à lire — quoi qu'en aient dit ceux qui ont eu l'idée singulière, voilà tantôt dix ans, d'en éditer les douze derniers chants, — du moins on ne se lasse pas d'en lire la *Préface* :

Je dirai maintenant en peu de paroles, qu'afin de réduire l'action à l'universel, *suivant les préceptes*, et de ne pas la priver du sens allégorique, par lequel la poésie est faite l'un des principaux instruments de l'architectonique, je disposai toute sa matière de telle sorte que la France devait représenter l'ami de l'homme, en guerre avec elle-même et travaillée par les plus violentes émotions; le roi Charles, la volonté, maitresse absolue et portée aussi bien par sa nature, mais facile à porter au mal sous l'apparence du bien : l'Anglais et le Bourguignon, sujets et ennemis de Charles, les divers transports de l'appétit irascible.... Amaury et Agnès, l'un favori et l'autre amante du prince, les différents mouvements de l'appétit concupiscible....

« Quand je considère en moi-même la disposition des choses humaines, confuse, inégale, irrégulière, je la compare à certains tableaux que l'on montre comme un jeu de la perspective.... » *La Pucelle* de Chapelain ressemble à ces tableaux dont parle Bossuet; elle y voudrait ressembler du moins; regardée d'un côté, c'est de l'histoire, et regardée de l'autre, c'est de la morale; un paysage, quand on se met à droite; un portrait, quand on se met à gauche; mais, par malheur pour Chapelain, comment que l'on se place, et en dépit des règles, ce que ce n'est jamais ni de nulle part, c'est un poème. Encore je ne veux rien dire des vers, des comparaisons et des descriptions. S'il n'y a rien de plus pédant, il n'y a rien de plus lourd non plus que *la Pucelle*, d'un prosaïsme

plus laborieux, d'une langue plus incolore dans son
abstraction soutenue, ni rien enfin qui fût plus
propre à faire périr sous le ridicule la réputation et
l'autorité littéraire d'un homme.

La sienne pourtant n'y périt point; et l'on se
trompe quand l'on croit, avec la plupart des historiens, que la publication de *la Pucelle* aurait porté
le coup mortel à la gloire de son auteur. Quatre édi-
tions s'en succédèrent en moins de deux ans, de 1656
à 1657, sans compter l'édition d'Amsterdam, chez les
Elzeviers, et une contrefaçon de Leyde, chez le libraire
Sambix. Même, on a pu prétendre que la vogue du
poème aurait un instant balancé celle de la *Clélie* de
Mlle de Scudéri, alors au comble de sa réputation,
elle aussi; et — ce qui est plus triste à croire — la
vogue même des *Provinciales*, qui paraissaient dans le
même temps. La prévention fut la plus forte; le nom
de l'auteur fit valoir le poème; et douze ou quinze ans
s'écoulèrent avant que le poème à son tour discréditât
le nom de l'auteur. Jusqu'aux *Satires* de Boileau, qui
ne parurent pour la première fois qu'en 1665, on
« bâilla » sur *la Pucelle*, mais on se cacha de bâiller;
et, tout en bâillant, on déclara que l'ouvrage était
d'ailleurs « parfaitement beau ». Et, en 1661, quand
Colbert, héritier de la tradition du cardinal, voulut,
lui aussi, s'emparer de l'opinion par le moyen des
gens de lettres, ou ajouter cet ornement de plus à la
splendeur du décor monarchique, c'est à l'auteur de
la Pucelle qu'il s'adressa, comme le cardinal même;
et c'est de Chapelain qu'il fit ce qu'on pourrait appeler le surintendant des lettres.

Aussi, continua-t-il de régner parmi les beaux

esprits, et, ainsi que l'on disait alors, de « régenter le
Parnasse », ayant en effet toutes les qualités de l'emploi, sans en excepter la première, et alors la plus ap-
préciée, celle de tenir les cordons de la bourse. Rappelez-vous ces dédicaces qu'on voudrait pouvoir ôter
des œuvres du grand Corneille. Mais, en même temps
qu'aux faveurs, c'est Chapelain, même après *la Pucelle*, qui continue de présider aux délibérations et
aux séances de l'Académie, comme « le meilleur
poète français et du meilleur jugement-». C'est avec
lui que rivalisent, mais sans pouvoir l'éclipser, ni
peut-être y songer seulement, et l'auteur de l'*Alaric*,
et celui du *Clovis*, et celui du *Saint-Louis*, tous ces
poètes épiques inspirés, comme lui, de la *Jérusalem*
du Tasse, et comme lui, curieux avant tout de faire
voir aux lecteurs « qu'ils n'ont rien entrepris sans
savoir toutes les proportions et tous les alignements
que l'art enseigne ».

J'ai donc consulté les maîtres là-dessus — nous dit l'un
d'eux dans sa *Préface*, et c'est le fameux Scudéry,—les maîtres, c'est-à-dire Aristote et Horace, et après eux Macrobe,
Scaliger, le Tasse, Castelvetro, Piccolomini, Vida, Vossius,
Riccobon, Robortel, Paul Benni, Mambrun, et plusieurs
autres : et passant de la théorie à la pratique j'ai relu fort
exactement l'*Iliade* et l'*Odyssée* d'Homère, l'*Énéide* de Virgile, la *Guerre civile* de Lucain, la *Thébaïde* de Stace, les
Rolands amoureux et *furieux* de Boiardo et d'Arioste; l'in-
comparable *Hiérusalem délivrée* du fameux Torquato, et
grand nombre d'autres poèmes épiques en divers langues....
Or, de l'étude de tous ces préceptes et de la lecture de
tous ces poèmes héroïques, voici les règles que j'en ai formées,... *règles tirées de celles d'Aristote, du Tasse et de tous
ces autres grands hommes, et par conséquent infaillibles,
pourvu qu'elles soient pratiquées.*

On ne saurait, en vérité, mieux traduire Chapelain ni mieux répondre, vous le voyez, à ce que je vous indiquais tout à l'heure comme le caractère particulier de cette seconde époque de la critique en France : à savoir, la métamorphose des observations que les érudits ont faites sur le plaisir qu'ils trouvaient à la lecture de l'*Iliade* ou de la *Hiérusalem*, en règles ou en recettes, prétendues *infaillibles*, pour renouveler ce plaisir, en égalant les œuvres.

Il en est de même pour la tragédie. Quel est d'ailleurs le rapport des idées ou des doctrines de Pilet de la Mesnardière, dans sa *Poétique*, datée de 1640; de d'Aubignac, dans sa *Pratique du Théâtre*, qui est de 1657; et de Corneille enfin, dans ses *Discours* et dans ses *Examens*, qui paraissent pour la première fois en 1660, quel en est le rapport avec les doctrines ou les idées de Chapelain, nous le verrons plus tard. Mais, en attendant, c'est bien de lui que tout cela procède, de lui, et de sa critique, et de l'esprit de sa critique. Si l'on le contredit ou qu'on le chicane sur des détails, on est d'accord avec lui sur le fond ; et le fond, c'est l'établissement de la souveraineté des règles. Et nous, c'est pour cette raison que nous l'avons à bon droit regardé comme le représentant en son temps des nouvelles tendances de la critique.

Mais ce n'est pas tout encore; et il nous reste à montrer l'extension de ce genre de critique aux œuvres de la prose, ou, comme on dit alors, à la grande éloquence; et, pour cela, il nous reste à joindre aux exemples et au nom de Chapelain le nom et surtout les exemples de Balzac.

Balzac aussi s'est occupé de critique, et vous pour-

rez lire avec utilité quelques-unes de ses *Dissertations*, la dissertation sur *la Grande Éloquence* entre
autres; ou la dissertation sur *le Style burlesque*. Mais
vous lirez surtout ses œuvres, parmi lesquelles vous
aurez soin de distinguer d'ailleurs les premières
d'avec les dernières, ses *Lettres* familières, aussi peu
familières que possible, d'avec ses *Dissertations*, son
Aristippe, ou son *Socrate chrétien*. Balzac a écrit
trente ans; et c'est être injuste à son égard que de
ne le juger, comme on fait habituellement, que sur
ses premiers écrits. Je sais d'ailleurs de lui, dans ses
premiers écrits eux-mêmes, des pages qui ne ressemblent pas aux citations sous le ridicule ou l'emphase
desquelles on l'accable depuis Voltaire; qui ne sont
pas indignes de la réputation d'*unique éloquence* qu'il
a eue de son temps; et dont ce n'est pas seulement
le nombre et l'harmonie, la sonorité retentissante, la
beauté tout extérieure, mais déjà la force et l'autorité qui annoncent Pascal et Bossuet. Est-ce que l'on
n'entend pas, dans ce passage du *Prince*, quelque
chose de l'accent prochain des *Provinciales*?

Il est venu depuis une autre théologie, plus douce et
plus agréable, qui se sait mieux ajuster à l'humeur des
grands, qui accommode toutes ses maximes à leurs intentions, et n'est pas si rustique et si incivile que la première. La cour a produit de certains docteurs qui ont
trouvé le moyen d'accommoder le vice et la vertu, et de
joindre ensemble des extrémités si éloignées. On donne
aujourd'hui des expédients à ceux qui ont volé le bien
d'autrui pour le pouvoir retenir en saine conscience. On
enseigne aux princes à entreprendre sur la vie des autres
princes, après les avoir déclarés hérétiques en leur ca-
binet.... Outre cela, comme si notre Seigneur était mer-

cenaire et qu'il se laissât corrompre par présents; comme
si c'était le Jupiter des païens, qu'ils appelaient au partage du butin et de la prise; après un nombre infini de
crimes dont ils sont coupables, on ne leur demande ni
larmes, ni restitution, ni pénitence; il suffit qu'ils fassent
quelque aumône à l'Église. On compose avec eux de ce
qu'ils ont pris à mille personnes, pour une petite partie
qu'ils donnent à d'autres à qui ils ne doivent rien, et on
leur fait accroire que la fondation d'un couvent, ou la
dorure d'une chapelle, les dispense de toutes les obliga-
tions du christianisme, et de toutes les vertus morales.

Je m'écarte de notre sujet; — mais, on lit si peu
Balzac aujourd'hui que je veux en mettre sous vos
yeux une autre page encore, où vous verrez clairement le mélange de ses défauts et de ses qualités :

Les grands événements ne sont pas toujours produits
par les grandes causes. Les ressorts sont cachés et les
machines paraissent, et quand on vient à découvrir ces
ressorts, on s'étonne de les voir si faibles et si petits.... Une
jalousie d'amour entre des personnes particulières a été
la cause d'une guerre générale; des noms baillés ou pris
par hasard, les Verts et les Rouges des jeux du cirque ont
formé les partis et les factions qui ont déchiré l'Empire.
Le mot ou le corps d'une devise; la façon d'une livrée; le
rapport d'un domestique; un conte fait au coucher du roi
ne sont rien en apparence, et par ce rien commencent les
tragédies dans lesquelles on versera tant de sang, et on
verra sauter tant de têtes. Ce n'est qu'un nuage qui passe
et une tache en un coin de l'air; elle s'y perd plutôt qu'elle
ne s'y arrête. Et néanmoins c'est cette légère vapeur, c'est
cette nuée presque imperceptible qui excitera les fatales
tempêtes que les États sentiront, et qui ébranlera le monde
jusqu'aux fondements. On s'est imaginé autrefois que
c'étaient les intérêts des maîtres qui mettaient en feu
toute la terre, et c'étaient les passions des valets.

Il y a là, sous la rhétorique, sous le redoublement de l'expression, sous l'abondance et sous la diversité cherchées de la métaphore, une philosophie de l'histoire qu'on pourrait comparer à celle de Voltaire dans son *Essai sur les mœurs*, quoique Balzac assurément en voie moins clairement toutes les liaisons et toutes les conséquences.

Mais il y a en même temps des qualités nouvelles alors dans la prose française : un effort vers le développement de l'idée, une justesse et une propriété de l'expression, une harmonie de la phrase, un nombre oratoire enfin que vous chercheriez inutilement chez les prédécesseurs de Balzac, je dis chez les plus grands, chez Montaigne même et chez Rabelais. C'est l'ordre qui s'introduit dans le discours, c'est la logique, c'est la clarté, c'est aussi la règle. Une rhétorique tout entière est pour ainsi dire contenue dans ces phrases qui sentent le travail, sans doute, mais qui donnent aussi l'idée d'un discours plus naturel, plus libre, moins orné, mais aussi net et aussi savamment arrangé que celui qu'elles composent. Et si le pédantisme n'en est pas encore tout à fait absent, du moins y est-il autre, moins barbouillé de grec et de latin.

Notez encore, à cet égard, dans ses *Dissertations*, les jugements si curieux de Balzac sur Montaigne, et sur les écrivains du xvie siècle en général, sur les poètes en particulier. « Ils traduisaient mal, au lieu de bien imiter. J'oserais dire davantage, ils barbouillaient, défiguraient dans leurs poèmes les anciens poètes qu'ils avaient lus; et n'y voit-on pas encore maintenant Pindare et Anacréon, écorchés vifs, qui crient miséricorde aux charitables lecteurs. » Boileau

ne dira rien de plus vif ni de plus juste; et puisque
aussi bien j'emprunte ce passage à la vingt-quatrième
Dissertation critique, intitulée : *Comparaison de Ronsard et de Malherbe*, c'est le cas de fermer le cercle, et
de dire en termes généraux que ce que Malherbe a fait
pour la poésie, Balzac est venu le faire pour la prose
française.

Si vous voulez le mieux voir encore, vous pouvez
faire à votre tour une comparaison tout à fait instruc-
tive, et rapprocher la *Préface* que Cassaigne a mise
en avant des *Œuvres* de Balzac, dans la grande édition de 1645, de celle que l'on trouve dans le *Malherbe* de 1666, en tête des œuvres du maître, et qui
est d'Antoine Godeau.

L'un et l'autre en effet, Cassaigne et Godeau, ce
qu'ils louent dans la poésie de Malherbe et dans la
prose de Balzac, ce sont les mêmes mérites presque
dans les mêmes termes; c'est le *versificateur* et c'est
le *rhéteur*, également versés dans les secrets de l'art
et du métier ; ce sont les industrieux et savants
artisans de syllabes et de mots; ce sont les maîtres,
ou plutôt encore les instituteurs de ceux qui les ont
suivis, et non pas tant enfin les exemples mêmes ou
les modèles qu'ils ont donnés que les leçons qui s'y
trouvent implicitement contenues.

Mieux nés d'ailleurs que Chapelain, plus « honnêtes
gens », comme on va bientôt dire, plus hommes du
monde, moins érudits, et en un certain sens moins
pédants, ils sont d'esprit déjà plus libre, et plus éman-
cipé de l'imitation ou de la superstition des anciens.
« Il y a de la fausse monnaie en grec et en latin, écrit
Balzac à Chapelain lui-même ; la sainte, la vénérable

antiquité nous en a débité plus d'une fois ; et quantité
de mauvaises choses du temps passé trompent encore aujourd'hui sous l'apparence du bien. » De son
côté Malherbe faisait volontiers profession de ne voir
goutte, comme il disait, « au galimatias de Pindare ».
Entendons bien ceci : la langue française commence
à se sentir en état de marcher toute seule et, selon
l'expression de Sainte-Beuve, sa rhétorique est achevée : voilà ce que Balzac et Malherbe veulent dire. Ils
respectent les modèles, mais ils ne doutent pas qu'on
ne les puisse égaler, et leur critique, déjà plus exercée,
n'en conseille plus l'étroite et scrupuleuse imitation.
Quand ils empruntent un vers à Virgile ou une « sen-
tence » à Sénèque, ils ne les mettent plus entre guil-
lemets, comme faisait Ronsard, et comme faisait Montaigne. Ils ont la prétention, c'est encore Balzac ici
qui parle, « d'aller au delà de leur exemple » ; et ce
qui « n'était pas bon au lieu de son origine » ils se
croient fort capables de le rendre meilleur. Ou en
d'autres termes encore, les règles qu'ils ont tirées de
la lecture et de la méditation des anciens, ils n'en
retiennent plus que la forme, et c'est d'eux-mêmes
qu'ils vont maintenant tirer leur fond. Comment et
par quels moyens, c'est ce que n vus verrons en parlant de Boileau.

16 novembre 1889.

TROISIÈME LEÇON

BOILEAU-DESPRÉAUX

1665-1685.

Espagnols, Italiens et Gaulois; *Cultistes*, précieux et burlesques. — Boileau. — Réaction de l'esprit bourgeois contre la
littérature aristocratique. — Les *Satires* et la première
époque de la vie de Boileau. — Formation de l'idéal classique. — L'imitation de la nature. — L'autorité de la raison. — L'imitation des anciens. — Du fondement de l'imitation des anciens dans la doctrine de Boileau. — La religion
de la forme. — Troisième époque de la critique, ou les
règles fondées en nature et en raison.

Messieurs,

Je vous disais l'autre jour, en vous parlant de Chapelain — et j'insistais même sur ce point à propos de
la règle des trois unités, — qu'autant que des anciens,
Chapelain, dans ses œuvres comme dans sa critique,
avait été l'imitateur ou l'élève des Espagnols et des
Italiens. Tout en effet, vous le savez sans doute, était
alors à l'Italie ou à l'Espagne, si je puis ainsi dire; la
littérature elle-même comme les modes; et Chapelain, qui pouvait bien être homme à guider les cou-

rants, comme nous l'avons vu, ne l'était pas à les
remonter. Or, les Italiens, à ce moment de leur histoire, c'était le cavalier Marin, l'auteur de cet *Adone*
que Chapelain lui-même avait débuté par louanger
dans une préface mémorable; c'était un certain Bartoli, que j'avoue que je n'ai point lu, mais que je vois
qu'on appelle, d'un nom assez significatif, le « Marini »
de la prose; et les Espagnols, c'était l'auteur de *Don
Quichotte*, qui est aussi celui de *Persile et Sigismonde*,
mais c'étaient surtout les *Conceptistes* et les *Cultistes*,
un certain Ledesma; et un autre encore plus illustre,
dont le nom est devenu synonyme d'emphase et de
galimatias, je veux dire le fameux Gongora.

Sur tous ces personnages, et sur le caractère de
leurs œuvres, vous trouverez de nombreux renseignements, pour les Espagnols, dans l'*Histoire des Idées
littéraires en Espagne au* xvii° *siècle* de M. Menendez
y Pelayo; vous en trouverez pour les Italiens — et
sur le *Marinisme* en particulier, dont il ne fait pas le
chapitre le moins original, — dans l'excellente ou
plutôt dans la remarquable *Histoire de la Littérature
italienne* de Francesco de Sanctis. Il ne manque
pas d'autres histoires de la littérature italienne : il y
en a de plus volumineuses; il y en a, comme on dit
aujourd'hui, de plus « documentées », qui contiennent
plus de faits, plus de titres, plus de dates, plus d'ana-
lyses; il n'y en a pas, à mon gré, de meilleure, de
plus philosophique, ni de plus agréable à lire que
celle de de Sanctis.... Pour nous, et pour notre
objet, sans entrer dans plus de détails, il nous suffit
ici que, d'un consentement unanime, si les Marini et
les Bartoli sont les maîtres de la *préciosité*, les Le-

desma et les Gongora le soient, eux,.de l'emphase et
de l'amphigouri.

Emphase ou *Préciosité*, ce que ces deux défauts de
l'esprit et du style ont de commun entre eux, c'est de
chercher dans la surprise ou dans l'étonnement, qu'ils
confondent avec l'admiration, le principe de la beauté.
On veut se « distinguer », se tirer de la foule ; on veut
dire des choses « qui ne s'attendent point » ; et l'originalité qu'il n'est jamais facile, ni même toujours
possible, de mettre dans les choses que l'on dit, parce
qu'il faut avoir quelque chose à dire, on la met, on
essaye au moins de la mettre dans la manière dont
on dit les choses, dans l'usage imprévu que l'on fait
des mots, dans le tour de la phrase. En voici quelques
exemples :

> Mais je me sens jaloux de tout ce qui te touche,

dit l'amoureux Pyrame à son amie Thisbé, dans la
tragi-comédie du poète Théophile,

> Les fleurs que sous tes pas tous les chemins produisent
> Dans l'honneur qu'elles ont de te plaire me nuisent ;
> Si je pouvais complaire à mon jaloux dessein,
> J'empêcherais tes yeux de regarder ton sein ;
> Ton ombre suit ton corps de trop près, ce me semble...

et Balzac, à son tour, dans la lettre au cardinal de la
Valette, si souvent citée : « Présentement, au mois où
nous sommes, je cherche tous les remèdes imaginables
contre la violence de la chaleur. J'ai un éventail qui
lasse les mains de quatre valets, et fait un vent dans
ma chambre qui ferait des naufrages en pleine mer. »
Lisez encore les lettres ou les petits vers de Voiture.

Ainsi parlait-on à l'hôtel de Rambouillet. Il y a seulement cette différence, ou cette nuance, que tandis que
les uns, les précieux, cherchent plutôt leurs effets
dans la subtilité des pensées et dans le raffinement de
l'expression, les autres les demandent plutôt à l'énormité des hyperboles ou à l'ampleur des mots :

> Je chante le vainqueur des vainqueurs de la terre....

Balzac est plus « emphatique », et Voiture est plus
« précieux », mais le grand Corneille a souvent trouvé
le secret d'être à la fois l'un et l'autre....

> Impatients désirs d'une illustre vengeance,
> A qui la mort d'un père a donné la naissance,
> Enfans impétueux de mon ressentiment....

Si d'ailleurs vous étiez curieux de bien préciser la
nuance, la recherche en serait intéressante, et même
le sujet serait à peu près neuf. Tout le monde en effet
a parlé des *Précieuses*, des dames de Rambouillet et
de l'illustre Sapho ; elles ont défrayé des volumes ;
mais on n'a oublié que de nous dire ou d'essayer de
nous dire ce que c'est que la *Préciosité*.

Dès à présent, nous pouvons mesurer la grandeur
du service qu'allait rendre Boileau, rien qu'en se mettant en travers de ce double courant. Mais, avant d'y
venir, il faut encore noter, qu'en dépit de l'Espagne
et de l'Italie, comme en dépit de la Pléiade, ni la préciosité ni le cultisme n'avaient triomphé d'un vieux
fonds gaulois, qui subsistait donc toujours, et qui
s'épanouissait librement en inventions *burlesques*, ou
grotesques, ou peut-être tout simplement grossières,
telles que l'*Histoire comique de Francion* de Charles

Sorel (1632), *la Rome ridicule* du sieur de Saint-
Amant (1643), ou *le Virgile travesti* de Scarron,
(1648). J'emprunte une strophe au second de ces trois
ouvrages :

> Il vous sied bien, monsieur le Tibre,
> De faire ainsi tant de façon,
> Vous dans qui le moindre poisson
> A peine a le mouvement libre ;
> Il vous sied bien de vous vanter
> D'avoir de quoi le disputer
> A tous les fleuves de la terre,
> Vous qui, comblé de trois moulins,
> N'oseriez défier en guerre
> La rivière des Gobelins....

Il y en avait sur ce ton un peu plus de mille vers ; et,
aux environs de 1640, c'était là ce que l'on appelait de
l'esprit ; et quand on voulait rire, c'était à cela que l'on
se délassait.

Entre les trois directions qui s'ouvraient devant
lui, Boileau, lui, allait prendre la quatrième, sur les
traces de l'auteur des *Lettres Provinciales.* — Vous
savez que, dans toute la langue, il n'y avait pas de
livre dont il fît plus de cas —

> Fils d'un père greffier, né d'aïeux avocats,

parmi lesquels ce serait miracle qu'il ne se fût pas
glissé quelques procureurs ou quelques sous-greffiers ;
bourgeois de Paris, comme Poquelin et comme Arouet,
bourgeois né dans la Cité même, dans la cour du
Palais, au centre et dans l'antre de la chicane et de la
basoche ; ce que Boileau représente avant tout dans la
critique et dans la littérature du xviie siècle, ce qu'il

y représente, et à tous égards, d'une manière émi-
nente, c'est l'avènement de l'esprit bourgeois.

Remarquez en effet qu'avant lui, qu'avant Molière
et qu'avant Pascal — dont il convient ici de joindre
les noms au sien, — la littérature est essentiellement
aristocrati·*ue*. Elle l'est, par l'habituelle affectation
de gentilhommerie dont les écrivains se croient tenus;
elle l'est, par la qualité du public auquel ils s'adres-
sent, que ce soit le public restreint des gens de cour
ou le public à peine un peu plus étendu des *ruelles*
où l'on singe la divine Arthénice; elle l'est enfin, et
vous venez de le voir, par la nature même de ses
défauts. Pour comprendre et pour goûter les *Lettres*
de Balzac, il y faut une éducation spéciale, comme
pour se complaire aux plaisanteries de Scarron, comme
pour entendre les « règles » de Chapelain lui-même.
Je veux dire, qu'appuyées comme elles sont sur l'autorité des anciens ou sur celle des Italiens, de Vida,
de Robortelli, de Scaliger, de Castelvetro, ne pouvant
être contrôlées que par des érudits, elles ne peuvent
donc être acceptées et intelligemment pratiquées que
par eux. Mais, avec Pascal, avec Molière, avec Boileau, l'esprit bourgeois prend conscience de sa force;
il s'oppose à l'esprit aristocratique des salons et des
ruelles; il s'émancipe de la protection du grand seigneur ou du financier, et conséquemment de l'obligation de leur plaire. Bientôt même il ne craindra
pas, dans les *Satires* et dans la comédie, de s'attaquer
presque de front aux partisans et aux marquis :

> Que George vive ici, puisque George y sait vivre,
> Qu'un million comptant, par ses fourbes acquis,
> De clerc, jadis laquais, a fait comte et marquis....

C'est ce que je veux dire, en insistant d'abord sur
ce fait que Boileau est un bourgeois de Paris; qu'il
l'est de naissance et d'éducation; qu'il l'est d'instinct
et de goût; qu'il en a l'humeur indépendante et
brusque, volontiers satirique, la défiance innée de tout
ce qui n'est pas clair — dût-il d'ailleurs être superficiel, — la philosophie sommaire, une certaine étroitesse d'esprit, beaucoup de confiance en lui-même,
dans la sûreté de son goût; et enfin cette franchise
un peu rude qui est la probité du critique. Défauts et
qualités, mêlés et compensés, je ne sache pas dans
l'histoire de notre littérature, je n'y trouve point de
modèle plus complet, plus original et plus ressemblant de l'esprit bourgeois.

Rien de plus naturel si cette indépendance d'esprit,
aidée du goût de la raillerie, commence par l'induire
en satire : c'est la première époque de sa vie littéraire;
étendez-la de 1660 à 1670 environ. Il daube sur les
uns, il daube sur les autres; il s'en prend à Chapelain
d'abord, et aux pédants en sa personne ; il s'en prend
aux « grotesques » ; il s'en prend à Quinault, avec
une liberté qui va jusqu'à son maître Corneille. Ce
Tasse encore que l'on admire, et cette *Jérusalem* d'où
sont sorties pour lui, comme d'une outre d'Éole,
toutes les *Pucelle*, tous les *Saint-Louis*, tous les
Clovis, tous les *Moïse*, tous les *Alaric*, il n'y voit
que du « clinquant », que du paillon, la splendeur
du faux goût italien, et il ose le dire :

> Qui pourrait aujourd'hui, sans un juste mépris,
> Voir l'Italie en France, et Rome dans Paris?

Naturellement aussi, comme il attaque, on lui répond. Les pamphlets pleuvent et les répliques : réplique de Cotin, réplique de Boursault, réplique de
Coras, réplique de Saint-Sorlin. Lui, riposte à son
tour, il redouble de verve, il se pique, il s'anime, il
s'encourage à la satire :

> Un clerc pour quinze sous, sans craindre le holà,
> Peut aller au parterre attaquer *Attila*....
> Et je serai le seul qui ne pourrai rien dire,
> On sera ridicule, et je n'oserai rire !

Ce qu'à Dieu ne plaise, en vérité ! et la bataille
s'échauffe ; les coups, mieux adressés, sont plus
vigoureux et plus droits ; pour le soutenir dans la
lutte, il a d'ailleurs avec lui Molière, il a La Fontaine,
il a Racine ; il a le public ; il aura bientôt le roi même ;
et sur tous les points, ou sur presque tous, il a tellement raison, que nous nous demandons comment la
victoire ne s'est pas décidée tout de suite en sa faveur,
et ce qu'on attend donc pour passer à lui.

La réponse n'est pas difficile : nous sommes dans
le siècle de la règle et de la discipline ; et on attend
qu'il ait énoncé, ou, comme nous dirions, formulé sa
doctrine. En effet, jusqu'ici, sa satire est toute encore
de verve ; sa critique est toute personnelle ; elle ne
donne point de raisons ; ce qui lui déplaît est mal, et
ce qui lui plaît est bien.

> En vain il veut parfois faire grâce à quelqu'un,
> Sa plume aurait regret d'en épargner aucun.

C'est son humeur qui agit seule en lui. Il se venge
en riant de l'ennui de ses lectures. Ou, en d'autres

termes, il ne blâme ni ne loue par principes, mais
d'instinct ; il a seulement le goût juste, le mot prompt,
la main leste ; rien de pédant, ni de calculé, ni de
réfléchi, mais l'insolence heureuse de la jeunesse, au
service du bon sens et de l'honnêteté littéraire. Cependant, il ne tarde pas à s'apercevoir que cela ne
saurait suffire ; il cherche la règle de ses jugements,
il la trouve, il la traduit dans ses *Épîtres* et dans les
vers de son *Art poétique* : c'est la seconde époque de
sa vie littéraire ; et nous pouvons l'étendre de 1670 à
1685 à peu près.

Or, il n'a pas plus tôt commencé de réfléchir, qu'il
s'aperçoit que tous ceux qu'il attaquait, sans en bien
savoir le pourquoi, c'est que, d'une manière, ou d'une
autre, ils s'éloignent de la nature.

Tous ces pédants sont artificiels, et, si je puis ainsi
dire, ils sont surtout livresques ; ils traversent la vie
comme sans l'apercevoir ; ils se nourrissent d'une
fausse érudition qu'ils vont dégorger dans le monde ;
puis ils retournent à leurs bouquins ; et, le lendemain,
de recommencer. Pour les précieux, c'est une autre
affaire, quoique ce soit au fond la même chose, mais
ce ne sont pas les livres, c'est le monde, eux, qui les
empêche de voir la nature. Si Chapelain la voudrait
plus réglée, plus compassée, plus rectiligne, Voiture la
veut plus mièvre, plus délicate et plus ornée. Celui-
là trouvait la nature trop irrégulière, et celui-ci la
trouve « trop frugale en ses ajustements ». Mais en
quoi l'un et l'autre s'accorde, c'est à la trouver « im-
parfaite », et à se flatter de la « perfectionner ». Et
de même aussi les *grotesques*, puisque, s'ils « chargent
les contours » selon l'expression du temps, c'est que,

comme les précieux et comme les pédants, ils trouvent la nature « trop **plate** ». Les autres voulaient
plaire ; et eux aussi ; mais d'une autre manière, en
faisant rire ; et, comme la caricature en est le moyen
le plus simple, ou le quolibet et la turlupinade, ils se
gênent, ils se torturent, ils se contorsionnent pour
faire « plus drôle » que nature. Lisez plutôt Saint-
Amant ou Scarron.

Et la conclusion n'est pas non plus difficile à tirer :
il faut retourner à la nature ; et sans prétendre à faire
mieux, plus noble ou plus plaisant qu'elle, il faut
l'imiter.

> Nous avons changé de méthode,
> Jodelet n'est plus à la mode,
> Et maintenant il ne faut pas
> Quitter la nature d'un pas.

Ainsi s'exprime quelque part La Fontaine ; et
comme pour lui — comme pour Molière, comme pour
Pascal ou comme pour Bossuet, — l'imitation de la
nature, voilà pour Boileau la règle des règles, celle
qui domine toutes les autres, qui les résume ou qui
les juge, ou plutôt encore celle que toutes les autres
n'ont pour objet que de nous aider à suivre.

> Que la nature donc soit notre étude unique....
>
> Car la nature plaît sans étude et sans art....
>
> Rien n'est beau que le vrai, le vrai seul est aimable....
>
> Il n'est pas de serpent ni de monstre odieux,
> Qui par l'art imité ne puisse plaire aux yeux,...
>
> Chacun pris en son air est agréable en soi.

Ces sortes de vers abondent, vous le savez, dans
Boileau; et, ce n'est pas assez, vous le savez encore,
que d'énoncer la règle, mais lui-même il l'applique;
et, dans telle de ses *Satires* — *le Repas ridicule*, par
exemple, ou la *Satire sur les femmes*, qu'il composait
en 1693, — on peut se demander s'il n'a pas peut-
être, une ou deux fois au moins, poussé trop loin
le *naturalisme* ou le *réalisme* de l'exécution.

> Deux assiettes suivaient, dont l'une était ornée
> D'une langue en ragoût, de persil couronnée;
> L'autre, d'un godiveau tout brûlé par dehors,
> Dont un beurre gluant inondait tous les bords....

Ou bien encore :

> T'ai-je fait voir de joie une belle animée
> Qui souvent, d'un repas sortant tout enfumée,
> Fait, même à ses amans, trop faibles d'estomac,
> Redouter ses baisers pleins d'ail et de tabac?

Cependant la nature est bien vaste; et, conséquemment, la recommandation de l'imiter est bien vague.
Même, en un certain sens, tout n'est-il pas dans la
nature? et, non seulement la laideur, mais la singularité, mais la bizarrerie, mais la monstruosité ne
sont-elles pas de la nature? A plus forte raison, le
caprice et la fantaisie.

> Cette vie est à tous, et celle que je mène,
> Quand le diable y serait, est une vie humaine!

C'est ce qu'un plus grand poète exprime encore,
d'une façon moins humoristique et plus vraie, quand
il fait observer qu'on ne saurait sortir de la nature,
l'idéaliser ou la dégrader, qu'avec des moyens qui en

sont, qui en font eux-mêmes partie. Recommander
l'imitation de la nature, c'est donc bien ; mais ce n'est
pas dire grand'chose, si l'on ne précise à son tour la
nature de l'imitation ; et — chacun de nous enfin
ayant sa manière de voir, de sentir, de reproduire la
nature — il faut convenir maintenant d'un principe
qui restreigne, en s'y ajoutant, celui de l'imitation
de la nature.

Ce principe, c'est celui de l'autorité ou de la souveraineté de la raison — et, à ce propos, il se peut
bien que le cartésianisme soit ici de quelque chose ; —
mais Boileau n'était pas incapable de le découvrir, à lui
tout seul ; car, après avoir fondé les règles en nature,
qu'y avait-il de plus logique et de plus conséquent que
de vouloir les fonder en raison ? Nous imiterons donc
la nature, et nous l'imiterons fidèlement, mais nous
ne l'imiterons qu'en tant que rationnelle. Considérons
un peu ce que ce seul mot — dont je crains bien à la
vérité que Boileau n'eût jamais voulu se servir —
enveloppe de conséquences.

Cela veut dire, en effet, tout d'abord, que nous n'imiterons la nature qu'en tant que nous la trouverons elle-
même raisonnable, logique et conforme à son propre
plan. Par exemple, est-il naturel d'être hydrocéphale,
je suppose, bec-de-lièvre ou pied bot ? Non, cela n'est
pas naturel, puisque c'est même une déviation du plan
de structure qui est celui de l'homme. Inversion, arrêt
de développement, hypertrophie de l'organe, tous ces
mots qui nous disent comment les monstruosités
s'engendrent, impliquent par eux-mêmes qu'elles
n'ont pas raison d'exister. Pareillement, il y a des cas
de tératologie morale, qui ne sont pas *naturels* quoi-

qu'ils soient dans la nature, et qui ne la représentent pas, mais au contraire qui la contredisent. Nous ne les imiterons pas, et nous nous souviendrons que, s'il n'est pas de serpent,

> ni de monstre odieux
> Qui par l'art imité ne puisse plaire aux yeux ;

c'est à la condition que, dans le « monstre » ou dans le « serpent », nous retrouvions pour ainsi dire la nature à la base, et qu'ils en soient eux-mêmes une partie.

Cela veut dire, en second lieu, que nous n'imiterons la nature qu'en tant que nous la trouverons conforme ou identique à elle-même dans l'espace et le temps ;

> De Paris au Pérou, du Japon jusqu'à Rome ;

en tant qu'universelle et en tant qu'éternelle. Ainsi, la manière dont on mange, avec les doigts, si vous le voulez, ou avec une fourchette ; les mets que l'on mange, et la façon dont on les assaisonne, n'affectent pas, ne modifient point la nécessité de manger. Pareillement, en passant du physique au moral, sous l'habit de cour d'un grand seigneur français et sous la toge d'un Romain, les sentiments, les passions, les idées sont les mêmes, ou du moins ils ne valent la peine d'être représentés par l'art qu'autant qu'ils sont vrais d'une vérité plus générale qu'eux-mêmes, antérieure à l'expression qu'on en donne, et capable de durer plus qu'elle.

> C'est ainsi que Lucile, appuyée de Lélie,
> Fit justice en son temps des Cotins d'Italie.

A leur exemple, nous essayerons donc, dans la
nature même, de discerner l'éphémère d'avec le durable, le principal d'avec l'accessoire, le contingent
d'avec le nécessaire; et nous n'en imiterons que ce
qu'elle a de plus permanent.

Et cela veut dire enfin que nous ne l'imiterons
qu'autant qu'elle est intelligible et accessible à tous.

Le vrai peut quelquefois n'être pas vraisemblable;

et, pour être assurés de la vérité de nos idées, il ne
suffit pas que nous les concevions. Pareillement,
d'avoir éprouvé nous-mêmes un sentiment, ce n'est
pas une raison pour qu'il soit *naturel*. Il faut voir. Et,
pour voir, il faut comparer, sortir de soi, se juger du
dehors, en comptant avec les sentiments des autres.
Quelle que soit la diversité des opinions humaines, il
y a quelques points dont tous les hommes tombent
d'accord; et si changeante que puisse être notre sensibilité — non seulement d'un homme à un autre
homme, mais de nous-même à nous-même, — cependant nous souffrons des mêmes peines comme nous
jouissons des mêmes plaisirs. Nous nous garderons
donc d'abonder dans notre sens propre. Au contraire,
nous nous efforcerons de demeurer toujours en com-
munication avec nos semblables. Nous ne leur parlerons pas de nous, mais d'eux-mêmes; et puisqu'enfin
ce qui fait le lien des sociétés humaines, c'est la
raison, nous n'imiterons de la nature entière que ce
que tous les hommes consentiront à nommer avec
nous des noms de nature et de naturel.

Suivons ces idées à l'application. — Pourquoi la
Règle des trois unités? — Parce qu'il n'est pas *naturel*,

ʻqu'en trois ou quatre heures de temps, on enferme une
action dont la durée réelle aurait rempli des mois, des
années, ou des siècles; et parce que, d'autre part, il
n'est pas *raisonnable* qu'on disperse à travers l'espace
ou le temps un sujet dont l'effet même dépend, par
hypothèse ou par définition, du degré de sa concen-
tration. — Pourquoi la condamnation du *Burlesque*?
— Parce qu'il n'est pas *naturel* qu'un homme, si ridicule soit-il, offre continûment à rire, quoi qu'il dise ou
qu'il fasse, sans intervalle ni relâche; et parce qu'il
n'est pas *raisonnable* de faire parler les reines comme
des harengères : ce sont plutôt les harengères qui
s'efforceraient à parler comme les reines. — Pourquoi
la condamnation des précieux et de la *Préciosité*? —
Parce qu'il n'est pas *naturel* qu'on emploie le langage
à obscurcir la pensée, toujours assez obscure d'elle-
même; et parce qu'il n'est pas *raisonnable*, si l'on
converse ensemble, de parler justement pour n'être
pas entendu. — Pourquoi encore la proscription du
Merveilleux chrétien? Parce qu'il n'est pas *naturel*
qu'on mêle Dieu, de sa personne, aux affaires des
hommes — et à quelles affaires souvent, comme dans
la *Jérusalem* du Tasse! — et puis, parce qu'il n'est
pas *raisonnable*, comme dans le *Clovis* ou dans *la
Pucelle*, d'augmenter le nombre des miracles à croire.
C'est le janséniste ici qui perce....

Il reste seulement une dernière question : c'est à
savoir qui nous assurera que les règles sont fondées
en nature et en raison? Leur constance même, répond
Boileau; et c'est ici qu'intervient dans sa doctrine,
comme correctif, comme complément à la fois et
comme moyen, le principe de l'imitation des anciens.

On n'en a pas toujours très bien vu l'importance ; et
il est possible que Boileau lui-même, pour toute sorte
de raisons, ne l'ait pas nettement aperçue. Je crains
au moins qu'il n'y ait quelque superstition dans l'admiration qu'il professe pour Pindare, par exemple ; et
j'aimais mieux la franchise un peu bourrue de Malherbe. Mais ce qu'il n'a pas vu, il l'a senti d'instinct ;
et que, sans l'exemple ou l'autorité des anciens, il ne
pourrait sauver sa doctrine du reproche d'arbitraire.
C'est ce qu'il n'est pas mauvais, c'est même ce qu'il
est capital de montrer.

Nous lisons donc l'*Odyssée* d'Homère, ou l'*Iphigénie*
d'Euripide, ou les *Satires* d'Horace. Il y a tantôt deux
mille ans que l'auteur des *Satires* est mort ; et, pour
celui de l'*Odyssée*, qui pourra dire en quel temps il
vivait ? Tout a donc changé depuis eux dans le monde.
Grecs et Romains, ils vivaient sous un autre ciel, dans
une société dont la structure différait tellement de la
nôtre qu'à peine aujourd'hui nos érudits sont-ils
d'accord de ce qu'elle pouvait être. Ils n'avaient point
de redingotes ni de pantalons, mais ils portaient la
chlamyde ou la toge ; ils se chaussaient de sandales ou
de cnémides, et nous portons des bottes. Leurs habi-
tations différaient des nôtres. Ils avaient des esclaves.
Ni le mariage, ni la famille, ni la propriété n'étaient
constitués chez eux sur les mêmes bases que chez
nous. Avant d'être à lui-même, l'individu appartenait
à sa communauté. Enfin, ils parlaient d'autres langues, dont il est bien vrai que la nôtre dérive, mais
dont il est également vrai que nous ne pouvons nous
rendre maîtres qu'à force de patience, de peine et de
temps.

Et cependant, nous les comprenons! Si quelques détails nous échappent, c'est comme il nous en échappe
aussi quelques-uns dans les œuvres elles-mêmes de
nos contemporains et de nos compatriotes. Deux ou
trois mille ans écoulés ; des guerres, des invasions ; une
religion nouvelle substituée aux fictions de leur mythologie ; l'esclavage aboli, la femme émancipée de la
tyrannie domestique, l'individu rendu à lui-même ;
l'esprit humain renouvelé, transformé par la science,
rien de tout cela n'a pu faire que nous ayons cessé de
les comprendre ou de les sentir. Rappelez-vous, à ce
propos, les paroles de Racine, dans la préface de son
Iphigénie. « J'ai reconnu avec plaisir par l'effet qu'a
produit sur notre théâtre tout ce que j'ai imité ou
d'Homère ou d'Euripide, que le bon sens et la raison
étaient les mêmes dans tous les siècles. Le goût de
Paris s'est trouvé conforme à celui d'Athènes. Mes
spectateurs ont été émus des mêmes choses qui ont
mis autrefois en larmes le plus savant peuple de la
Grèce, et qui ont fait dire qu'entre les poètes Euripide
était extrêmement tragique. » Voilà le fondement de
l'imitation des anciens ; voilà le pouvoir de la *nature*
et de la *raison* ; et voilà le signe auquel nous les
reconnaissons chez nos contemporains.

En effet, tandis qu'autour de nous et en nous tout
changeait, il faut bien, si nous comprenons encore, si
nous goûtons toujours Euripide ou Homère, il faut
bien que quelque chose en nous soit demeuré le
même ; et, à l'expérience, il se trouve que c'est ce qu'il
y avait en eux de plus universel sans doute, mais
aussi de plus profond, et je ne sais en vérité si je ne
puis dire de plus intime. La conséquence n'est-elle

pas bien claire? Elle l'était du moins pour Racine, et
elle l'était pour Boileau. Voulez-vous savoir si votre
vision des choses, ou, comme ils eussent dit plus simplement, si l'idée que vous vous en faites est conforme à la nature et à la raison? Consultez les anciens,
non point parce qu'ils sont anciens — quoique d'ailleurs on pût prétendre que, dans la nouveauté du
monde, étant plus près de la nature, ils l'ont mieux
attrapée, — mais parce qu'ils sont d'irrécusables témoins qu'il existe au fond de l'homme, sous la diversité des apparences, quelque chose de permanent et
d'éternellement identique à soi-même. C'est en eux et
chez eux que la nature et la raison ont leurs titres;
c'est d'eux, par conséquent, qu'il faut apprendre à les
reconnaître; et c'est d'eux qu'à notre tour nous ap-
prendrons à imiter l'une, à réaliser l'autre, et à les
égaler ou à les surpasser eux-mêmes.

Vous voyez en quel sens et dans quelle mesure on
peut dire ici, qu'en dépit de la façon presque injurieuse
dont il en a toujours parlé, jusqu'à lui préférer Marot,
ce qui est le comble de l'injustice, ou du prosaïsme,
si vous le voulez, Boileau n'en est pas moins, sans le
savoir, le continuateur et l'héritier de Ronsard. Mais,
s'il admire comme lui les anciens, il sait les raisons
de cette admiration, que Ronsard et son école éprou-
vaient confusément, sans distinction ni choix, pour
l'antiquité tout entière, avec une préférence ou une
faveur marquée pour les Alexandrins, parmi les Grecs,
c'est-à-dire pour les Italiens de l'hellénisme; et, parmi
les Latins, pour Sénèque et pour Lucain, c'est-à-dire
pour les Espagnols. Dans les anciens, ce qu'aime Boileau, c'est la *nature* et c'est la *raison*. Et si les anciens,

comme nous le disions, lui servent d'une règle pour juger de l'expression de la raison et de la vérité de l'imitation dans les œuvres des modernes, inversement et réciproquement, l'expérience de la nature et de la raison lui servent à distinguer les anciens pour ainsi dire d'avec eux-mêmes, Euripide d'avec Sénèque, et Lucain d'avec Virgile.

Mais ce qui distingue bien plus profondément encore sa pratique ou sa critique de celle de Ronsard, c'est le prix qu'il attache à là forme ; et dont on ne saurait assurément le blâmer, dans une langue où, comme dans la nôtre, il n'y a pas de différence essentielle entre le vocabulaire de la prose et celui de la poésie. C'est en effet un dernier point que nous ne saurions omettre, en essayant de réduire, comme nous faisons, à ses principes, la doctrine littéraire de Boileau. Dans ce bourgeois il y a un artiste, je veux dire à la fois un remarquable ouvrier et un théoricien scrupuleux de son art. Poète ou non, ce n'est pas là le point, quoique, après tout, son œuvre abonde en vers heureux, en vers brillants de bon sens et de clarté, qui, s'ils sont devenus proverbes en naissant, c'est apparemment qu'ils exprimaient d'une « manière vive, fine, et nouvelle en leur temps » des vérités d'usage ; et ce n'est déjà pas un mérite si commun. Il faut faire attention encore que, depuis deux cent cinquante ans bientôt passés, le vers français, aussi lui, a *évolué*, comme le reste ; et, puisqu'on en tient compte quand on parle de la versification de Molière ou de celle même de Racine, il en faut tenir compte également pour parler des vers de Boileau. Vous remarquerez même là-dessus que, si l'on n'en tenait pas

compte, on commettrait à son égard la même injustice
qu'on lui reproche précisément — et avec raison —
d'avoir commise à l'égard de Ronsard.

Mais, quand j'accorderais à ses détracteurs les plus
acharnés que les vers des *Satires* ne valent pas ceux
des *Sonnets à Cassandre*, et encore moins ceux des
Châtiments ou des *Contemplations*, il faut en revanche
qu'ils conviennent à leur tour que, si quelqu'un a
senti le prix de la forme en poésie, c'est Boileau.
Relisez ses *Satires*, ses *Épîtres*, son *Art poétique*; relisez ses *Préfaces*, et en particulier la plus ample, celle
qu'il a mise en tête de son édition de 1701. « Il y a
bien de la différence entre des vers faciles et des vers
facilement faits. Les récits de Virgile, quoique extra-
ordinairement travaillés, sont bien plus naturels que
ceux de Lucain, qui écrivait, dit-on, avec une facilité prodigieuse. » Parcourez également ses *Lettres* à
Brossette : vous y verrez les scrupules de l'artiste. Ou
encore, et comme contre-épreuve, regardez et remarquez ce qu'il attaque en la plupart de ses ennemis
littéraires.

> Oh! le plaisant projet d'un poète ignorant
> Qui de tant de héros va choisir Childebrand.

Il avait déjà dit, dans l'épître du *Passage du Rhin* :

> Oh! que le ciel, soigneux de notre poésie,
> Grand roi, ne nous fit-il plus voisins de l'Asie.
> . . . .
> Il n'est plaine en ces lieux si sèche et si stérile
> Qui ne soit *en beaux mots* partout riche et fertile.

L'un est « plat et grossier », l'autre est « dur et
pénible »; celui-ci construit son vers sans art, et

celui-là rime « sans génie ». S'il y a donc un art
d'écrire, et s'il y a surtout un art de rimer, s'il y a
un art de flatter l'oreille, mettons que Boileau ne l'ait
pas connu ou pratiqué lui-même, il en a pourtant
enseigné les leçons; et ses leçons n'ont pas été per-
dues, s'il est vrai, comme il aimait lui-même à s'en
vanter, qu'elles aient aidé à former Racine. J'irai plus
loin; et, comme sa doctrine faisait la part manifeste-
ment trop étroite à l'originalité du poète, en le réduisant à l'expression des idées communes, je dirais
volontiers que, comme c'était l'unique moyen de l'y
réintégrer, peut-être a-t-il mis quelquefois trop haut
le mérite de la forme.... Je livre le problème à vos
méditations.

Aucune de ces idées ne devait cependant s'établir
ni triompher sans soulever de nombreuses protestations, et si les querelles de personnes, Boileau contre
Cotin, Cotin contre Boileau, avaient rempli, comme
nous l'avons dit, les premières années de sa vie littéraire, la discussion des questions de principes en
allait remplir et même un peu agiter les dernières,
de 1690 à 1702.

Il est vrai qu'il avait habilement choisi son terrain.
Sur la question de forme, en effet, et sur le prix qu'il
y attachait, comment les *Précieux* l'eussent-ils pu contredire? La perfection de la forme, ils l'entendaient
d'une autre manière, sans doute, et, vous l'avez vu,
très différente de la sienne, mais enfin, quant au
principe : que les choses valent surtout de la manière qu'on les dit et par la façon qu'on y donne;
ils en tombaient d'accord avec lui. C'est ce qui peut
servir, en passant, à vous rendre raison de l'estime

singulière que Boileau, non seulement dans ses vers,
mais dans sa prose, et jusque dans la préface de l'édition de 1701, a toujours professée pour Voiture. Il
attendit d'être mort, pour en déclarer les jeux de
mots « insipides », dans sa *Satire sur l'Équivoque* ;
et, en attendant, il lui savait gré d'avoir « extrêmement travaillé ses ouvrages ».

Encore bien moins pouvait-on aisément l'attaquer
sur ce qu'il avait dit du pouvoir et de l'autorité de la
raison :

> Aimez donc la raison : que toujours vos écrits
> Empruntent d'elle seule et leur lustre et leur prix....

Les jansénistes seuls, au xviiᵉ siècle, auraient pu
faire un reproche à Boileau de l'excès de confiance
qu'il mettait dans ce qu'ils appelaient, eux, à Port-
Royal, « l'imbécillité » de la raison humaine. Mais,
tous ou presque tous, ils étaient amis de Boileau, à
commencer par le plus fameux et le plus considéré du
parti, celui que l'on saluait alors du nom du « grand
Arnauld ». D'ailleurs, s'ils se défiaient de la raison,
ils se défiaient bien davantage encore de l'imagination et de la sensibilité, ces deux « maîtresses d'erreur ». Et, comme en dehors des jansénistes, il ne
restait plus que les cartésiens, c'est-à-dire les plus
rationalistes des hommes, ce n'était pas les Perrault
ou les Fontenelle qui pouvaient songer à faire des-
cendre la raison du rang où Boileau l'avait mise. Si
donc le principe était contestable, et il l'était — en
tant que l'imagination et la sensibilité sont les premières des vertus que nous devions exiger d'un poète,
— il était d'accord avec l'esprit général du siècle;

et, au fait, je ne vois pas qu'aucun des adversaires
de Boileau l'ait sérieusement contesté, ni qu'il en ait
seulement fait mine. Chapelain lui-même ne l'eût pas
pu, s'il l'eût voulu, lui, dont *la Pucelle* était si *raisonnable*, et, comme vous l'avez pu voir, si savamment *raisonnée* !

Enfin, sur la manière étroite, et surtout timorée,
dont Boileau avait entendu l'imitation de la nature —
comme si, aussitôt après l'avoir énoncé, il eût reculé
devant les conséquences de son propre principe, — il
y eût eu plus, il y eût eu même beaucoup à dire.
Mais, bien loin que ses contemporains pussent lui
reprocher qu'il n'allait pas au bout de son principe,
et qu'après avoir fait quatre pas en avant il en faisait trois en arrière, j'ai tâché de vous montrer qu'il
ne leur avait justement rien proposé de plus révolutionnaire que d'imiter la nature, au lieu de s'ingé-
nier, comme on faisait jusqu'alors, à la *perfectionner*;
et on l'eût plutôt accusé de faire à la nature, dans
sa doctrine, la part encore trop grande.

En voici, au surplus, une preuve assez éloquente :
c'est qu'aussitôt que Boileau se fut retiré de la lutte,
non seulement ce *naturalisme*, dont il avait été, avec
l'auteur de la *Critique de l'École des Femmes* et de
l'Impromptu de Versailles, le véritable théoricien,
ne gagna personne à sa cause, n'étendit même pas
son droit jusqu'à faire entrer dans l'art la représentation de la nature extérieure, mais il put voir tout
autour de lui la *préciosité* renaître ; et, dans les ruelles
transformées en salons, les Fontenelle et les Lamotte
reprendre la tradition des Balzac et des Voiture. Ce
sera bien autre chose encore, quelques années plus

tard, quand la marquise de Lambert, et après elle
Mme de Tencin, seront devenues des puissances. Les
premières années du xviiiᵉ siècle rappelleront à cet
égard les premières années du xviiᵉ. Une fois de plus
dans l'histoire de la littérature, l'homme naturel dis-
paraîtra, s'évanouira dans « l'homme du monde ». Et
pour nous débarrasser d'un vice, dont les traces se
voient encore, je ne dis pas seulement dans les romans
de Marivaux, je dis jusque dans le *Petit Carême* et
jusque dans l'*Esprit des Lois*, ce ne sera pas assez
des plaisanteries de l'auteur de *Gil Blas* et du *Bache-
lier de Salamanque*, mais il n'y faudra rien de moins
que l'intervention de Voltaire. Et voilà pourquoi les
ennemis de Boileau ne pouvaient pas lui faire un
grief de la timidité de son *naturalisme*.

Que leur restait-il donc? Il leur restait à l'attaquer
sur l'article de l'imitation des anciens, et, effectivement, c'est ce qu'ils allaient faire. Avec quels arguments, et d'ailleurs avec quel succès — ou plutôt avec
quel insuccès, — c'est ce que nous verrons en étudiant
la *Querelle des Anciens et des Modernes.*

19 novembre 1889.

QUATRIÈME LEÇON

LA QUERELLE DES ANCIENS ET DES MODERNES
1690-1720.

La querelle des Anciens et des Modernes; son intérêt historique et son importance actuelle. — Fontenelle et la cabale
des Perrault. — Le *Siècle de Louis le Grand*. — Le *Parallèle des Anciens et des Modernes*. — Innovations de Perrault
en critique. — L'esthétique générale, ses avantages et ses
dangers. — Une page de Perrault. — Le « public des honnêtes
gens » et les limites de sa compétence. — Quelques mots sur
le « sens individuel » en critique. — L'idée de progrès. —
La réponse de Boileau : les *Réflexions sur Longin*. — Citations
caractéristiques. — Concessions de Boileau. — L'idée d'évolution. — Conséquences de la discussion et résultats de la
querelle : l'idée de Relativité succède en critique à la notion
de la Règle.

Messieurs,

Je n'ai pas l'intention de vous faire ici l'histoire de
la querelle des Anciens et des Modernes : elle est
faite; elle serait un peu longue à conter; et enfin elle
ne nous regarde qu'autant que l'évolution des idées
critiques y est liée. Cependant, et pour deux bonnes
raisons, je ne crois pas qu'il soit inutile de vous en
signaler au passage l'intérêt toujours vivant et toujours *actuel*. Il faut nous habituer à reconnaître, sous
la pédanterie des mots, l'importance réelle des ques-

tions qu'ils recouvrent ; et, de même que nos philosophes n'ont pas cessé de discuter dans leurs écoles ce problème des *Universaux*, dont ils se moquent si spirituellement quand ils nous parlent de la scolastique, ainsi, vous allez le voir, c'est dans les journaux eux-mêmes qui se croient le plus parisiens que, tous les matins encore, on remue — sans le savoir, il est vrai — la querelle des Anciens et des Modernes.

Au point de vue philosophique, ce n'est en effet rien de moins que la question même du progrès qui s'est trouvée d'abord engagée dans la dispute ; je pourrais dire : c'est l'idée de l'évolution. Le gain très certain que l'humanité, depuis qu'elle se connaît, a réalisé dans les sciences et dans les arts industriels, dans tout ce qui touche à la pratique de la vie commune, l'a-t-elle également réalisé dans l'art et dans la littérature ? Voilà le problème qu'agitent entre eux, non pas confusément, mais nommément, si je puis ainsi dire, *propriis terminis*, dès les dernières années du XVIIᵉ siècle, les partisans acharnés des anciens et les défenseurs des modernes ; et je ne vois pas, quant à moi, qu'il soit si méprisable, ni même qu'aujourd'hui nous en puissions donner une solution si précise.

Mais, au point de vue historique, l'intérêt de la querelle, c'est qu'elle est le signal et l'expression du premier mouvement de révolte qu'on ait tenté contre l'esprit de la Renaissance. Tandis qu'en effet, jusqu'alors et en somme, on avait suivi docilement les anciens, universellement regardés comme d'inimitables modèles, on se sent alors pris de doute ; et, pour la première fois en littérature, on se demande si l'on ne serait pas assez grand maintenant pour marcher seul. On ira bientôt plus loin, jusqu'à s'interroger sur la légitimité du mouvement de la Renaissance, et s'il est bien sûr qu'elle nous ait mis dans la bonne ou dans la meilleure voie. Or, de nos jours mêmes, s'il vous plaît, quand vous discutez la question du latin, ou la question plus générale des réformes de l'enseignement; quand on discute dans les journaux s'il faut ou non maintenir l'Académie de France à Rome, ou le Conservatoire, ou la subvention de la Comédie-Française, qu'est-ce que l'on fait, qu'est-ce que vous discutez? Vous discutez la question que posèrent il y a deux cents ans, les Perrault et Fontenelle, vous débattez à votre tour la querelle des anciens et des modernes. S'il ne faut pas sans doute copier les modèles, dans quelle mesure faut-il que l'on s'en émancipe? et, si nous avons des qualités qu'ils n'eurent pas, n'en ont-ils pas, eux aussi, que nous n'avons plus; qu'il serait bon pourtant d'avoir; et qu'en tout cas, pour mieux juger les nôtres, il est bon d'apprendre à sentir?

Nous avons d'ailleurs un autre avantage à poser ainsi la question. C'est que nous voyons comment et pourquoi se sont coalisés contre Boileau les ennemis les plus différents : des cartésiens comme Fontenelle, de beaux esprits, comme Perrault, et des sots aussi, comme le fameux Desmarets de Saint-Sorlin, l'auteur de *Clovis*, des *Visionnaires* et d'*Ariane*. Je me contenterai d'avoir nommé le dernier; sur lui, comme sur quelques autres encore plus obscurs, si vous êtes curieux de plus de détails, je vous renverrai à l'excellent livre d'Hippolyte Rigault; — et je n'insisterai que sur Fontenelle et sur les Perrault.

En ce temps-là, c'est-à-dire aux environs de 1690, Fontenelle, à la vérité, n'était lui-même encore qu'un bel esprit, dont les *Dialogues des Morts*, l'*Éloge de Corneille* et les *Entretiens sur la Pluralité des mondes* étaient fort loin d'avoir fait le personnage considérable qu'il devait être un jour. Neveu des Corneille, il était en cette qualité l'ennemi-né de Racine, dont il ne devait pas perdre une occasion de médire ; l'ennemi par conséquent de tous les amis de Racine, qui n'en avait pas de plus familier ni de plus cher que l'auteur des *Satires* ; et enfin, et par suite encore, l'ami de tous leurs ennemis. Mais les frères Perrault, eux — car ils étaient quatre, Claude, Nicolas, Pierre et Charles, — formaient dès lors avec Fontenelle, précisément, et quelques autres, des académiciens surtout, une petite coterie littéraire dont la puissance était faite, pour une moindre part, de leur mérite personnel, et, pour une plus considérable, de la nature de leurs emplois, de l'étendue de leurs liaisons, et, à ce qu'il semble bien, de l'agrément de leur commerce. Claude, le médecin architecte, qui mourut en 1688, est assez connu par l'*Art poétique* et les épigrammes de Boileau, lesquelles n'empêchent point la colonnade du Louvre d'être une fort belle chose. Pierre, le receveur des finances, qui avait donné le signal des hostilités, dès 1678, s'était attiré de Racine une assez vive riposte, dans la préface de son *Iphigénie*. Je néglige Nicolas, le docteur de Sorbonne. Charles enfin, le plus célèbre des quatre — et dont le principal titre de gloire est aujourd'hui ces *Contes des fées* qui ne sont pas de lui, selon toute apparence, — premier commis de la surintendance, et depuis contrôleur général des bâtiments du roi, n'avait guère encore donné, comme écrivain, que quelques mauvais vers, une parodie du livre VI de l'*Énéide*, et un poème épique sur *Saint Paulin, évêque de Nole*, dont je ne puis trop regretter, je l'avoue, que l'Épître dédicatoire soit adressée à Bossuet.

Vous savez comment la guerre éclata. Le 27 janvier 1687, l'Académie française — dont il était depuis 1671 — tenant séance, Perrault, à l'occasion de la convalescence du roi, qui relevait je ne sais de quelle maladie, régala ses confrères d'un poème intitulé : *le Siècle de Louis le Grand*. En voici les premiers vers :

> La belle Antiquité fut toujours vénérable,
> Mais je ne crus jamais qu'elle fut adorable.
> Je vois les Anciens, sans plier les genoux.
> Ils sont grands, il est vrai, mais hommes comme nous;
> Et l'on peut comparer, sans craindre d'être injuste,
> Le siècle de Louis au beau siècle d'Auguste....

Puis, chemin faisant, et poursuivant sa veine, Perrault donnait sans hésiter, sur Homère ou sur Virgile, la préférence, ou la prééminence

> Aux Regniers, aux Maynards, aux Gombauds, aux Mal-
> Aux Godeaux, aux Racans...;   [herbes,

sacrifiait, sans plus de scrupules,

> L'illustre Raphaël, cet immense génie,

au peintre des *Batailles d'Alexandre*; mettait

> . . . . . la Vénus, l'Hercule, l'Apollon,
> Le Bacchus, le Lantin et le Laocoon,
> Ces chefs-d'œuvre de l'art, choisis entre dix mille,

fort au dessous des chefs-d'œuvre des Girardon, des
Gaspards, des Baptiste; établissait sans peine la supériorité de la musique de Lulli sur celle des Grecs —
dont je vous rappelle que nous ne savons rien, — et
concluait enfin, comme il avait commencé, par l'éloge
du roi,

> De Louis qu'environne une gloire immortelle,
> De Louis des grands rois le plus parfait modèle....

Il faut convenir que Boileau, quand il louait le prince,
usait d'un autre style; et qu'à défaut d'une indépendance d'esprit dont personne alors ne se piquait, un
goût plus sûr, inspiré peut-être de celui des anciens,
l'avait du moins préservé de cette platitude insigne
dans l'adulation.

Cependant, et c'est Perrault lui-même qui nous l'a
raconté — non sans esprit ni bonne grâce, — tandis
qu'il lisait, Boileau murmurait; et son voisin —
c'était Huet, l'évêque de Soissons — avait toutes les
peines du monde à l'empêcher d'exhaler sa colère.
Il n'y put plus enfin tenir; et sans attendre que Perrault eût terminé sa lecture, quittant brusquement la
place, il sortit en criant « qu'une semblable lecture
était une honte pour l'Académie ». Pardonnons
son impolitesse à la naïve sincérité de son indignation!

Il s'ensuivit, selon l'usage du temps, une guerre
d'épigrammes, qui peut-être en fût restée là, sans l'intervention de Fontenelle, dont les *Poésies pastorales*
— c'est l'un de ses plus médiocres ouvrages, — avec un
Discours sur l'églogue et une *Digression sur les anciens et
les modernes*, en renouvelant le débat, le ranimèrent;

et de l'ombre de l'Académie, le portèrent en quelque
sorte sur la place publique.

Il faut lire cet opuscule : c'est du vrai Fontenelle,
si ce n'en est pas du bon, Fontenelle, pour le dire en
passant, n'étant jamais qu'à moitié bon, là même où
il est le meilleur. Vous y trouverez de l'esprit, un
esprit un peu mince et précieux, nuancé d'un peu
d'ironie; vous y trouverez ce style, qui est le sien, non
seulement élégant, mais pénétrant, mais aigu dans
l'affectation de sa simplicité; et vous y trouverez enfin
la question mieux posée, beaucoup mieux, d'une
manière un peu sophistique, il est vrai, mais enfin
mieux posée que dans le *Siècle de Louis le Grand*, et
par un homme d'une tout autre portée d'intelligence.

Toute la question de la prééminence des anciens sur
les modernes, étant une fois bien entendue, se réduit
à savoir si les arbres qui étaient autrefois dans nos cam-
pagnes étaient plus grands que ceux d'aujourd'hui. En
cas qu'ils l'aient été, Homère, Platon, Démosthène, ne peuvent être égalés dans ces derniers siècles; mais si nos
arbres sont tout aussi grands que ceux d'autrefois, nous
pouvons égaler Homère, Platon et Démosthène.

C'était le début de sa *Digression*. En voici la conclusion :

Si les grands hommes de ce siècle avaient des sentiments charitables pour la postérité, ils l'avertiraient de ne
les admirer point trop, et d'aspirer toujours du moins à
les égaler. Rien n'arrête tant le progrès des choses, rien
ne borne tant les esprits que l'admiration des anciens....
C'est ainsi qu'Aristote n'a jamais fait un vrai philosophe,
mais il en a étouffé beaucoup qui le fussent devenus, s'il
eût été permis.... Et si l'on allait s'entêter un jour de Descartes, et le mettre à la place d'Aristote, ce serait à peu
près le même inconvénient.

Vous voyez le sophisme, et, comme on disait au temps de Fontenelle, il saute aux yeux d'abord. En matière de science, tout ce qui s'ajoute au fonds que nous a légué la génération précédente constitue pour celle qui vient un enrichissement durable, une conquête définitive, un progrès certain, dans le sens étymologique du mot, un pas en avant. Les découvertes ou les inventions du génie lui-même y sont comme englouties dans l'impersonnalité de l'œuvre commune ; et — nous ne pouvons pas sans doute l'affirmer, — mais ce qu'un Descartes ou un Newton ont trouvé, l'application de l'algèbre à la géométrie, ou la loi de la gravitation, nous pouvons cependant concevoir que de moins grands qu'eux, en y mettant plus de temps et, pour ainsi dire, en s'associant successivement à la même recherche, l'eussent enfin trouvé, plus tard et plus péniblement qu'eux, mais comme eux.

Ajoutez là-dessus que, la découverte une fois faite, elle nous sert comme d'un point de départ, comme d'une origine pour en faire d'autres à notre tour, et que, si nous en faisons, quelque minces d'ailleurs qu'elles soient, la science s'en accroît d'autant. Un Clairaut ou un d'Alembert sont nécessairement plus savants de tout ce qu'un Newton leur a enseigné. Mais dirons-nous qu'un Voltaire soit nécessairement plus *tragique* de tout ce que Racine, et Corneille avant Racine, ont fait entrer d'eux-mêmes, de leur propre originalité, dans la définition ou dans la conception de la tragédie ? Ou, pour venir, comme Poussin ou comme Lebrun, après Raphaël, un peintre sera-t-il tout ce qu'était Raphaël, et quelque chose de plus ?

Évidemment non; ou du moins cela ne peut se soutenir qu'aussi longtemps qu'un art — comme la peinture au temps de Giotto, par exemple — n'est pas en possession de tous ses moyens techniques, ou qu'une langue n'a pas atteint son point de perfection et de maturité. Et, dans la science comme dans l'art, le génie se mesure à ce qu'il a de personnel, d'unique, d'inimitable. Seulement, dans la science, l'œuvre du génie se détache de lui pour se confondre dans le patrimoine commun de l'humanité, tandis que, dans l'histoire de l'art, elle demeure avant tout et par-dessus tout l'expression de son individualité.

Quoi qu'il en soit, Perrault, tout heureux et tout aise, répondit à Fontenelle par une *Épître sur le génie*, dont quelques vers semblaient viser personnellement les Racine et les Boileau; le fit entrer à l'Académie; et, hâtant le dessein qu'il avait formé de soutenir et de pousser son paradoxe, il mit la dernière main à son *Parallèle des Anciens et des Modernes*, dont la première partie parut en 1688; la deuxième, et la plus intéressante pour nous, en 1692; et la troisième enfin en 1697.

En comparaison de Boileau, si Perrault manque de science, ou, pour mieux dire — car il est plus savant au sens moderne du mot, — s'il manque d'une connaissance assez précise de ces anciens dont il parle; s'il manque de goût, de bon sens parfois, et de loyauté même; je ne dirai pas qu'en revanche il a l'esprit plus large, mais il l'a plus libre; et l'on ne peut nier que ses *Dialogues* aient modifié la définition ou la notion de la critique, en y introduisant deux ou trois éléments nouveaux.

Grâce en effet aux préjugés mêmes qu'il apportait dans la question, auteur d'un poème sur *la Peinture*, frère de l'architecte de la colonnade du Louvre, ami de Fontenelle, et comme tel un peu frotté de science, contrôleur enfin des bâtiments du roi, on pourrait dire qu'il a mis la critique littéraire sur le chemin de l'esthétique générale, en mêlant constamment, dans son *Parallèle*, aux réflexions de l'ordre uniquement littéraire, des considérations, souvent ingénieuses, tirées des autres arts ou de la science même, et en tâchant de les concilier ou de les coordonner les unes et les autres sous la loi de quelques principes généraux. D'un autre côté, en rendant, comme vous l'allez voir, le grand public et les femmes elles-mêmes juges d'une question qui ne semblait être jusqu'alors du domaine ou de la compétence que des seuls érudits, c'est bien le *Parallèle* qui a consacré le droit des gens du monde à se prononcer sur la valeur des œuvres littéraires. Enfin, si, comme nous l'avons déjà dit, l'idée de progrès est impliquée dans la position de la question même, on ne saurait refuser l'honneur de l'avoir accréditée parmi nous à l'homme qui sans doute est fort éloigné d'en avoir entrevu toutes les conséquences, mais qui ne l'a pas moins répandue dans tous ses écrits, et de qui l'on peut dire à bon droit qu'elle fait le fond de ses convictions littéraires. Il s'agit de savoir ce que valent ces conquêtes ou ces innovations.

Et tout d'abord, on est tenté d'approuver la première. Oui, ces comparaisons d'un art à l'autre, de la peinture à la poésie, de l'éloquence à l'architecture, en introduisant dans la critique un élément

d'intérêt nouveau, y introduisent aussi de la variété,
de l'imprévu, je ne sais quoi de plus libre et de plus
attrayant. Si d'ailleurs la peinture et la poésie sont
toutes deux ce que l'on appelle des arts d'imitation,
il semble encore, qu'ayant un objet analogue dans
une certaine mesure, elles doivent, dans cette mesure
même, avoir aussi des principes communs. Ce qui
est vrai de l'une ne paraît pas pouvoir ou devoir être
entièrement faux de l'autre, et, puisque enfin, par des
chemins différents, c'est au même but qu'elles tendent, il semble que la théorie de l'une doive ou puisse
au moins éclairer celle de l'autre. Mais je crains bien
qu'en réalité ce ne soit là qu'une apparence, et que,
de ce genre de comparaisons, l'auteur des *Dialogues*
ne se serve à peu près uniquement que pour brouiller
la question.

Chaque art, en effet, a ce qu'on appelle son *beau
spécifique*; et, quand on y songe, on serait presque
tenté de dire, que le beau poétique, le beau pitto-
resque, le beau musical n'ont pas entre eux de commune mesure. Ils ne visent pas au même but, quoi
qu'on en puisse dire; ils n'emploient pas les mêmes
moyens; et, ne s'adressant pas aux mêmes sens,
ils n'opèrent point les mêmes effets. Avant tout,
la peinture est une joie des yeux. La musique est
avant tout une volupté de l'oreille. Et quand elles
passent l'une ou l'autre jusqu'au cœur ou jusqu'à
l'esprit, ce n'est toujours que par la voie des mêmes
intermédiaires,.... Comme au surplus c'est une question sur laquelle nous aurons cette année même plus
d'une fois à revenir, je me borne à vous signaler
aujourd'hui le danger de la confusion. Lisez d'ailleurs

si vous voulez dès maintenant vous en faire une idée, ces fameux *Salons* de Diderot, qu'on vante comme les chefs-d'œuvre de la critique d'art, et qui n'en sont à vrai dire que la corruption. Juger d'une toile ou d'un marbre sur les mêmes principes, avec les mêmes exigences, ou comme l'on dit encore, au moyen du même *criterium*, que d'un drame ou que d'un roman, encore une fois, c'est tout mêler ensemble; et, si l'origine de la confusion remonte au *Parallèle des Anciens et des Modernes*, il faut rendre Perrault responsable de ce qu'elle avait de dangereux, puisque nous avons commencé par le louer de ce que l'innovation peut avoir eu d'heureux.

Voici qui est plus grave encore. C'est qu'en effaçant ainsi les limites qui séparent les arts, Perrault en arrive insensiblement à une indifférence entière — et barbare — sur les questions de forme et de style.

Il ne tient compte aucun de la qualité de la langue; et il ne craint pas d'avancer cette énormité quelque part, que l'on juge bien mieux d'un écrivain dans une traduction que dans son texte même. C'est le comble du rationalisme! Et en voici l'abomination. Les exigences particulières ou personnelles des genres, si je puis ainsi dire, ne l'inquiètent nullement; et comme tout à l'heure il jugeait d'une œuvre littéraire sur les mêmes principes que d'un tableau, maintenant, ode ou discours funèbre, fable ou sermon, tragédie ou madrigal, c'est le même procédé de mensuration, si je puis ainsi dire, qu'il applique à tout ce qui lui tombe sous la main. Il est d'ailleurs bien entendu que, pas plus que des exigences du genre, il ne se

soucie du temps, ni du milieu, ni de la personnalité
de l'artiste ou du poète....

Mais vous le verrez bien mieux — puisque je n'ai
rien encore cité de sa prose, — si je mets sous vos yeux
une ou deux pages du *Parallèle*, que je choisis parmi
celles qui devaient naturellement exciter dans le camp
de ses adversaires la plus vive indignation.

Le président Morinet, discourant il y a quelques jours
de Pindare avec un de ses amis, et ne pouvant s'épuiser
sur les louanges de ce poète inimitable, se mit à prononcer
les cinq ou six premiers vers de la première de ses *Odes*
avec tant de force et tant d'emphase, que sa femme, qui
était présente, et qui est femme d'esprit, ne put s'empêcher de lui demander l'explication de ce qu'il témoignait
prendre tant de plaisir à prononcer. « Madame, lui dit-il,
cela perd toute sa grâce en passant du grec en français.
— N'importe, lui dit-elle, j'en verrai toujours le sens, qui
doit être admirable. — C'est le commencement, lui dit-il, de
la première *Ode* du plus sublime de tous les poètes. Voici
comme il parle : « L'eau est très bonne, à la vérité, et l'or qui
« brille comme le feu durant la nuit, éclate merveilleuse-
« ment parmi les richesses qui rendent l'homme superbe.
« Mais, mon esprit, si tu désires chanter les combats, ne
« contemple point d'autre astre plus lumineux que le soleil
« pendant le jour dans le vague de l'air, car nous ne sau-
« rions chanter de combats plus illustres que les combats
« olympiques. » — Vous vous moquez de moi, lui dit la présidente. Voilà un galimatias que vous venez de faire pour
vous divertir ; je ne donne pas si aisément dans le panneau.
— Je ne me moque point, lui dit le président, et c'est votre
faute si vous n'êtes pas charmée de tant de belles choses.
— Il est vrai, reprit la présidente, que de l'eau bien claire, de
l'or bien luisant, et le soleil en plein midi sont de fort belles
choses ; mais parce que l'eau est très bonne, et que l'or
brille comme le feu pendant la nuit, est-ce une raison de
contempler ou de ne pas contempler un autre astre que le

soleil pendant le jour? de chanter ou de ne pas chanter les
jeux olympiques? Je vous avoue que je n'y comprends rien.
— Je ne m'en étonne pas, Madame, dit le président; une
infinité de très savants hommes n'y ont rien compris, non
plus que vous. Faut-il trouver cela étrange? C'est un poète
emporté par son enthousiasme, qui, soutenu par la grandeur de ses pensées et de ses expressions, s'élève au-dessus
de la raison ordinaire des hommes, et qui en cet état pro-
fère avec transport tout ce que la fureur lui inspire. On
est bien éloigné de rien faire aujourd'hui de semblable. —
Assurément, dit la présidente, et l'on s'en donne bien de
garde. Mais je vois bien que vous ne voulez pas m'expliquer cet endroit de Pindare. Cependant, s'il n'y a rien qui
ne se puisse dire devant les femmes, je ne vois pas où est
la plaisanterie de m'en faire un mystère. — Il n'y a pas de
plaisanterie ni de mystère, lui dit le président. — Pardonnez-
moi, lui dit-elle, si je vous dis que je n'en crois rien : les
anciens étaient gens sages, qui ne disaient pas des choses
où il n'y a ni sens ni raison. » Et quoi que pût dire le président, elle persista dans sa pensée, et elle a toujours cru
qu'il avait pris plaisir à se moquer d'elle.

L'anecdote est sans doute agréablement contée,
spirituellement même, adroitement mise en scène,
comme on dit de nos jours, et la prose de Perrault
vaut beaucoup mieux que ses vers. S'il est d'ailleurs
bien loyal, ou s'il sait très bien le grec, vous le de-
manderez à Boileau, dont la huitième *Réflexion critique* roule à peu près tout entière sur ce passage des
Dialogues. Pour moi, dont ce n'est pas ici l'affaire
que de vous apprendre à admirer Pindare, je me
contenterai de dire, entre nous, qu'expliqué par Boileau, ce début de la première ode du « plus sublime
de tous les poètes » me paraît plus banal que dérai-
sonnable et qu'inintelligible. Mais ce qu'il y a de
fâcheux ici, c'est cette façon que je vous disais de

juger un poëte, en commençant par faire abstraction du mouvement, de la forme, et de l'expression, du simple arrangement des mots; c'est de paraître exiger d'une ode que les idées s'y suivent comme dans une proposition de mathématiques; et c'est d'oublier enfin qu'il y a des beautés qui n'en sont que pour ne pouvoir être transposées, encore moins transportées d'une langue dans une autre.

Ce qui ne devait guère moins indigner Boileau, dans ces *Dialogues*, comme admirateur des anciens, comme ennemi des Précieuses — et peut-être aussi comme célibataire, — c'est l'appel que Perrault y fait partout « au goût des dames », à la « justesse de leur discernement », pour décider de la contestation, pour prononcer comme en dernier ressort sur la valeur des œuvres littéraires. Mais c'est peut-être davantage encore l'étrange confiance que Perrault semble y mettre dans ce que l'on appelait alors le sens individuel. « Est-ce que vous trouvez cela beau? » nous demande l'auteur des *Dialogues*, en mettant sous nos yeux un passage quelconque de Pindare ou d'Homère. Et si nous répondons que non, ou seulement si nous hésitons, il a l'air de croire, — et je crois qu'il croit que la cause est entendue.

C'est le contraire même de la critique. Assurément, il ne serait pas bon que les artistes, ni même les critiques, fussent les seuls juges de l'art. Comme ils y sont trop compétents, pour ainsi dire, ils ont une tendance, qui peut devenir aisément dangereuse, à louer dans les œuvres des mérites de facture qui ne vont pas toujours avec la solidité du fond. Mais, d'autre part, il faut bien convenir que, d'en laisser l'appré-

ciation au goût individuel, il n'y aurait rien de plus
funeste, si ce n'est de la remettre aux « dames » et
aux gens du monde. Entraîné par le désir de plaire,
et par la facilité surtout qu'il y trouvait de transformer les admirateurs des anciens en pédants, Perrault a trop abondé dans ce sens ; et à cet égard
encore, tout en reconnaissant qu'il n'a pas eu com-
plètement tort — ou même en le louant du service
qu'il a rendu, qui est d'avoir élargi le public, — on
ne saurait omettre de dire qu'il n'a pas eu complète-
ment raison, et de le faire voir.

J'entends par là que, pas plus en littérature qu'ailleurs, le premier venu n'a le droit de se prononcer sur
la valeur des œuvres, ni, quoi que l'on en dise, de
juger de l'art sans une longue et laborieuse éducation
de son goût. S'il n'y faut pas des aptitudes, il y faut
du moins un apprentissage; et la présidente Morinet
peut bien avoir raison, ne comprenant rien à Pindare,
d'avouer qu'elle n'y comprend rien; mais, où elle
se trompe fort impertinemment, c'est quand elle se
permet d'en conclure que la première *Olympique* est
inintelligible, et son président de mari fait fort bien
de n'en tenir aucun compte. Puisque les œuvres sont
dans l'histoire, la connaissance de l'histoire est indispensable à leur intelligence. On jugerait mal de Pindare si l'on ne connaissait les lois du lyrisme grec;
on jugerait mal d'Aristophane, si l'on ne connaissait
l'histoire de la démocratie athénienne; et aussi mal,
ou plus mal encore, de Démosthène ou de Cicéron si
l'on ne connaissait l'histoire grecque et romaine. En
d'autres termes : nous sommes juges, les seuls juges
qu'il y ait de notre plaisir; mais nous ne le sommes

pas de la qualité de notre plaisir; et l'autorité qui en décide est située en dehors de nous, puisqu'elle était avant nous et qu'elle nous survivra.

C'est ce que ne savent point « les dames » ni les « gens du monde », en raison même de la « sensibilité » que nous leur accordons avec Perrault, « pour ce qui est clair, vif et de bon sens ». La mode en tout temps les gouverne : la mode, c'est-à-dire ce qu'il y a de plus changeant, de plus relatif et de plus divers au monde. Ils ne cherchent point Pindare dans Pindare, mais seulement l'impression que leur procure Pindare; et, de cette impression même, ils ne jugent que sur la conformité qu'ils y trouvent avec le goût de Paris ou de Versailles, qui peut bien être quelquefois le bon et même le meilleur, mais qui ne l'est pas nécessairement, puisqu'il change lui-même, et qui en tout cas n'est pas le goût grec.

Il faut bien ajouter qu'en général, pour toute sorte de raisons, ces juges mondains ont l'horreur instinctive de tout ce qui est grave et sérieux. L'art n'est qu'un amusement ou un passe-temps pour eux; ils en jugent donc en conséquence; et quand ils ont dit d'un écrivain qu'il est ennuyeux, ils croient avoir tout dit. Si je l'ai fait plus d'une fois observer, c'est uné bonne occasion aujourd'hui d'y revenir. J'ai tâché de rendre justice à la société précieuse du xviie siècle, aux salons du xviiie; je crois toujours que Molière, que Boileau, que Lesage à leur suite, ont passé la mesure dans les *Femmes savantes,* dans la *Satire des femmes,* dans plusieurs endroits de *Gil Blas*; je lis d'ailleurs Voiture et Balzac avec plaisir; je ne hais pas Fontenelle, dans ses *Entretiens sur la Pluralité des*

mondes ou dans ses *Éloges académiques*; et, tout
précieux qu'il est, je mets enfin Marivaux très au-
dessus de Destouches, de Dancourt, ou de Regnard.
Mais, après cela, parmi nos écrivains, dans l'histoire
entière de notre littérature, ceux que les femmes ont
aimés, que les gens du monde ont goûtés, je ne puis
m'empêcher de répéter, qu'à défaut des Pascal et des
Bossuet — que je leur passe de ne point pratiquer, —
ce ne sont pas les Corneille ou les Racine, c'est encore
moins Boileau, ce n'est pas Molière, et ce n'est pas
non plus Voltaire ou Montesquieu; c'est les Voiture et
les Benserade, c'est Quinault, ce sont les La Motte et
les Fontenelle, ce sont les précieux et ce sont les
Modernes.

J'irais plus loin, je vais plus loin. Si vous voulez
savoir pour quelles raisons quelques-uns de nos plus
grands écrivains — j'excepte toujours les Bossuet
et les Pascal, à qui leur métier, ou comme dit le second leur *enseigne*, le permettait, — si vous voulez
savoir pourquoi Racine ou Molière, par exemple,
n'ont pas toujours atteint cette profondeur de pensée
que nous trouvons dans un Shakespeare ou dans un
Gœthe; ou encore, pourquoi de certaines questions,
comme celle de la destinée, qui sont enveloppées
dans un *Hamlet* ou dans un *Faust*, semblent leur
être demeurées étrangères, « cherchez la femme », et
vous trouverez que la faute en est à l'influence des
salons et des femmes. Ils ont voulu plaire; et, pour
plaire, ils se sont efforcés de s'accommoder au monde.
Ils ont accordé, ils ont concédé quelque chose à la
mode, Molière la cérémonie du *Bourgeois Gentilhomme*,
Racine ses Pyrrhus, ses Xipharès et ses Achille. Sur-

tout, ils n'ont pas pris eux-mêmes, ou paru prendre,
ni traité la vie plus sérieusement qu'on ne faisait
autour d'eux; ou du moins, quand ils l'ont fait, c'est
que leur génie était plus fort en eux que le désir de
plaire; et voilà pourquoi nous regrettons qu'en provo-
quant les mondains à s'ériger en juges de l'art, Perrault et les Modernes, faisant ainsi du plaisir ou de
la volupté de l'esprit l'objet de la littérature, l'aient
comme nécessairement orientée du côté de la mode
ou de la frivolité.

Pour l'inconvénient qu'il y avait enfin à substituer,
dans le jugement des œuvres de l'esprit, l'autorité
du « sens individuel » à celle du « sens commun », je
ne veux pas y insister longuement. Mais un point
sur lequel j'attire votre attention, c'est comme l'antiquité de Boileau reprend ici tous ses avantages
sur la modernité de Perrault et de ses partisans.
Nous l'avons assez dit l'autre jour, pour qu'il suffise
de le rappeler : entre le « sens commun » et le « sens
individuel » c'est précisément la tradition qui décide;
et, tout ayant changé de Virgile à Racine, ce qu'il
y a, malgré tout, d'identique ou d'analogue entre
eux, voilà ce qui fait le fond de l'humaine nature,
ce qui doit nous servir à reconnaître nous-mêmes
ce que nos sentiments ont d'universel ou de singu-
lier; voilà l'autorité qui nous argue de caprice ou de
bizarrerie, toutes les fois que nos goûts, sous le prétexte d'être nôtres, sont en opposition ou en contradiction avec elle. Envier à la critique, et lui dis-
puter le droit de se réclamer de la tradition, c'est
donc proprement lui refuser le droit à l'existence;
mais renoncer à la critique, c'est livrer l'art et

la littérature, je ne veux pas dire aux bêtes, quoique
j'aie grand tort de ne pas le dire; — et cela, sans
doute est cruel d'abord, mais cela n'est pas ensuite
moins dangereux que cruel, si, comme on l'a si bien
dit, « une société sans littérature serait une société
sans sociabilité, sans morale, et même sans religion ».

Reste au compte des Modernes, et à l'actif de l'auteur du *Parallèle*, l'introduction de l'idée de progrès
dans la critique littéraire. Nous la retrouverons prochainement et nous aurons à la définir et à l'expliquer. J'essayerai de vous montrer alors en quoi l'idée
de *progrès* diffère de celle d'*évolution*. S'il est certain
d'ailleurs qu'elle est au fond des *Dialogues*, Perrault,
comme je vous le disais, est encore assez éloigné
d'en avoir vu toutes les conséquences ou seulement
toute la portée. Nous lui ferions donc tort de la discuter aujourd'hui : ce n'est pas encore le temps. Mais
elle est bien dans les *Dialogues*; elle en est l'âme la-
tente et diffuse; elle en fait après tout l'originalité
réelle. Et comme c'est elle qui assure à Perrault une
place encore assez considérable dans l'histoire de la
critique, c'est aussi la seule de ses idées avec laquelle
Boileau lui-même fût obligé de compter.

Il répondit, vous le savez, au *Parallèle des Anciens
et des Modernes*, par ses *Réflexions critiques sur quelques passages du rhéteur Longin*, [1694] dont ce n'est
pas le moindre défaut que de prendre de biais, et,
pour ainsi parler, d'une manière tout occasionnelle,
une question qui valait bien la peine qu'on l'abordât
plus franchement. Il faut croire qu'il était de l'école de
Turenne, qui ne voulait pas que l'on attaquât de front

les positions que l'on pouvait tourner. Mais les lois
de la guerre ne sont pas celles de la polémique, ni
surtout celles de la critique. Aussi les *Réflexions*
sont-elles aujourd'hui, quoique plus solides peut-être,
beaucoup moins intéressantes à lire que les *Dialogues*, sans compter que, dans les *Dialogues*, tandis
que Perrault garde constamment l'air et le ton d'un
homme du monde, Boileau, lui, dans ses *Réflexions*,
perd souvent la mesure, a toujours le ton rogue, et
s'emporte jusqu'aux gros mots.

Je ne me rappelle plus si je n'ai pas essayé quelque
part, sinon de l'en justifier, au moins de l'en excuser
sur son âge; et il est vrai, qu'étant d'ailleurs de
santé délicate, il approchait de la soixantaine. Mais
je n'ai pas en ce cas réfléchi que les *Réflexions critiques* sont de la même année, ou à peu près, que la
Satire des femmes, l'une des meilleures qu'il ait
écrites; et puis, que s'il avait cinquante-six ou sept
ans, son adversaire en avait dix de plus.

Avec cela, s'il y a de bonnes choses dans les *Réflexions*, il n'y en a pas d'excellentes; et non seulement
Boileau ne défend pas toujours les anciens et ses doctrines par les meilleures raisons, mais il n'a pas toujours une vue très nette et très sûre du fond de la question. Il commente bien faiblement Pindare; et je crois
qu'il admire sincèrement Homère, mais si je le crois,
c'est parce qu'il le dit, et non pas du tout sur les
preuves qu'il en donne. Tranchons le mot : il y a
quelque superstition dans ce grand amour du grec;
et, si vous le voulez, ce sera l'explication de ce qu'il
y a dans les *Réflexions critiques* d'assez superficiel et
de très insuffisant.

Deux ou trois passages, néanmoins, ne laissent pas d'en être curieux et significatifs :

> Mais à propos de hauteur pédantesque, peut-être ne sera-t-il pas mauvais d'expliquer ici ce que j'ai voulu dire par là, et ce que c'est proprement qu'un pédant.... Un pédant est un homme plein de lui-même, qui, avec un médiocre savoir, décide hardiment de toutes choses ; qui se vante sans cesse d'avoir fait de nouvelles découvertes ; qui traite de haut en bas Aristote, Épicure, Hippocrate, Pline ; qui blâme tous les auteurs anciens ; qui publie que Jason et Barthole étaient deux ignorants ; qui trouve à la vérité quelques endroits passables dans Virgile, mais qui y trouve aussi beaucoup d'endroits dignes d'être sifflés ; qui croit à peine Térence digne du nom de joli ; qui, au milieu de tout cela, se pique surtout de politesse ; qui tient que la plupart des anciens n'ont ni ordre ni économie dans leurs discours ; en un mot, qui compte pour rien de heurter sur cela le sentiment de tous les hommes.

C'est le portrait de Perrault en personne, et en pied, que Boileau traçait là ; c'était celui de Fontenelle, que Rousseau, dans l'épigramme célèbre, appelait aussi

> ... Le pédant le plus joli du monde ;

c'est à l'avance enfin, si vous y regardez, le portrait de La Motte ou celui de Marivaux.

Ce qu'il en faut retenir, c'est que le *pédantisme* ou la *pédanterie*, pour être plus communs dans l'école, n'en sont pourtant pas le privilège, et qu'il y a des pédants de toute robe, comme il y en a de tout poil et de toute origine. Je vous en nommerais plus d'un, encore aujourd'hui même, si j'en avais le temps, parmi nos modernes, à nous, et de pédantissimes,

dont la morgue est faite de l'énormité de leur ignorance ; qui n'ont pas, comme nous, pour les rappeler
à la modestie, la connaissance, le respect, l'admiration des maîtres ; et qui ne savent pas enfin que, plus
ils sont contents d'eux-mêmes, plus ils ont de titres
à ce nom de pédants.... Vous le leur apprendrez
quand vous les rencontrerez sur votre route.

Mais ceci vaut encore mieux, et va plus loin, si je
ne me trompe :

Quelque éclat qu'un écrivain ait fait durant sa vie,
quelques éloges qu'il ait reçus, on ne peut pas pour cela
infailliblement conclure que ses ouvrages soient excel-
lents. *De faux brillants, la nouveauté du style, un tour d'esprit qui était à la mode, peuvent les avoir fait valoir ;* et il
arrivera peut-être que dans le siècle suivant on ouvrira les
yeux, et que l'on méprisera ce que l'on a admiré. Nous en
avons un bel exemple dans Ronsard et dans ses imitateurs,
comme Du Bellay, Du Bartas, Desportes, qui, dans le siècle
précédent, ont été l'admiration de tout le monde, et qui
aujourd'hui ne trouvent pas même de lecteurs. La même
chose était arrivée chez les Romains, à Nævius, à Livius,
et à Ennius....

Et il ne faut point s'imaginer que la chute de ces
auteurs, tant les Français que les Latins, soit venue de
ce que les langues de leur pays ont changé. *Elle n'est venue
que de ce qu'ils n'avaient point attrapé dans ces langues le
point de solidité et de perfection qui est nécessaire pour faire
durer et priser à jamais des ouvrages.* En effet, la langue
latine, par exemple, qu'ont écrite Cicéron et Virgile, était
déjà fort changée du temps de Quintilien et encore plus du
temps d'Aulu-Gelle. Cependant Cicéron et Virgile y étaient
encore plus estimés que de leur temps même, parce qu'ils
avaient comme fixé la langue par leurs écrits, ayant atteint
le point de perfection que j'ai dit.

Ce n'est donc pas la vieillesse des mots et des expressions dans Ronsard, qui a décrié Ronsard, c'est qu'on s'est

aperçu tout d'un coup que les beautés qu'on y croyait voir
n'étaient point des beautés, ce que Bertaut, Malherbe, de
Lingendes et Racan qui vinrent après lui, contribuèrent
beaucoup à faire connaître, *ayant attrapé dans le genre
sérieux le vrai génie de la langue française*, qui bien loin
d'être en son point de maturité du temps de Ronsard,
comme Pasquier se l'était persuadé faussement, n'était pas
même encore sortie de sa première enfance....

Au contraire, *le vrai tour de l'épigramme, du rondeau et
des épitres naïves ayant été trouvé même avant Ronsard, par
Marot, par Saint-Gelais, et par d'autres,* non seulement
leurs ouvrages en ce genre ne sont point tombés dans le
mépris, mais ils sont encore aujourd'hui généralement
estimés, jusque-là même que pour trouver l'air naïf en
français, on a encore quelquefois recours à leur style, et
c'est ce qui a si bien réussi au célèbre M. de la Fontaine.

Peu connu ou rarement cité — car qui lit aujour-
d'hui les *Réflexions critiques?* pas même nous, qui
devrions les connaître par cœur, — ce passage est
bien caractéristique. Comment, en effet, définirait-on
mieux ce que nous appelons aujourd'hui l'évolution
des langues? comment, l'évolution même des genres?
et comment, par quels exemples établirait-on plus
solidement que les moments de l'une et de l'autre ne
coïncident point? Ici, Boileau, piqué d'émulation,
passe Perrault; et les *Réflexions* nous font faire un
pas sur les *Dialogues.* Tandis que chaque siècle ou
chaque âge, pour Perrault et pour ses partisans, est
en avance ou en progrès sur celui qui l'a précédé,
ce qui reviendrait à dire que la corruption du fruit
est en progrès sur sa maturité, puisqu'elle lui est
ultérieure, Boileau n'a pas nié le mouvement, mais
il a parfaitement vu que mouvement et progrès ne
sont point synonymes; et, certes, s'il eût suivi cette

indication jusqu'au bout nous n'aurions point fait,
nous, de ses *Réflexions*, les critiques que nous en avons
faites.

J'ai pris le premier de ces deux passages dans la
cinquième des *Réflexions critiques*, et le second dans
la septième. J'en tire enfin un troisième et dernier
de la *Lettre à M. Perrault*, qui mit fin, comme vous
le savez, à la première phase de la querelle, et qui
exprime, par conséquent, sur la question, le dernier
état de la pensée de Boileau.

Votre dessein, dit-il à son adversaire, était de montrer
que pour la connaissance surtout des beaux-arts, et pour
le mérite des belles-lettres, notre siècle, ou, pour mieux
parler, le siècle de Louis le Grand, est non seulement comparable, mais supérieur à tous les plus fameux siècles de
l'antiquité et même au siècle d'Auguste. Vous allez donc
être bien étonné quand je vous dirai que je suis sur
cela entièrement de votre avis, et que même... je m'offri-
rais volontiers de prouver cette proposition, comme vous,
la plume à la main.

Je commencerais par avouer sincèrement que nous
n'avons point de poètes héroïques ni d'orateurs que nous
puissions comparer aux Virgile et aux Cicéron; je convien-
drais que nos plus habiles historiens sont petits devant
les Tite-Live et les Salluste; je passerais condamnation sur
la satire et sur l'élégie, quoiqu'il y ait des satires de
Regnier admirables et des élégies de Voiture, de Sarazin, de
la comtesse de la Suze, d'un agrément infini. Mais en même
temps je ferais voir que pour la tragédie nous sommes
beaucoup supérieurs aux Latins.... Je ferais voir que, bien
loin qu'ils aient eu dans le siècle d'Auguste des poètes
comiques meilleurs que les nôtres, ils n'en ont pas eu un
seul dont le nom ait mérité qu'on s'en souvînt, les Plaute,
les Cécilius, les Térence étant morts dans le siècle précédent. Je montrerais que, si pour l'ode nous n'avons
point d'auteurs si parfaits qu'Horace, qui est leur seul

poète lyrique, nous en avons néanmoins un assez grand
nombre qui ne lui sont guère inférieurs en délicatesse de
langue et en justesse d'expression.... Je montrerais qu'il y
a des genres de poésie, où non seulement les Latins ne
nous ont point surpassés, mais qu'ils n'ont pas même connus, comme par exemple ces poèmes en prose que nous
appelons *Romans*.... Par tout ce que je viens de dire, vous
voyez, Monsieur, qu'à proprement parler nous ne sommes
point d'avis différent sur l'estime qu'on doit faire de notre
siècle; mais que nous sommes différemment de même
avis.... Il ne reste donc plus... que de nous guérir l'un et
l'autre : vous, d'un penchant un peu trop fort à rabaisser les
bons écrivains de l'antiquité; et moi, d'une inclination un
peu trop violente à blâmer les méchants et même les médiocres auteurs de notre siècle....

On n'est pas à ce coup plus courtois, et Perrault
pouvait se déclarer satisfait.

Si c'était maintenant de Boileau lui-même qu'il fût
question, de son mérite personnel et de son originalité de juge des œuvres de son temps, j'insisterais
sur l'extraordinaire lucidité de coup d'œil et sur
l'étonnante fermeté de bon sens dont ce passage est,
je pense, une preuve assez éloquente. Jamais aucun
contemporain n'a mieux discerné, dans la littérature
de son temps, ce qu'il y avait de durable, et ce qu'il
pouvait y avoir de ruineux ou de caduc. Mais ce qui
nous importe davantage, c'est de voir comment dans
la lutte, les idées de Boileau — celles que j'essayais
de vous résumer l'autre jour — se sont à la fois
affermies, mais surtout élargies; comment et sur quel
point ont fléchi les dogmes encore trop absolus de
son *Art poétique*; et comment enfin, dans cette querelle de la prééminence des Anciens ou des Modernes,

s'il n'a pas eu le dernier mot, puisque vous venez de voir ce qu'il concède à ses adversaires, c'est lui pourtant qui l'a prononcé.

A un autre point de vue, plus général — et pour conclure à notre tour, — dégageant maintenant la question des considérations particulières qui ne servent qu'à l'obscurcir, et résumant la nature du progrès ou du mouvement accompli, nous dirons que deux idées nouvelles ont pénétré dans la critique, pour en diversifier la méthode et pour en corriger les principes absolus.

On ne croit plus maintenant que les règles soient immuables; on se rend compte qu'elles sont en mouvement. Et, à la vérité, Molière l'avait bien dit dans sa *Critique de l'École des Femmes*, Racine dans ses *Préfaces*, Boileau lui-même dans son *Art poétique*. Mais quand ils le disaient, je crains qu'ils n'en fussent eux-mêmes qu'à moitié convaincus. Ils le sont maintenant tout à fait; ou du moins Boileau, — puisqu'à la date où nous sommes, les deux autres sont morts; — et ce n'est pas sa faute, si ses successeurs, plus classiques que lui-même, paraîtront avoir oublié sa *Lettre à M. Perrault* et ses *Réflexions critiques sur Longin*, pour ne se souvenir que de ce qu'il y a de plus étroit dans son *Art poétique*.

Ce qui semble également admis, c'est qu'il y a d'autres modèles que ceux de l'antiquité; que nos auteurs peuvent valoir les siens, et les dépasser même au besoin. Si de certaines raisons ont fait que nous n'avons pas de Cicéron ni de Virgile, d'autres raisons peuvent faire que nous en ayons de plus grands quelque jour. Si nous avons surpassé les Latins dans la tragédie ou dans le roman, nous pouvons également espérer de les surpasser dans l'ode ou dans la comédie. Puisque nous avons des « genres » qu'ils n'ont point connus, d'autres sans doute en créeront d'autres un jour que nous ne connaissons point nous-mêmes. Et, servons-nous pour finir du seul mot qui convienne : par le moyen ou sous le couvert de la querelle des anciens et des modernes, c'est l'idée d'une certaine relativité des choses littéraires qui tâche à s'insinuer, qui s'introduit déjà dans la critique. Nous verrons, dans une prochaine leçon, comment et pourquoi les hommes du XVIIIe siècle ne s'en sont pas d'abord aperçus.

23 novembre 1889.

CINQUIÈME LEÇON

LA CRITIQUE LITTÉRAIRE AU XVIII⁺ SIÈCLE

1720-1800.

Diffusion de l'esprit critique. — Les Journaux au xviiiᵉ siècle.
— Bayle, son rôle et son influence. — Considérable dans
l'histoire de la critique générale, sa place est nulle dans l'histoire de la critique littéraire. — L'abbé Dubos et la théorie
des milieux. — Débuts de Voltaire : l'*Essai sur la Poésie
épique* et les *Lettres anglaises*. — Variations de Voltaire ; et
comment il finit par être plus « classique » que Boileau. —
Diderot et la critique nouvelle. — Digression sur le naturel.
— De quelques causes qui ont empêché le succès des doctrines de Diderot. — La renaissance du classicisme dans les
dernières années du xviiᵉ siècle : André Chénier et David.
— Laharpe et son cours de littérature. — La fin de la critique classique.

Messieurs,

Le retentissement considérable de la querelle des
anciens et des modernes dans l'Europe entière, avait
été pour la critique l'origine ou le signal d'une
faveur et d'une popularité toutes nouvelles. Res-
treinte, comme nous l'avons vu, pendant plus de cent
ans, aux érudits et aux pédants ; mise par l'auteur des
Satires et de l'*Art poétique* à la portée des plus « honnêtes gens », c'est avec la querelle des anciens que la
critique fait véritablement son entrée dans le monde,

et que la question des mérites respectifs d'Homère et
de Virgile, ou de l'auteur du *Cid* et de celui d'*Andro-*
maque, devient — avec la galanterie d'abord, et la
médisance ensuite — l'une des matières habituelles
de la conversation des salons.

Il n'est donc pas étonnant d'en retrouver la trace
ou l'écho dans les écrits de La Motte Houdard et de
l'abbé Terrasson : ils font profession de continuer la
guerre abandonnée par Perrault. Mme Dacier soutient contre eux la bonne cause avec beaucoup de
bon sens, moins d'esprit, et peu de politesse. Homère
ne lui a point appris à dire finement ni gracieusement
les choses. Mais la preuve la plus significative de l'universel intérêt que ces questions excitent, c'est de les
voir, avec le xviii⁰ siècle commençant, pénétrer un
peu partout, se mêler à toutes les autres, et se glisser,
par exemple, jusque dans les romans de Lesage, dans
son *Diable boiteux*, dans son *Gil Blas* ; dans les premiers
écrits de Marivaux, — qui débute, comme Perrault,
et à l'exemple aussi de Scarron, par d'insupportables
parodies du *Télémaque* ou d'Homère ; — et jusque sur
les tréteaux enfin du Théâtre de la Foire.

D'un autre côté, à l'imitation du *Journal des Savants*
et des *Nouvelles de la République des Lettres*, les journaux se multiplient, parmi lesquels il convient de
signaler plus particulièrement les *Mémoires de Tré-*
voux, rédigés par les jésuites, et la *Bibliothèque choisie*
de Leclerc, le continuateur, commentateur et contra-
dicteur de Bayle, dont il balança même un instant la
réputation alors européenne. C'est aussi bien un des
caractères du xviii⁰ siècle que l'abondance des *Jour-*
naux ; et, comme vous savez d'ailleurs, ainsi que le

dira Figaro, qu'ils ne peuvent parler ni de religion,
ni de politique, « ni des corps en crédit, ni de l'opéra,
ni des autres spectacles, ni de quoi que ce soit enfin
qui tienne à quelque chose », ils parlent de littérature ; et ainsi la critique se met en possession de les
défrayer à peu près uniquement. Si vous êtes curieux
d'en connaître les plus importants, vous en trouverez
la liste dans l'ouvrage d'Eugène Hatin : *Histoire de
la Presse en France.*

Il vous semblera peut-être à ce propos que je
devrais ici vous parler de Bayle — puisque aussi bien
je viens de rappeler ses *Nouvelles de la République
des lettres,* — et, en effet, dans une histoire générale
et détaillée de la critique moderne, je crois que je
lui ferais sa place. Mais c'est que je donnerais alors
à ce mot de critique une extension tout autre, bien
autrement considérable, et, à mon avis, quelque peu
abusive, ou du moins trop prématurée.

Non pas assurément que je méconnaisse la valeur de
Bayle ! Je dirai même en passant qu'on ne la connaît
pas, qu'on ne la loue pas surtout assez. Bayle, que
nos historiens de la littérature ignorent en général,
est le premier des « philosophes » du xviii° siècle ;
et beaucoup d'idées que l'on s'imagine que Voltaire,
par exemple, a rapportées d'Angleterre, c'est à Bayle,
c'est aux *Pensées sur la Comète* qu'il les doit, c'est
dans le *Dictionnaire* de Bayle qu'il les a puisées.
Les libres penseurs anglais du commencement du
xviii° siècle, Collins ou Toland, sont-ils les maîtres
de Voltaire ? On peut discuter ; et si je ne voudrais
pas le nier, je crois du moins qu'il en faut rabattre,
qu'il en faut beaucoup rabattre. Mais ce qui n'est pas

douteux, c'est que Bayle est le maître des libres pen
seurs anglais. L'impossibilité de concilier la raison et
la foi, ce qui avait été la noble illusion du xviiᵉ siècle,
c'est Bayle qui l'a dénoncée le premier; la tolérance,
ou le droit pour tout homme, selon le mot de la Pala-
tine, « de se faire son petit religion à part soi », c'est
Bayle qui l'a enseignée le premier; et le pouvoir enfin
que la raison possède contre elle-même, ce qu'elle a
de ressources, en quelque sorte, pour se détruire, c'est
encore lui, dans l'histoire de la pensée moderne, qui
s'en est avisé le premier.

Vous voyez, que bien loin de vouloir diminuer la
gloire de son nom, je l'augmenterais, si je le pouvais. Est-ce un grand homme? je n'en sais rien. Est-
ce un grand écrivain? On peut, je crois, dire que non.
Mais c'est une grande influence, la plus grande peut-
être de toutes celles qui, de 1700 jusqu'aux environs
de 1750, ont contrepesé celle d'Arnauld, de Pascal, de
Bossuet et de Leibniz. Les Encyclopédistes et Rousseau
l'ont seuls dépossédé d'un prestige ou d'une autorité
qui, d'ailleurs, pour commencer, n'a pas moins agi
sur eux-mêmes, que sur les libres penseurs anglais,
que sur Lessing ou sur Frédéric en Allemagne, et
généralement sur tout ce qu'il y a eu, pendant un
demi-siècle, dans l'Europe entière, d'esprits curieux,
indépendants et aventureux.

Seulement, et dans le sens où jusqu'ici nous avons
pris le mot de critique, c'est dans l'évolution de la
critique littéraire que j'ai beau les chercher, je ne vois
pas la place ni le rôle de Bayle. Parcourez ses *Nouvelles de la République des lettres*; ouvrez au hasard
son *Dictionnaire*; feuilletez surtout sa *Correspondance*;

on n'est pas plus indifférent, on ne peut pas l'être davantage à tout ce qui fait le prix littéraire ou esthétique des œuvres.

A cet égard — et ce n'est pas ce qui fait sa moindre originalité, — si Bayle, comme philosophe, appartient déjà au xviiiᵉ siècle, je dis que, comme critique, il est à peine du xviiᵒ. Il ne s'intéresse dans les œuvres qu'à ce qu'elles lui apprennent ; et les Scioppius ou les Cardan, par exemple, sont d'un bien autre intérêt pour lui que les Racine ou les Corneille. Aussi n'ai-je jamais compris que Sainte-Beuve — tout au début de sa carrière, il est vrai, dans un article d'ailleurs extrêmement curieux — ait fait de Bayle le modèle ou le parangon du « génie critique ». Génie critique? Oui, certes, en tant que la critique est l'outil universel, une méthode que l'on applique plutôt à la recherche de la vérité des faits, à l'examen de la tradition et de l'histoire, qu'à l'appréciation ou à la classification des œuvres littéraires. Mais si l'on ne joue pas sur les mots ; et, quelque idée que l'on se fasse de son objet final, si la critique doit être surtout versée dans l'étude de la littérature et de l'art, non, Bayle n'est pas un critique, et c'est pourquoi nous n'avons pas ici à en parler davantage.

Je ne vous parlerai pas non plus de Fénelon, de sa *Lettre sur les occupations de l'Académie française* ou de ses *Dialogues sur l'Éloquence* [1718]. Ce sont les délassements d'un homme d'infiniment d'esprit, mais de moins de goût peut-être ; j'entends d'un goût peu sûr ; et qui ne m'a pas l'air d'attacher lui-même une grande importance aux jolies choses qu'il nous dit. D'ailleurs il ne me paraît pas qu'on l'ait beaucoup lu, ni que ses idées aient beaucoup agi. Son *Projet de Rhétorique*, son *Projet de Poétique*, son *Projet d'un traité sur l'Histoire*, à vrai dire, tout cela retarde d'une cinquantaine d'années sur l'époque où il le propose. Qu'y a-t-il encore de plus superficiel, et de plus extraordinaire, que ce qu'il a dit sur la rime? Mais il était sans doute écrit que la postérité ne voudrait pas voir plus clair dans les idées que dans le jeu de cet habile homme; et, pour dire que je ne dirai rien de la *Lettre sur les occupations de l'Académie française*, vous voyez ce que je suis obligé d'en dire.

Je fais en revanche un tout autre cas — non pour la forme, qui en est lourde, mais pour le fond — des *Réflexions critiques sur la poésie et la peinture*, de l'abbé Dubos, qui parurent en 1719. « Tous les artistes lisent avec fruit les *Réflexions* de l'abbé Dubos *sur la poésie et la peinture*. C'est le livre le plus utile qu'on ait jamais écrit sur ces matières chez aucun peuple de l'Europe. Ce qui fait la bonté de cet ouvrage, c'est qu'il n'y a que peu d'erreurs, et beaucoup de réflexions vraies, nouvelles et profondes. » Ainsi s'exprime Voltaire, dans son *Catalogue des écrivains du siècle de Louis XIV*; et, pour le dire en passant, quand Voltaire s'exprime ainsi, vous pouvez être assurés qu'il doit beaucoup lui-même à l'ouvrage qu'il loue avec tant de chaleur. C'est sa manière d'acquitter sa dette; et, après tout, elle en vaut bien une autre. Montesquieu, qui doit beaucoup, aussi lui, à l'abbé Dubos, a oublié de s'en souvenir; — et il s'est contenté de le réfuter.

Pour cette raison, parce que la substance en a passé dans la critique de Voltaire, nous pourrions nous borner à signaler le livre de l'abbé Dubos. Je vous en recommande cependant le premier volume, où vous trouverez, sur l'art dramatique en particulier, des observations ingénieuses, et, pour mieux dire encore, des observations plus « modernes » que vous ne le croiriez d'après la date du livre et le nom de l'auteur.

J'ajoute, puisque j'ai prononcé le nom de Montesquieu, j'ajoute que vous trouverez, dans le second volume, une théorie complète sur la part des « causes physiques dans le progrès des arts et des lettres », et cinq ou six chapitres sur l'influence du climat, antérieurs de trente ans à ceux de Montesquieu dans son *Esprit des lois*. Le pouvoir du *milieu physique* et celui du *moment*, voilà deux « modificateurs des genres » dont l'abbé Dubos a essayé l'un des premiers de déterminer la nature et de mesurer l'action. Lisez donc ses chapitres sur *le Pouvoir de l'air sur le corps humain prouvé par le caractère des nations*, ou encore, sur l'*Étendue des climats plus propres aux sciences et aux arts que les autres*. Vous ferez sans doute plaisir à son ombre; vous y apprendrez beaucoup de choses; et vous connaîtrez enfin les commencements d'une question que nous aurons à traiter prochainement nous-mêmes.

Je ne dis rien de son troisième et dernier volume : il est uniquement rempli d'une *Dissertation sur les représentations théâtrales des anciens*, sujet curieux, sujet savant, mais dont je n'ai pas à m'occuper, et aussi bien dont je ne suis pas juge.

Arrivons donc à Voltaire. Deux de ses premiers écrits sont ici pour nous d'une importance considérable, et d'abord, l'un de ceux qu'il semble que l'on ait le moins lus : c'est son *Essai sur la poésie épique* — pour servir de préface à sa *Henriade*, — qui parut à Londres, en anglais, en 1727, et l'année suivante à Paris, traduit en français. L'entrée en matière en est tout à fait agressive :

On a accablé presque tous les arts d'un nombre prodigieux de règles, dont la plupart sont inutiles ou fausses. Nous trouvons partout des leçons, mais bien peu d'exemples.... Mais c'est surtout en fait de poésie que les commentateurs et les critiques ont prodigué leurs leçons. Ils ont laborieusement écrit des volumes, sur quelques lignes que l'imagination des poètes a créées en se jouant. Ce sont des tyrans, qui ont voulu asservir à leurs lois une nation libre, dont ils ne connaissent point le caractère.... Tant de prétendues règles, tant de liens ne peuvent servir qu'à embarrasser les grands hommes dans leur marche, et sont d'un faible secours à ceux à qui le talent manque. Il faut courir dans la carrière, et non s'y traîner avec des béquilles.

Assez enclin qu'il était de lui-même à s'émanciper des maîtres, il semble que l'exil ait achevé de délier sa langue, et, à Londres, dans la fréquentation des libres penseurs anglais, vous croiriez qu'il a jugé, ou, si vous l'aimez mieux, qu'il a toisé Boileau. Écoutez-le encore sur les anciens :

Nous devons admirer ce qui est universellement beau chez les anciens.... Mais ce serait s'égarer étrangement que de les vouloir suivre en tout à la piste. Nous ne parlons point la même langue. La religion, qui est en tout le fondement de la poésie épique, est parmi nous l'opposé de leur mythologie. Nos coutumes sont plus différentes de celles des héros du siège de Troie, que de celles des Américains. Nos combats, nos sièges, nos flottes n'ont pas la

moindre ressemblance.... L'invention de la poudre, la bous-
sole, l'imprimerie, tant d'autres arts qui ont été apportés
récemment dans le monde ont en quelque façon changé la
face de l'univers. Il faut peindre avec des couleurs vraies
comme les anciens, mais il ne faut pas peindre les mêmes
choses.

C'est le vers fameux d'André Chénier :

Sur des pensers nouveaux faisons des vers antiques.

Et, si vous aimez les rapprochements, voici quelques lignes qu'on ne s'étonnerait pas de rencontrer
sous la plume de Mme de Staël :

Je sais qu'il y a plusieurs personnes qui disent que la
raison et les passions sont partout les mêmes; cela est vrai;
mais elles s'expriment diversement. Les hommes ont en
tout pays deux yeux, un nez et une bouche : cependant
l'assemblage des traits qui fait une beauté en France ne
réussira pas en Turquie, ni une beauté turque à la Chine;
et ce qu'il y a de plus aimable en Asie et en Europe serait
regardé comme un monstre dans le pays de la Guinée.
Puisque la nature est si différente d'elle-même, comment
veut-on asservir à des lois générales, des arts sur lesquels
la coutume, c'est-à-dire l'inconstance, a tant d'empire? Si
donc nous voulons avoir une connaissance un peu étendue
de ces arts, il faut nous informer de quelle manière on les
cultive chez toutes les nations. Il ne suffit pas pour connaître l'épopée d'avoir lu Virgile et Homère, comme ce
n'est point assez, en fait de tragédie, d'avoir lu Sophocle
et Euripide.

Il semble au moins que ce discours soit assez éloquent; et, en effet, si nous voulions l'en croire, nous
regarderions Voltaire comme beaucoup plus indépen-
dant de la tradition et du passé qu'il ne l'est réelle-
ment. Mais ce ne sont là que de simples boutades. En

réalité, Voltaire a beau regimber, il est Français, il est
même Parisien ; et si je ne craignais d'abuser des citations, vous verriez que, dans cet *Essai* même, sans se
soucier de se contredire, après ces grands éclats, il se
résigne, ou plutôt, non, il ne se résigne pas, mais il
faut dire qu'il ne s'est jamais vraiment révolté. Pour
désireux, pour avide même qu'il soit de faire du ta-
page — et un peu de scandale au besoin, — son bon
sens, la timidité de son goût, son respect de l'autorité le
retiennent ; et, comme en matière de théâtre ses plus
grandes audaces, littérairement du moins, n'iront
jamais plus loin qu'à s'inspirer discrètement d'*Othello*
dans sa *Zaïre*, ou qu'à démarquer *Hamlet* dans sa
Sémiramis ; de même ici, tout ce grand bruit se ter-
mine à demander qu'au lieu de se contenter éternellement d'Homère et de Virgile, les théoriciens du
poème épique veuillent bien se souvenir que la *Jérusalem* et le *Paradis perdu* en sont deux.

La proposition était d'ailleurs heureuse et oppor-
tune. Si nous n'avions plus grand profit à tirer du
commerce des Italiens — dont vous avez vu que le
xviiᵉ siècle avait assez abusé, — il en pouvait être
autrement de l'imitation ou de la connaissance de
la littérature anglaise. Tout y semblait inviter, à ce
moment du xviiiᵉ siècle, et tout y semblait tendre.
Voltaire, en vantant les Anglais, n'apprenait rien à
ses compatriotes. Il ne se publiait pas à Londres une
seule nouveauté de quelque importance ou de quelque
intérêt qui ne fût traduite aussitôt de ce côté-ci de la
Manche par quelque Desfontaines. Même les journaux
dont nous parlions tout à l'heure — et Leclerc, en
particulier, dans sa *Bibliothèque choisie* — s'étaient

donné pour tâche d'étendre et de multiplier les communications de l'une à l'autre langue. Avec le même succès, sur les traces de Leclerc et de l'abbé Desfontaines, c'est ce que Prévost à son tour, le futur auteur de *Manon Lescaut*, allait faire dans son *Pour et Contre*. Et s'il était enfin besoin d'un coup d'éclat pour convertir jusqu'aux indifférents, il semble que *Zaïre*, en 1732, le dût être, — *Zaïre*, et deux ans plus tard, en 1734, la publication tapageuse des *Lettres philosophiques*.

Si nous n'avons pas à rechercher ici ce que notre littérature pouvait gagner à ce contact de la littérature anglaise, la critique du moins, mise en présence de « beautés nouvelles », de « beautés modernes » — je veux dire nullement « classiques », — allait sans doute en tirer de nouveaux motifs d'indépendance; achever de secouer le joug des anciens; mettre elle-même en question l'universalité, l'autorité, l'immutabilité de ses règles; et finalement affecter quelque ambition plus haute que d'enfermer l'art et la littérature dans le cercle de ses prescriptions.... Vous savez qu'il n'en fut rien, et il est curieux d'en examiner les raisons.

Il y en a d'anglaises, si je puis ainsi dire; et nous pouvons bien regretter que nos pères n'aient pas eu l'esprit plus large et plus hospitalier, nous ne pouvons guère nous étonner qu'ils n'aient pas fait de Milton ou de Shakespeare plus d'estime que n'en faisaient les Anglais eux-mêmes au commencement du xviiiᵉ siècle. Représentez-vous, de nos jours, quel serait l'embarras, l'embarras des Anglais ou généralement des étrangers, si, dans nos histoires de la

littérature, nous mettions constamment l'auteur du
Glorieux ou celui du *Légataire* au-dessus de l'auteur
de *Tartufe* ! Les Anglais en étaient là. « Le savant
Rymer — nous dit Voltaire lui-même à ce propos,
— Rymer, dans un livre dédié au fameux comte
Dorset, en 1693, sur l'excellence et la corruption de
la tragédie, poussait encore la sévérité de sa critique
jusqu'à dire qu'il n'y a point de singe en Afrique,
point de babouin qui n'ait plus de goût que Shakespeare. » Et, par conséquent, dans ses *Lettres philosophiques*, quand Voltaire mettait le *Caton* du sage
Addison fort au-dessus de l'*Hamlet* ou du *Jules César*
de Shakespeare, il ne faisait que répéter ce qu'il avait
entendu dire à Londres, ou à Wandsworth, chez son
ami Falkener. Encore aujourd'hui, n'est-ce pas le
temps de la reine Anne et du premier des Georges,
le temps d'Addison et de Steele, de Pope et de Swift,
que les historiens de la littérature anglaise appellent
leur « siècle d'Auguste », l'âge d'or de leur littérature,
et leur siècle classique entre tous?

D'autres raisons sont plus personnelles à Voltaire.
Ainsi, nous ne faisons pas grand cas de son théâtre,
et, là-dessus, ce serait une question que de savoir si
nos dédains ne passent pas la mesure ; mais, en son
temps, de 1730 à 1780, nous en dirions trop peu si
nous disions que, de toutes les parties de son œuvre
on n'en a mis aucune à plus haut prix : il faut dire
que c'était la seule que l'on ne contestât point. Même
aux yeux de Fréron, même aux yeux de Rousseau
— voyez la *Lettre sur les spectacles*, — l'auteur de
Zaïre, de *Mérope*, de *Tancrède* a passé sans difficulté
pour l'émule et le rival heureux de Racine et de Cor-

ne"'. On ne pouvait donc pas décemment, quand, après avoir rendu justice à Shakespeare, il lui reprochait, dans ses *Lettres anglaises*, la barbarie de ses « farces monstrueuses », on ne pouvait pas décemment accuser d'incompétence l'auteur applaudi d'*Œdipe* ou de *Zaïre*. Mais, d'autre part, pour oser dire que l'envie le faisait parler, il eût fallu que l'irrégularité de Shakespeare choquât ou blessât moins profondément le goût général du xviii° siècle. Rien ne fut donc plus facile à Voltaire, après avoir découvert ou révélé Shakespeare à la France, que de se réserver à lui tout seul le privilège ou le monopole de l'imiter. Et, comme les morts eux-mêmes ne laissaient pas de porter ombrage à son amour-propre, c'est ainsi que Voltaire prenant peur de la gloire de Shakespeare, on l'en crut sur sa parole ; et, perdu pour l'art dramatique, le profit qu'on eût pu tirer de la connaissance du théâtre anglais le fut également pour la critique française.

Enfin, il convient d'ajouter qu'au moment même où paraissaient les *Lettres anglaises*, en 1734, l'esprit du xviii° siècle, enveloppé jusqu'alors dans ses origines, commençait à s'en dégager, et à prendre conscience de lui-même. Il avait préludé dans le *Dictionnaire* de Bayle ; il se jouait dans les *Lettres persanes* : on peut dire qu'il n'apprend à se connaître, et à soupçonner sa force et sa fortune prochaine que dans les *Lettres anglaises*. Or, ce qui le caractérise éminemment, vous le savez, c'est d'être avant tout préoccupé de questions religieuses, politiques, sociales, mais en revanche assez peu soucieux de littérature, et surtout d'art. *Silent leges inter arma.* Quand il n'est question

de rien de moins que de renverser, pour le recons-
truire de la base au sommet, l'édifice social, on est
moins curieux des justes proportions que doivent
avoir dans la tragédie le prologue, l'épisode et
l'exode. Il suit de là que les hommes du xviiie siècle,
en général, s'en tiennent volontiers sur ces matières
aux principes que leur ont légués les générations
précédentes. Leur activité se dépense à d'autres emplois; et, de s'enfermer dans les questions purement littéraires, cela équivaut pour eux à un brevet
d'étroitesse ou de pauvreté d'esprit.

Voltaire en est un remarquable exemple. A la vérité,
dans ses tragédies, il essaye bien de faire passer quelques innovations; il en propose de plus hardies et de
plus radicales dans les *Préfaces* de ses tragédies, où
les Diderot, les Beaumarchais, les Mercier n'auront
plus tard qu'à les reprendre, pour écrire les *Essais*
qu'on trouvera si révolutionnaires. Mais, si vous lisez
attentivement son *Commentaire sur Corneille*, qui est
de 1764, vous serez frappés d'y voir l'auteur de l'*Essai
sur la poésie épique* se ranger, dans ses vieux jours, à
une critique, je ne veux pas dire plus étroite que celle
de Boileau, mais à coup sûr pas plus large. Toutes
ses velléités de révolte sont tombées. « Conservateur
en tout, sauf en religion », comme on l'a si bien dit,
voilà sa devise et sa définition. Bien loin de profiter
de son influence pour promouvoir la critique, il
accepte, à soixante-dix ans, et il prétend imposer aux
autres toutes les « servitudes » et toutes les « tyran-
nies » littéraires qui l'indignaient entre trente et quarante. A mesure qu'il avance en âge et qu'il grandit
en popularité, si son esprit devient plus hardi, son

goût, tout au rebours, devient plus timide ou même
plus timoré. C'est pourquoi, bienfaisante en plus
d'un point, si fâcheuse et si regrettable en tant d'autres, l'influence de Voltaire, malgré les apparences, a
été presque nulle en critique; ou, pour mieux dire
encore, ses idées, en se compensant, se sont annulées
elles-mêmes; et pendant soixante ans, tout ce qu'il a
fait, ç'a été, au total, de maintenir la critique au point
où il l'avait trouvée.

Dirons-nous que Diderot ait fait ou tenté davantage? Je n'aime guère Diderot — et vous l'allez bien
voir; — mais l'une des raisons que j'ai de ne pas
l'aimer, c'est qu'après l'avoir plus d'une fois relu, je
suis encore et toujours en doute de ce qu'il fut. Non
pas assurément qu'il soit énigmatique ; et jamais
homme, à vrai dire, ne s'est plus complaisamment
étalé dans son œuvre. Ni Rousseau, que je ne veux
pas lui comparer un instant, ni Restif de la Bretonne,
le « Rousseau du ruisseau », ne sont plus beaux
de naïve impudeur. Mais, dissertateur intrépide, et
interminable surtout; déclamateur redoutable; esprit
puissant et confus — plus confus que puissant, dont
on a pris trop souvent la confusion même pour de
la profondeur; — comme il écrit sur toutes choses
indifféremment, avec le même aplomb, sans règle et
sans choix, sans ordre ni mesure, à bride abattue, on
trouve de tout dans son œuvre : du raisonnable et de
l'extravagant, du clair et de l'obscur, de l'exquis et de
l'ordurier, de l'éloquent et du bouffon, des traits de
génie noyés au courant de sa verbosité; et, sous l'air
d'une indépendance qui va parfois jusqu'au cynisme,
tous les préjugés d'un bourgeois ou d'un « philistin ».

C'est ce qui le rend aussi difficile à juger, ou même à définir, qu'il est à la fois attrayant et insupportable à lire. Nous avons de lui des pages — pas beaucoup, mais nous en avons — que nos plus grands écrivains pourraient être fiers d'avoir écrites, et nous en avons qui devraient suffire à déshonorer la mémoire d'un homme dans l'histoire d'une littérature. Mais, ce qui est plus difficile encore que tout le reste, c'est de savoir ce qu'il a pensé, et la raison vous en paraîtra plausible, si je dis, comme je le crois, qu'il ne l'a lui-même jamais su.

De ce désordre et cette confusion, si cependant on essaye de tirer quelque chose de précis, il semble que, d'une part, il ait voulu s'affranchir des règles au nom d'une imitation plus fidèle de la nature; et, de l'autre, qu'au nom de l'utilité morale ou sociale, il se soit efforcé de rétablir dans l'art des règles presque plus étroites que celles qu'il rejetait.

Pour discuter le second de ces principes, nous attendrons qu'il s'en présente une occasion plus favorable et plus ample. Quant au premier, nous avons vu, vous vous le rappelez, en parlant de Boileau, qu'il était le fondement de l'art. Nous dirons de plus, aujourd'hui, qu'en dépit de l'effort qu'il avait fait pour fonder les règles en nature, Boileau ne laissait pas d'avoir enveloppé, dans les formules de son *Art poétique,* beaucoup de conventions mondaines, dont il était utile de purger la critique. Mais nous ajouterons que, s'il y eut jamais un principe dont la valeur dépendît tout entière de l'homme qui l'applique, c'est celui-là, ou encore, si vous l'aimez mieux, que toute la question est du sens que l'on donne à ce mot de *nature*, si mal défini, si vague, et si large.

Or, et malheureusement, pour Diderot, la nature, c'est la sienne; et le conseil qu'il nous donne, que nous n'avons que trop de pente à suivre, c'est celui qu'il met en pratique lui-même, et qui lui a si bien réussi. Parce qu'il est le plus *naturel* des écrivains de son temps, Diderot en est un des plus rares, mais, s'il en est aussi l'un des plus vulgaires, c'est également parce qu'il en est le plus *naturel*. Si l'art doit imiter la nature, nous avons vu, en parlant encore de Boileau, qu'il ne peut pas, pour des raisons tirées de l'objet même de l'art, l'imiter tout entière. Nous avons le droit de faire un pas de plus maintenant; et Diderot nous prouve par son exemple, que, si l'art ne peut pas imiter la nature tout entière, c'est pour des raisons tirées de la nature même.

Quelle assurance avons-nous, en effet, que notre nature à chacun soit la bonne, soit la vraie, la plus conforme et la seule conforme à ce qu'elle doit être? et si Montesquieu, si Voltaire, si Rousseau, voient la nature autrement que lui, d'où Diderot tirera-t-il la certitude que c'est lui qui voit bien, et Rousseau, Voltaire, Montesquieu, qui voient mal? Le *Père de famille* est-il plus *naturel*, après tout, que *Tancrède*? ou *Candide* l'est-il moins que le *Neveu de Rameau*? D'ailleurs, si la *nature* et le *naturel* enveloppent ce qu'il y a de meilleur au monde, n'enveloppent-ils pas aussi ce qu'il y a de pire? la laideur et la médiocrité n'en font-ils point partie? le crime et la vertu? la sottise comme l'esprit, la grossièreté comme la délicatesse? Et enfin, puisqu'il y a dans la vie des actions

naturelles que nous cachons, pourquoi le naturel ne
serait-il pas aussi bien de les cacher que de les étaler?
Lisez à ce propos le *Rêve de d'Alembert* ou le *Supplément au Voyage de Bougainville.*

Tout ce qui est naturel n'est donc pas de soi bon
ou louable, comme on semble le croire ; et, con-
seiller à l'art, en termes généraux, d'imiter la nature,
il se peut que ce soit le pousser dans une voie déplo-
rable. C'est ce que n'a pas su Diderot. Et comme la
nature était vulgaire, était grossière, était cynique
en lui, son naturel, comme je le disais, s'il est le principe de son talent, en est aussi la tare. Nous montre-
rions de la même manière que c'est aussi ce qui fait
l'immoralité de sa morale. Avant de suivre et avant
d'imiter la nature, il faut nous assurer de ce que vaut
la nôtre ; — et je dirais volontiers que le premier soin
à prendre pour cela c'est de nous en défier.

Les théories de Diderot ne firent pas fortune. Est-
ce que peut-être ses contemporains, occupés qu'ils
étaient, comme nous l'avons dit, de soins qu'ils
croyaient plus urgents, ne prirent ni le temps ni la
peine d'en débrouiller le vrai sens, parmi le fatras de
ses contradictions? Nous pouvons le croire, si nous le
voulons ; et Diderot, obscur encore aujourd'hui pour
nous, n'a pas sans doute été plus clair pour ses contemporains. Souvenons-nous aussi que, s'ils ont bien
pu lire l'*Encyclopédie*, cependant ils n'ont pas connu la
moitié de l'œuvre du philosophe ; et qu'en particulier
ses *Salons*, qui contiennent peut-être la substance de
sa critique, n'ont vu le jour que de notre temps.

Mais ce qui contribua davantage encore et surtout
à discréditer ce que l'on comprit de ses idées, il me

semble que ce dut être le retentissant insuccès des
applications qu'il en fit. Quand les *Entretiens avec
Dorval* et quand ce fameux *Essai sur la poésie dramatique* — où, passant la plume sur la mémoire de
Molière, il prétendait qu'après *l'École des femmes* et
Tartufe, la véritable comédie était toujours à créer, —
quand ils contiendraient plus d'idées justes et de
vues ingénieuses ou fécondes que je n'y en saurais
reconnaître, ils auraient toujours, et ils ont eu surtout pour les contemporains, ce grand tort de servir
de préface, ou de commentaire apologétique, au *Fils
naturel* ou au *Père de famille*. Il n'y a pas de théorie
qui tienne contre de semblables condamnations d'elle-
même; et il en advint des idées de Diderot comme de
celles des Fontenelle et des Perrault au commencement du siècle. Son *Fils naturel* fut son *Aspar*; son
Père de famille est son *Saint Paulin*; et la médiocrité
des œuvres entraîna la doctrine dans leur chute.

Il n'en doit pas moins occuper dans l'histoire de la
critique une place considérable, sinon précisément
pour avoir inventé ce que nous avons depuis lors
appelé du nom de *naturalisme*, mais du moins pour
avoir confusément élargi la notion ou la définition de la *nature* et du *naturel* dans l'art. C'est souvent à Rousseau que l'on en fait honneur; et on a
raison, si pourtant on s'explique, et qu'on sépare, et
qu'on distingue. Mais, en tant que la religion ou la
superstition de la nature est bien l'idée du XVIIIᵉ siècle,
c'est plutôt Diderot, puisque c'est l'*Encyclopédie*, qui
l'a fait pénétrer dans les esprits, qui les a rendus
propres à la recevoir, qui les en a finalement et pour
ainsi dire imbus. Là est son œuvre, et là sa gloire :

là aussi le principe de son influence. Et je vais plus
loin : s'il l'avait exprimée plus clairement lui-même,
au lieu de la laisser éparse un peu partout dans
son œuvre, à l'état diffus et latent, il serait sans
doute un autre homme, et, je crois, un plus grand
écrivain, mais peut-être qu'il eût moins agi.

Vous penserez là-dessus que je me contredis à mon
tour? et qu'ayant dit tout à l'heure que ses théories
n'avaient point fait fortune en son temps, je me trom-
pais, ou que je me trompe en parlant maintenant
de l'étendue de son influence? Mais la contradiction
n'est qu'apparente, et pour la concilier, il suffit d'une
distinction. Non, les théories de Diderot n'ont point
fait fortune; on n'a point imité son *Fils naturel* et
son *Père de famille*, comme on a fait les tragédies
de Voltaire ou les romans de Rousseau. Mais ses
idées, devenues en quelque sorte anonymes, détachées pour ainsi dire de l'expression qu'il en avait
donnée, vivant enfin par elles-mêmes, ont constitué
une atmosphère nouvelle des esprits. Et les contemporains en ont subi l'action comme nous subissons
aujourd'hui celle d'un *milieu* dont on ne démêlera
que dans un siècle ou deux les éléments constitutifs,
ou encore, si vous l'aimez mieux, comme nous subissons éternellement celle de ces grandes forces de la
nature, *corpora cæca*, comme les appelait Lucrèce,
dont nous ne savons ni l'espèce, ni le nom.

J'ajouterai que, dans les dernières années du xviii⁰
siècle, une raison puissante, secrète, et intérieure,
équilibra l'influence de ce *naturalisme*, surtout au
point de vue littéraire, et vint en entraver le développement. « Ce n'est peut-être sans une raison profonde,

a dit quelqu'un, qu'au moment où le catholicisme a
reçu son premier grand ébranlement, au xvie siècle,
l'*humanisme* a pris naissance, comme par une sorte
de contrepoids. Et je ne m'étonne pas non plus de
voir au xviiie siècle, au second grand assaut du dogme,
chez les encyclopédistes et les autres, le respect sin-
gulier des traditions littéraires et des types consacrés
de l'art, l'admiration presque superstitieuse de Virgile et de Racine s'accroître au fur et à mesure du progrès de leur irréligion. » En effet, rien n'est plus
curieux, mais à mesure que la « philosophie » dirige
contre le trône et l'autel des attaques plus violentes,
et dont le succès paraît désormais plus prochain, il
est certain aussi que nous voyons qu'on s'attache
davantage à des traditions, dont on commence à
craindre que le naufrage emporte avec lui la littérature et la civilisation mêmes. Rappelez-vous le mot si
curieux que nous a conservé Chamfort : « M. de...,
qui voyait la source de la dégradation de l'espèce humaine dans l'établissement de la secte nazaréenne et
dans la féodalité, disait que pour valoir quelque chose,
*il fallait se défranciser et se débaptiser et redevenir Grec
et Romain par l'âme* ». Rappelez-vous encore l'esprit
du *Commentaire sur Corneille*, de Voltaire, et ses
suprêmes injures à Shakespeare :

J'avoue qu'on ne doit pas condamner un artiste qui a
saisi le goût de sa nation; mais on peut le plaindre de
n'avoir contenté qu'elle. Apelle et Phidias forcèrent tous
les différents États de la Grèce et tout l'empire romain à
les admirer. Nous voyons aujourd'hui le Transylvain, le
Hongrois, le Courlandais se réunir avec l'Espagnol, le Français, l'Allemand, l'Italien pour sentir également les beautés

de Virgile et d'Horace, quoique chacun de ces peuples pro-
nonce différemment la langue d'Horace et de Virgile....
Sans doute Pantolabus et Crispinus écrivirent contre
Horace de son vivant, et Virgile essuya les critiques de
Bavius; mais, après leur mort, ces grands hommes ont réuni
les voix de toutes les nations. D'où vient ce concert éternel?
Il y a donc un bon et un mauvais goût.

La Bruyère et Boileau n'avaient pas dit autre chose.
Mais rappelez-vous surtout, dans ces mêmes années, et
jusqu'à la veille de la révolution, ce retour de la littérature vers les sources antiques, ce regain de faveur
ou de popularité des anciens, dont les *Éloges* de Thomas, les traductions de l'abbé Delille, le *Voyage du
jeune Anacharsis*, et les poésies enfin d'André Chénier
sont des preuves assez éloquentes :

> Des antiques vergers les rameaux empruntés
> Croissent sur mon terrain, mollement transplantés;
> Aux troncs de mon verger ma main avec adresse
> Les attache, — et bientôt même écorce les presse.
> De ce mélange heureux l'insensible douceur
> Donne à mes fruits nouveaux une antique saveur.
> Dévot adorateur de ces maîtres antiques,
> Je veux m'envelopper de leurs saintes reliques.
> Dans leur triomphe admis, je veux le partager,
> Ou bien de ma défense eux-mêmes les charger.
> Le critique imprudent qui se croit bien habile,
> Donnera sur ma joue un soufflet à Virgile.
> Et ceci — tu peux voir si j'observe ma loi, —
> Montaigne, il t'en souvient, l'avait dit avant moi.

Je ne crois pas que l'auteur de l'*Art poétique*, je ne
crois pas que Ronsard eussent désavoué ces vers; ou
plutôt, ils en eussent loué l'heureuse élégance; ils y
eussent reconnu leurs idées; ils se fussent applaudis
de revivre, ou de vivre toujours après tant d'années
écoulées.

Et les peintres de leur côté, Lebrun, Charles Lebrun ou Nicolas Poussin, à leur tour, qu'auraient-ils dit en voyant l'école de David succéder à celle de Boucher, de Fragonard ou de Greuze; l'art s'inspirer de nouveau des *Adieux d'Andromaque* ou du *Serment des Horaces* et non plus de *l'Escarpolette* ou de *la Cruche cassée*; et, le grand goût, comme ils l'appelaient, celui de l'antiquité, renaître enfin de son long oubli? Ne semble-t-il pas que le siècle finissant remonte en quelque sorte au delà de ses propres origines, et qu'en dépit de quelques résistances, le classicisme, avant de mourir, soit à la veille encore de triompher de nouveau?

Un homme représenté et incarne cette évolution de la critique classique, un homme et une œuvre : une œuvre qu'on ne lit pas assez, et un homme que je ne souhaite que d'égaler à la plupart de ceux qui croient faire preuve, en le raillant, d'indépendance et de largeur d'esprit. C'est Laharpe que je veux dire, et l'œuvre, c'est son *Cours de littérature.*

Je sais les défauts de Laharpe; je sais ce que l'on a dit — et je pourrais au besoin le redire, tout comme un autre — de sa critique pédantesque et volontiers dénigrante; et de son étroitesse d'esprit; et de son ignorance. Oui, sans doute, il maltraite outrageusement ses ennemis personnels; il parle des Latins et des Grecs sans assez les connaître; et sa critique, en général — qui ne manque pas au moins de vivacité ni d'émotion, — manque d'esprit, manque de largeur, manque de portée. C'est que les grands hommes sont rares. Mais, après cela, ce serait être soi-même bien injuste, ou ce serait l'avoir bien mal lu, que de ne pas reconnaître ce que son *Cours de littérature* contient, sur le xvii siècle et sur le xviii siècle, de renseignements utiles, d'indications précieuses, de jugements qui ne sont point tous aussi démodés qu'on le veut bien dire ; — et que d'ailleurs c'en est là le moindre mérite.

En effet, bien plus fidèlement que la *Poétique* de Marmontel — un autre critique, dont le plus grand tort est d'être l'auteur de ses tragédies et de ses romans, de son *Aristomène* et de son *Bélisaire*, — le *Lycée* de Laharpe exprime ou traduit pour nous dans l'histoire le dernier état de la doctrine classique. Du milieu du xvii siècle à la fin du xviii, si vous voulez mesurer le progrès accompli, c'est le *Lycée* qu'il faut .ire et c'est Laharpe qu'il faut interroger. Pareillement, c'est encore à lui qu'il faut vous adresser si vous voulez savoir ce qu'est devenue la critique même, et quel en est l'objet principal pour les écrivains du xviii siècle. Marmontel, esprit assez libre, et — je vais vous étonner peut-être — volontiers paradoxal, vous en apprendrait moins sur ce point ; Marmontel est déjà romantique.

Enfin — et à cet égard, tous ceux qui l'ont suivi sont ingrats, s'ils ne reconnaissent pas ce qu'ils doivent à Laharpe, — c'est lui qui s'est avisé le premier de réduire en un corps toute l'histoire de la littérature, et de faire marcher du même pas l'histoire et l'appréciation des œuvres.

Nous avons — dit-il lui-même dans sa *Préface*, — nous avons une multitude de livres didactiques et de recueils biographiques dont je contesterai d'autant moins le mérite, que plusieurs ne m'ont pas été inutiles, mais tous traitent d'objets particuliers, ou ne sont, dans les choses générales, que des nomenclatures et des dictionnaires. *Mais c'est ici, je crois, la première fois, soit en France, soit même en Europe* — vous voyez au moins qu'il ne se fait pas illusion sur son propre mérite, — c'est la première fois qu'on offre au public une histoire raisonnée de tous les arts de l'esprit et de l'imagination depuis Homère jusqu'à nos jours, qui n'exclut que les sciences exactes et les sciences physiques.

Il a raison : c'est bien là sa part, et sa place, et sa réelle originalité dans l'histoire de la critique. Son plan est défectueux sans doute : il l'est surtout en ce qu'il est trop vaste, et d'ailleurs assez mal proportionné dans ses parties successives. Beaucoup de choses y manquent encore. La disposition n'en est pas très heureuse; et ses classifications par genres, en brouillant systématiquement l'ordre chronologique, rompent à tout coup cette continuité qui doit être le propre d'une véritable histoire. Toute histoire est dans le temps; et la chronologie, dont on a tort de se moquer, n'en est pas l'âme sans doute, mais elle en est le support nécessaire. C'est ce que Laharpe aurait pu apprendre de l'auteur de l'*Essai sur les mœurs* ou de celui du *Discours sur l'Histoire universelle*. Mais il n'en doit pas moins garder l'honneur d'avoir, le premier, considéré l'histoire de la littérature dans la totalité de sa suite; de l'avoir ainsi traitée pour elle-même, en elle-même, comme capable de se suffire; et d'avoir enfin, par là, frayé les voies à une critique plus large, et autre que la sienne....

Arrêtons-nous ici. Nous sommes arrivés au terme du XVIII⁰ siècle et de la critique classique. Née, pour ainsi dire, dans les bibliothèques des érudits de la

Renaissance, nous l'avons vue grandir pendant deux
cent cinquante ans, et prendre insensiblement conscience de son objet. Philologique d'abord, puis exé-
gétique et apologétique, pour ainsi dire, nous l'avons
vue devenir dogmatique avec Boileau, mondaine avec
Perrault, esthétique avec Voltaire ou Diderot, historique enfin avec Laharpe. C'est dans cette direction
qu'il nous faut maintenant la suivre ; et, depuis La
Harpe jusqu'à nos jours, examiner par quelles acquisitions et quelles extensions successives elle s'est
transformée pour devenir ce qu'elle est aujourd'hui.

26 novembre 1889.

SIXIÈME LEÇON

MADAME DE STAËL ET CHATEAUBRIAND

1800-1820.

Messieurs,

On pourrait dire qu'en essayant de donner à la critique classique son expression définitive, c'en est le
testament que Voltaire, que Marmontel, que Laharpe
avaient rédigé. En effet, au moment même où ils
écrivaient, le premier, son *Commentaire sur Corneille*, le second sa *Poétique*, le troisième enfin son
Cours de littérature, un homme avait déjà paru, dont

les exemples autant que les principes, en déplaçant
l'objet de la littérature, ne pouvaient guère manquer
de déplacer aussi les règles qui la jugent. Je veux
parler de Jean-Jacques Rousseau.

A la vérité, quoiqu'il soit l'auteur de la *Lettre sur
les spectacles*, et que d'ailleurs les opinions ou les
jugements littéraires abondent, comme vous le savez,
dans ses autres ouvrages — dans sa *Nouvelle Héloïse*,
par exemple, ou dans son *Émile*, — on ne peut pas dire
que Rousseau ait fait œuvre ni surtout métier de critique; ou du moins, avant d'être critique, il est romancier, il est orateur, il est poète. Et, cependant,
considérable en tout, son influence ne l'est guère
moins qu'ailleurs dans l'histoire de la critique, si
vous faites attention qu'il a réussi non seulement en
dépit des règles, mais contre elles; que son succès
en a donc ainsi, d'abord ébranlé, puis ruiné la notion
dans l'esprit de son temps; et conséquemment et
enfin, qu'il a obligé la critique, en se jugeant elle-
même, à douter pour la première fois de son infailli-
bilité. Car, au XVIIᵉ et au XVIIIᵉ siècle, vous l'avez vu,
on discutait bien sur l'application des règles, ou sur
la formule qu'il convenait d'en donner, mais on ne
doutait pas qu'il y eût des règles, et, puisqu'il y en
avait, on ne doutait pas non plus que l'autorité en
dût être absolue. Rousseau, le premier, je crois, a
fait triompher en critique cette notion du *relatif* que
Perrault avait bien soupçonnée, mais que Voltaire
avait empêchée de se développer; et nous allons voir
aujourd'hui ce que cette nouveauté toute seule enve-
loppait de conséquences.

Tandis qu'en effet la littérature n'avait guère été

jusqu'alors, et depuis deux cents ans, même pour un
Voltaire, le plus personnel assurément des hommes,
que l'expression des idées communes — je veux dire
des idées de tout le monde, — elle devient, avec
Rousseau, l'expression des idées particulières et pri-
vées, pour ainsi parler, ou si vous l'aimez mieux,
la confession du *Moi* de l'écrivain. Bien différent en
cela de Montaigne — aux *Essais* duquel vous voyez
que tous les jours encore on compare les *Confessions*
du citoyen de Genève, — celui-ci ne se cherche point,
comme l'autre, et surtout il ne cherche point l'homme
en lui; mais, au contraire, il s'est trouvé; et, ce qu'il
se plaît à montrer de lui-même, c'est ce qu'il croit
qu'il y a en lui non pas du tout de général, mais
d'individuel ou d'*unique.*

« Je ne suis fait comme aucun de ceux que j'ai
vus; j'ose croire n'être fait comme aucun de ceux
qui existent », ainsi débutent les *Confessions*; et
voilà son dessein assez franchement déclaré par lui-
même. C'est à la différence qu'il s'attache; et, ce qu'il
peut y avoir dans son histoire ou dans ses sentiments
de semblable ou d'analogue à ceux de tout le monde,
c'est justement, en nous les racontant, ce qu'il en
élimine. « Renversement du pour au contre », aurait
pu dire ici Pascal. En se regardant vivre et en s'ana-
lysant, Rousseau, comme tous les écrivains, fait deux
parts de soi-même : celle de la nature en général, et
de sa nature à lui, Rousseau. Seulement, et tandis
qu'avant lui, l'écrivain s'efforçait de réduire sa nature
à l'universel — c'est l'expression du temps, — et de
se rendre aussi semblable aux autres qu'il le pouvait,
pour leur devenir intelligible, Rousseau fait l'effort

précisément inverse. Ce qu'on négligeait, c'est ce qu'il exprime; ce qu'on cachait, il le montre; et ce qu'on déguisait, il l'étale. Que savons-nous des sentiments de Voltaire pour Mme du Châtelet? Peu de chose, et beaucoup moins sans doute que les contemporains n'en ont su. Mais les contemporains de Rousseau, eux, n'ont rien su de Mme de Warens; et, sans les *Confessions*, nous ignorerions peut-être jusques à son nom même.

Je n'ai point à vous montrer ici les liaisons de cet *égoïsme* ou, comme on dit, de cet *égotisme* avec les autres parties du caractère et du génie de Rousseau. Je me borne à vous dire en passant que tout le romantisme nous est venu de là, s'il est vrai que le principe en soit l'exaltation du sentiment personnel ou l'hypertrophie du *Moi*. Mais ce qui nous importe, c'est de bien voir comment et pourquoi cette conception toute nouvelle de l'objet et de la fin de l'art ne pouvait pas manquer de réagir sur la critique, et, tôt ou tard, de la renouveler.

« Il n'y a plus rien d'absolu, si ce n'est cette maxime, qu'il n'y a rien d'absolu », si telle est bien la leçon qui se dégage des exemples et des leçons de Rousseau, il n'y a plus de modèle idéal ou de *type* des genres; il n'y a donc plus de *recettes* ou de *procédés* pour le réaliser; il n'y a plus de *règles*. Chacun de nous est ce qu'il est, et ce qu'on aime en nous, c'est nous-même; il n'y a donc plus lieu de s'efforcer d'être un autre, mais, au contraire, il faut être soi. Je sens d'une manière, et vous sentez d'une autre; nos façons de sentir sont également légitimes, puisqu'elles sont naturelles. Ou plutôt encore, ce qui est naturel, c'est de se montrer tel que l'on est; et ce qui ne l'est pas, c'est de se travailler pour se rendre semblable à ceux qui, n'ayant ni la même origine, ni la même éducation, ni les mêmes raisons enfin de sentir comme nous, n'ont pas le droit non plus d'exiger que nous sentions comme eux. « C'est en vain qu'on prétendrait refondre les divers esprits sur un modèle commun.... Pour changer un esprit, il faudrait changer un caractère; pour changer un caractère, il faudrait changer le tempérament dont il dépend.... Il ne s'agit donc point de changer le caractère et de plier le naturel, mais au contraire de le pousser aussi loin qu'il peut aller,... car c'est ainsi qu'un homme devient tout ce qu'il peut être, et que l'ouvrage de la nature s'achève en lui par l'éducation. »

Ces citations, caractéristiques de la philosophie de Rousseau, le sont aussi de sa critique ou de son esthétique. « La seule raison, dit-il encore ailleurs, n'est point active... et jamais elle n'a rien fait de grand »; et, dans *la Nouvelle Héloïse* : « La froide raison n'a jamais rien fait d'illustre ». C'est exactement le contraire de ce qu'avait dit autrefois Boileau. C'est à peu près le contraire aussi de ce que pensait Voltaire. Mais en même temps aussi, vous le voyez, et comme nous le disions, c'est la substitution du sens propre au sens commun en matière de jugement; c'est donc l'individu érigé en mesure de toutes choses; et c'est enfin, en tout, la notion de l'absolu remplacée par celle du relatif.

On ne s'en aperçut pas tout d'abord, et les conséquences n'en sortirent pas immédiatement. La Révolution survint, qui, bien loin d'opérer dans ce sens,

agit au contraire dans le sens précisément opposé. S'il
y a une littérature de la Révolution, son vice, nul ne
l'ignore, est d'être en effet outrageusement classique.
Les Grecs et les Romains reparaissent en foule sur
la scène, avec les Chénier, les Arnault, les Legouvé,
les Luce de Lancival : *Caïus Gracchus, Horatius Co-
clès, Epicharis et Néron, Mucius Scævola.* La tribune
de la Convention ne retentit que d'appels au civisme
dont on emprunte le thème à Plutarque ou à Tite-
Live. La meilleure page du *Vieux Cordelier* de Camille
Desmoulins, ou, pour mieux dire, la seule qui survive,
la seule que l'on lise, n'est qu'un commentaire ou
une paraphrase des *Annales* de Tacite. Et non seulement la peinture, avec Vien, avec David, avec vingt
autres, ne s'inspire plus que du *Serment des Horaces*
ou des *Fils de Brutus*, mais la mode même se fait
antique ; — et les femmes du Directoire se désha-
billent à la grecque ou à la romaine.

La critique suit le mouvement. Marie-Joseph Chénier, dans son *Tableau de la littérature française
au* XVIII° *siècle*, n'est qu'un continuateur de Voltaire
et de Laharpe ; et si l'on était tenté de s'étonner
peut-être qu'ayant sous les yeux les poésies de son
frère, il n'y voie pas plus clair, c'est le cas de se
souvenir, comme nous le disions l'autre jour, ou de
se confirmer dans l'idée que l'auteur du *Mendiant*
et de l'*Oaristys* n'est pas du tout le premier des
romantiques, mais le dernier des classiques, le légitime héritier de Boileau, de Malherbe, qu'il a tant
étudiés, et de Ronsard, dont on peut dire qu'il a véritablement réalisé l'idéal. De même encore, sous
l'Empire, les Geoffroy, les Hoffmann, les Feletz ont

beau répudier l'héritage : ils sont toujours du
XVIIIe siècle, et quand Geoffroy, par exemple, essaye
de réagir contre l'enthousiasme que provoquent
encore les *Œdipe*, les *Sémiramis*, les *Mérope* de
Voltaire, c'est au nom des principes de Voltaire lui-
même. J'en dis autant de Lemercier, Népomucène
Lemercier, dans son *Cours analytique de littérature
générale.* C'est en effet ce livre qu'il faut surtout
consulter si vous voulez vous donner le spectacle de
la superstition des règles. Unique en son genre, je
n'en sache pas qui soit sous ce rapport plus curieux
ni plus instructif; et, comme d'ailleurs, parmi tous
ses défauts, il est plein d'observations justes et ingénieuses, je vous en recommande en passant la
lecture. Ajoutez-y, si vous le voulez et que vous en
ayez le loisir, les articles des Dussault, des Garat,
des Suard et des Daunou.

Mais déjà, en dépit d'eux, on doit le dire, l'influence
de Rousseau commençait à se faire sentir. Les livres
de *la Littérature,* du *Génie du christianisme,* de *l'Allemagne* avaient paru. Déjà une critique nouvelle,
à mesure qu'elle se développait, s'éloignait davantage
des voies de la critique conservatrice et classique.
Et comme vous allez vous en apercevoir, c'était
encore la querelle des anciens et des modernes; mais,
cette fois — malheureusement pour les anciens, — le
talent avait passé tout entier du côté des modernes,
dans la personne de la baronne de Staël et du vicomte de Chateaubriand.... Vous vous doutez bien que
si je les décore ainsi de leur titre, j'en ai une raison;
et cette raison, c'est qu'il n'est pas du tout indifférent au caractère de cette évolution de la critique,

d'avoir été préparée et en partie opérée par deux aristocrates.

Quand en effet les aristocrates sont intelligents, ils ne le sont pas plus que nous, mais ils le sont d'une autre manière, plus libre, en quelque sorte, plus indépendante, et plus dégagée surtout de la tradition. Car, d'abord, ils sont plus ignorants, moins grécaniseurs et moins latiniseurs, moins respectueux d'Aristote et d'Horace, qu'ils considèrent toujours un peu comme des bourgeois de Rome et d'Athènes; encore moins respectueux de Voltaire, de Marmontel ou de Laharpe, qu'ils ont connus, dont ils ont raillé les ridicules, dont ils estiment peu la personne. Ils ont d'ailleurs tout naturellement plus de confiance en eux-mêmes.... Ils en avaient du moins alors, ayant rencontré moins de résistances autour d'eux, plus de déférence et plus de soumission. Et si vous me disiez que la persécution révolutionnaire les en avait déshabitués, je vous répondrais qu'au contraire son acharnement et sa violence n'avaient pu que les confirmer dans l'idée de leur supériorité native. Ils étaient donc d'une autre race que ces bourgeois révoltés; ils étaient donc d'un autre sang, puisque, d'en tarir la source, et de les rejeter hors de la patrie, il semblait que ce fût la condition même du succès de la Révolution! Encore, et en tout temps, ils se sont piqués, ils se piquent de juger par eux-mêmes, de ne pas aisément soumettre leur façon de penser à l'opinion publique; et même, assez souvent, nous voyons que, pour s'en distinguer, comme par exemple un Joseph de Maistre, ils exagèrent leur originalité jusqu'au paradoxe, et le paradoxe jusqu'à

l'impertinence. A quoi si vous ajoutez, pour Mme de
Staël et pour Chateaubriand, puisque c'est d'eux que
nous parlons, qu'ils avaient, l'une dans sa fortune,
dans les adulations dont on avait entouré sa jeunesse, et l'autre, Chateaubriand, dans sa pauvreté
même, une raison analogue et contraire de n'écouter
et de n'en croire qu'eux-mêmes, vous conviendrez
qu'un Suard ou qu'un Dussault, l'eussent-ils pu d'ailleurs, n'eussent pas exercé la même ni surtout la
même nature d'influence. La condition de Mme de
Staël lui a permis, par exemple, de se déclarer élève
et admiratrice passionnée de Rousseau, sans qu'on
la soupçonnât pour cela de *jacobinisme*; et si Chateaubriand avait eu nom Durand ou Dupont, qui sait
si son *Génie du christianisme* n'eût point passé pour
une capucinade?

On pourrait pousser le parallèle; et, puisqu'ils ont
agi l'un et l'autre simultanément, on pourrait, après
la ressemblance que l'origine avait mise entre eux,
signaler maintenant les différences. En voici quelques-
unes, parmi beaucoup d'autres.

Leur sexe à chacun, par exemple, se retrouve dans
leurs écrits, ou pour mieux dire, dans ceux de l'autre :
la pensée de Mme de Staël étant habituellement virile,
et, au contraire, Chateaubriand, pour notre plaisir,
mais pour son malheur, étant doué, lui, d'une sensibilité toute féminine. L'un et l'autre procèdent,
comme je vous le disais, du citoyen de Genève, mais
Mme de Staël, en sa qualité de compatriote et de pro-
testante peut-être, attachée plus fermement aux doctrines du philosophe, est demeurée comme engagée
de toute une partie d'elle-même dans les idées du

xvııı° siècle, tandis que Chateaubriand, Breton et
catholique, a cherché de bonne heure dans la religion le principe et le point d'appui de sa pensée.
Mme de Staël a eu plus d'idées, et Chateaubriand
plus d'imagination. Est-ce pour cela que, sans écrire
mal, on ne peut cependant pas regarder Mme de Staël
comme un grand écrivain? Son style est approxi-
matif, trop voisin de celui de la conversation, — où
nous savons qu'elle excellait, — et, comme tel,
trop vague en son contour, vif d'ailleurs et spirituel,
mais un peu négligé. Chateaubriand, lui, n'est pas
seulement l'un des grands écrivains, il faut dire qu'il
est l'un des grands artistes de la prose française,
artiste jusqu'à nous donner trop souvent, par le
moyen du prestige ou de la magic des mots, l'illusion
d'une pensée qu'il n'a point. La châtelaine de Coppet
a mieux connu l'Allemagne; le vicomte émigré a
mieux connu l'Angleterre; il nous a aussi révélé
l'Amérique, le « Meschascebé, roi des fleuves »; et
cette nature moins civilisée, moins polie, dont Voltaire dans son *Candide*, et même dans son *Alzire*,
ne nous avait donné que la caricature. L'*Itiné-
raire de Paris à Jérusalem*, au commencement de
ce siècle, a été encore une autre révélation pour
nos pères. Enfin Mme de Staël, morte jeune, en
1817, n'a pas eu le temps de voir tous les effets de
ses doctrines et d'en corriger peut-être quelques
endroits excessifs, mais Chateaubriand a vécu jusqu'en 1848, assez longtemps pour voir sortir de lui
toute sa descendance, en être épouvanté, et la dé-
savouer....

Je vous laisse le soin de continuer le parallèle, et

je viens à ce que je veux vous dire de leurs doctrines
et de leur influence.

Je me suis proposé d'examiner quelle est l'influence
de la religion, des mœurs et des lois sur la littérature, et
quelle est l'influence de la littérature sur la religion, les
mœurs et les lois. Il existe, dans la langue française, sur
l'art d'écrire et sur les préceptes du goût, des traités qui
ne laissent rien à désirer, mais il me semble que l'on n'a
pas suffisamment analysé les causes morales et politiques
qui modifient l'esprit de la littérature. Il me semble que
l'on n'a pas encore considéré comment les facultés humaines
se sont graduellement développées par les ouvrages illustres en tout genre, qui ont été composés depuis Homère
jusqu'à nos jours.

Ce sont les premiers mots du livre de la *Littérature
considérée dans ses rapports avec les institutions sociales.* On lit encore un peu plus loin :

J'ai essayé de rendre compte de la marche lente,
mais continuelle de l'esprit humain dans la philosophie,
et de ses succès rapides, mais interrompus dans les arts.
Les ouvrages anciens et modernes qui traitent des sujets
de morale, de politique ou de science, prouvent évidemment les progrès successifs de la pensée, depuis que son
histoire nous est connue. Il n'en est pas de même des
beautés poétiques, qui appartiennent uniquement à l'imagination. En observant les différences caractéristiques qui
se trouvent entre les écrits des Italiens, des Anglais, des
Allemands et des Français, j'ai cru pouvoir démontrer que
les institutions politiques et religieuses avaient la plus
grande part à ces diversités constantes.

C'était bien reprendre, vous le voyez, la querelle des
anciens et des modernes au point précis où l'avaient
laissée jadis les Perrault et les Fontenelle ; ou, pour

mieux dire, c'était la renouveler en faisant intervenir dans la discussion cette idée de *progrès* dont je veux bien que l'on fasse honneur à Vico d'avoir montré le premier toute la portée, mais à la condition que l'on se souvienne aussi que ce sont nos philosophes — Turgot et surtout Condorcet, dans son *Esquisse d'un tableau historique des progrès de l'esprit humain* — qui l'avaient rendue vraiment européenne.

Beaucoup plus libérale et plus large d'esprit que ses maîtres, moins aveuglée surtout par les préjugés antichrétiens, Mme de Staël ne craint pas d'ailleurs de retourner contre eux leur théorie même, et dans son huitième chapitre, sur l'*Invasion des peuples du Nord*, l'*Établissement de la religion chrétienne, et la Renaissance des Lettres*, je vous signale une évidente intention de répondre à la manière dont Condorcet, dans sa *V*° et dans sa *VI*° *Époque*, avait parlé du christianisme. Pour Mme de Staël, il n'y a pas d'interruption, et encore moins de rétrogradation dans le progrès de l'humanité « vers la civilisation universelle »; et les faits mêmes que l'on croit qui le démontreraient, prouvent justement le contraire. « L'invasion des Barbares, dit-elle à ce propos, fut sans doute un grand malheur pour les nations contemporaines de cette révolution, *mais les lumières se propagèrent par cet événement même.* » C'est aller un peu loin peut-être, et j'avoue que, sur ce dernier point, je serais moins affirmatif.

Elle renouvelle encore la question d'une autre manière : c'est en se plaçant, pour la traiter, au point de vue comparatif. Et sans doute, on peut bien dire, vous l'avez vu, que Voltaire, dans son *Essai sur la Poésie*

Épique, avait tenté quelque chose déjà de cela ; mais vous avez également vu que, bien loin de persister dans la tentative, au contraire, et à mesure qu'il avançait en âge, il s'en était détourné. L'esprit français, au XVIIIᵉ siècle, n'a guère emprunté des Anglais que ce qu'il pouvait s'en assimiler, ou, si vous l'aimez mieux, que ce qui lui ressemblait à lui-même ; il n'a pas essayé de les comprendre ; et, pour cela, de commencer, comme il l'eût fallu, par se déprendre de ses traditions ou de ses préjugés.

C'est ce que fait Mme de Staël. Personne en France n'avait parlé comme elle des tragédies de Shakespeare, parce que personne avant elle ne les avait étudiées avec le même désintéressement, je veux dire sans la moindre intention d'en transporter les beautés sur la scène française, et sans mêler à la question littéraire une vaine question d'amour-propre national ou de patriotisme. Ce qu'il y a d'anglais dans Shakespeare, ce qui est de son temps et de sa nation, voilà ce qu'elle s'est proposé de démêler, comme encore ce qu'il y a de proprement allemand dans *Werther* ou dans *Gœtz de Berlichingen*.... Elle fondait ainsi en nature, puisqu'elle les fondait sur ce qu'il y a de plus intime dans le génie germanique ou anglo-saxon, les caractères originaux du drame anglais ou du roman allemand.

Mais, du même coup, par une suite nécessaire, elle nous enseignait à douter des règles de l'ancienne critique, fondées qu'elles étaient, elles, sur une expérience littéraire dont l'insuffisance apparaissait brusquement aux yeux de ses lecteurs. Fidèle à la pensée de Rousseau, Mme de Staël nous montre de combien

de relations, diverses et cachées, dépend l'autorité du
jugement esthétique. L'esprit français a passé maintenant ses frontières ; il a en quelque sorte émigré, lui
aussi ; et, de ses excursions à travers les littératures
étrangères, il a rapporté ce que l'on rapporte aussi
bien de toute espèce de voyages : un peu moins de
confiance en lui-même ; une curiosité sympathique pour
ce qui ne lui ressemble pas ; et la conviction plus ou
moins raisonnée, mais certaine, qu'entre le goût français et le goût anglais, en tant qu'ils diffèrent, ce
n'est pas un passage d'Aristote ou un vers de Boileau
qui tranchera désormais le débat.

Enfin, et tandis que jusqu'alors on avait considéré
l'œuvre littéraire en elle-même, comme détachée de
ses origines, à la façon d'un fruit que l'on goûte sans
s'inquiéter autrement de l'arbre qui l'a porté, ni
comment on le cultive, ni sous quels cieux il a poussé ;
Mme de Staël ne fait pas précisément encore de la
littérature l'*expression de la société*, mais elle en
entrevoit et elle essaye d'en déterminer le rapport
avec les mœurs, avec les lois, avec la religion. Après
la part de Voltaire et de Rousseau dans le livre de
la Littérature, il se pourrait que ce fût ici celle de
Montesquieu. Mœurs et lois, littérature et religion,
toutes ces parties de la civilisation soutiennent entre
elles des rapports, ne peuvent pas être séparées l'une
de l'autre, sont liées par des dépendances qui les
rendent en quelque sorte, pour parler la langue de
l'algèbre, *fonctions* l'une de l'autre.

Notez que je n'examine point ici la doctrine, je
l'expose. Je ne regarde même pas si cette idée, qui
est bien l'idée génératrice du livre, se retrouve dans

toutes les parties de l'ouvrage. Il me suffit qu'elle
y soit, qu'elle ne pût pas manquer de frapper les
esprits, et qu'elle fût d'ailleurs féconde en applications ultérieures.

Mais ce que je vous fais observer, c'est qu'aux
considérations tirées de la race ou du tempérament
national, il s'en ajoute par là de nouvelles encore,
tirées des lois ou de la religion, qu'il faudra que
la critique pèse, avant de conclure ou seulement
de généraliser. La part de l'*absolu* diminue, celle du
relatif augmente; et, avec elle, conséquemment, la
difficulté de *formuler* en critique. Ce qui revient à
dire que le point de vue est déjà tout changé, que
l'intérêt du jugement n'est plus dans le dispositif ou
dans le jugement même; qu'il est dans les considérants; et que les considérants, qui n'étaient tirés que
de la rhétorique ou de la logique, le seront maintenant d'ailleurs et de plus loin.

Nous reparlerons dans un instant du livre de *l'Allemagne*; et nous achèverons de préciser la part de
Mme de Staël dans le renouvellement de la critique.
Mais si nous voulons suivre exactement l'ordre des
faits, nous sommes bien obligés de la diviser. Rien de
plus naturel ni de plus nécessaire. J'insiste sur ce
point, parce que la plupart des historiens de la littérature — pour se donner à eux-mêmes des facilités
de composition plus grandes, — non seulement,
quand ils rencontrent un grand écrivain sur leur
route, et eût-il, comme Voltaire, écrit soixante ans,
ils l'expédient; mais encore ils nous reprochent de
le diviser, comme si son œuvre, mêlée à la vie et
à l'œuvre de ses contemporains, n'en avait pas reçu

autant qu'elle leur a donné. Puis-je vous parler de
l'*Essai sur les mœurs* avant de vous parler de l'*Esprit
des lois*? puis-je vous parler de *Candide* avant de vous
parler de la *Lettre sur la Providence*? et généralc-
ment, ce qu'il y a de successif dans l'œuvre de Voltaire, puis-je vous en parler comme si Voltaire avait
écrit en dehors, pour ainsi dire, et au-dessus de la
chronologie? Tout de même ici, quelque intérêt qu'il
y eût à épuiser ce que nous avons à dire de Mme de
Staël, si cependant le livre de *la Littérature* a été
comme absorbé dans le rayonnement du *Génie du
christianisme*, et si le *Génie du christianisme* a certainement exercé quelque influence sur le livre de *l'Allemagne*, je ne puis vous parler du troisième avant
de vous parler du second; et pour reparler de
Mme de Staël il faut que nous ayons auparavant
parlé de Chateaubriand.

Vous avez tous lu, je le suppose, *le Génie du christianisme*, et si vous ne l'avez pas lu, je vous invite à
vous empresser de le lire. C'est ce que l'on eût appelé
jadis un livre *essentiel*; et, nous pouvons le dire au
bout de quatre-vingt-dix ans — quatre-vingt-huit,
pour être tout à fait exact, — nous pouvons le dire avec
sécurité, c'est un beau livre, c'est un grand livre. Il est
plein de défauts, de vrais défauts ou, mieux encore,
de véritables trous, mais c'est un grand livre; et
Sainte-Beuve — que son *Port-Royal* eût pourtant dû
préserver de toute jalousie — y a usé ses dents. *Le
Génie du christianisme* ouvrira toujours l'histoire littéraire du xixᵉ siècle; il sera toujours l'œuvre de l'un
des **plus** grands écrivains de la langue française; il
comptera toujours parmi les monuments de l'apo-

logétique chrétienne; mais surtout — et ceci nous
regarde plus particulièrement, — quand il serait encore plus mal composé qu'il ne l'est, ou plus faible de
raisonnement, ou plus déclamatoire par endroits, il
y en a deux parties — la seconde et la troisième,
la *Poétique du christianisme*, et la partie vaguement
intitulée *Beaux-Arts et Littérature* — qui seront toujours ce qu'on appelle des dates dans l'histoire de la
critique en France.

Et tout d'abord, ce que Mme de Staël, un peu gênée
peut-être par son protestantisme, avait à peine osé
entreprendre , la réintégration de l'idéal chrétien
dans ses droits sur le sentiment et sur l'imagination,
c'est au *Génie du christianisme*, et c'est à Chateaubriand qu'on le doit.

> De la foi des chrétiens les mystères terribles
> D'ornements égayés ne sont pas susceptibles :

par *le Génie du christianisme*, la leçon de Boileau —
qui connaissait pourtant la *Jérusalem délivrée*, s'il ne
connaissait ni la *Divine Comédie* ni le *Paradis perdu*
— est désormais convaincue d'erreur; son idéal purement païen est convaincu d'étroitesse, d'insuffisance,
et surtout de froideur. Remarquez-le bien : Chateaubriand lui-même, pour achever sa pensée, quelques
pages plus loin, a beau s'efforcer de montrer que les
vertus chrétiennes sont entrées, comme à l'insu de
Voltaire ou de Racine, dans la composition des caractères qu'ils croyaient créer de toutes pièces, comme
celui de *Zaïre*, ou emprunter à Euripide, comme
celui d'*Iphigénie*; l'art classique, nous l'avons vu, est
païen dans son fonds. C'est que l'objet et l'idéal en

ont été fixés par les païens de la Renaissance; et c'est que les modèles en sont demeurés, pendant plus de deux siècles, uniquement païens. De telle sorte que ce n'était pas seulement ici Boileau qui se trouvait être en cause, mais c'était, pour ainsi dire, la Renaissance elle-même.

Encore la querelle des anciens et des modernes, purement littéraire avec Perrault jadis; déjà philosophique, nous l'avons vu tout à l'heure, avec Mme de Staël; religieuse maintenant avec Chateaubriand! Il s'agit de savoir si notre poésie continuera de s'inspirer d'Homère et de Virgile; de leur emprunter ses *machines*; de se nourrir de fictions auxquelles ni le poète ni son public ne peuvent croire; et, chrétiens dans le sang, il s'agit de savoir si notre art, toujours païen, continuera d'être une espèce d'insulte à tout ce que nous croyons. Voilà la question; vous connaissez la réponse. Il faut savoir gré à Chateaubriand de la modération qu'il y a mise : je veux dire qu'aimant et goûtant lui-même les anciens comme il faisait, il faut lui savoir gré de n'avoir pas voulu *substituer* l'idéal chrétien à l'idéal antique. Il s'est contenté de rétablir le premier dans ses titres à côté du second; et ainsi, d'autant qu'il enrichissait le domaine de la poésie, de reculer et d'élargir les frontières de la critique.

C'est également ce qu'il a fait, « en restaurant la cathédrale gothique », selon l'expression d'un poète; et en révélant à ses contemporains, après la poésie du christianisme, celle du moyen âge ou, pour mieux dire encore, celle du passé national.

On aura beau bâtir des temples bien élégants, bien éclairés, pour rassembler le *bon peuple* de saint Louis et lui faire adorer un Dieu *métaphysique*, il regrettera toujours ces *Notre-Dame* de Reims et de Paris, toutes ces basiliques moussues, toutes remplies des générations des décédés et des âmes de ses pères....

On ne pouvait entrer dans une église gothique sans éprouver une sorte de frissonnement, et un sentiment vague de la divinité. On se trouvait tout d'un coup reporté à ces temps où des cénobites, après avoir médité dans les bois de leurs monastères, se venaient prosterner à l'autel, et chanter les louanges du Seigneur dans le calme et le silence de la nuit. L'ancienne France semblait revivre, on croyait voir ces costumes singuliers, ce peuple si différent de ce qu'il est aujourd'hui ; on se rappelait, et les révolutions de ce peuple, et ses travaux, et ses arts....

Grâce à lui, ce moyen âge qui n'avait jusqu'alors été, non seulement pour les « philosophes » du xviii° siècle, mais aussi pour les écrivains du xvii° et du xvi°, qu'une région confuse et qu'un temps indistinct d'erreur et d'ignorance, redevenait une partie de l'histoire nationale, et vous savez, pour le dire en passant, si le romantisme en allait abuser.

Et c'est encore Chateaubriand, sur les traces de Bernardin de Saint-Pierre et de Rousseau, dont le style prestigieux a fait de la description de la nature extérieure, mouvante et colorée, l'âme d'une poésie nouvelle. Après la distinction des époques et l'art de la traduire, c'est lui qui nous a enseigné la différence des lieux, en même temps qu'il nous apprenait les moyens de la rendre. Que peut-être un excès de couleur et d'*exotisme* s'y mêle ; qu'il y ait trop de « micocouliers » dans son œuvre, et aussi trop de « rose », trop de « bleu », trop de « vert » ; que, comme tous

les virtuoses, il se soit complu à faire étalage et
parade de son talent, ce n'est pas aujourd'hui le
point. Mais ce que je constate, c'est que par là encore,
il n'enrichissait pas seulement l'art et la poésie, mais
il obligeait la critique à les suivre, à compter dans
les œuvres avec des mérites pour lesquels elle n'avait
encore ni poids, comme on dit, ni mesure, ni vocabulaire. Ou si vous l'aimez mieux, en lui faisant connaître ainsi des beautés dont assurément ni les Suard
ni les Dussault n'avaient le moindre soupçon, il allait
obliger leurs successeurs à faire la théorie de ces
beautés mêmes, et à reviser, pour les abandonner,
ceux de leurs principes qui en étaient la trop évidente
négation. Vous connaissez le mot de ce démocrate :
« Il faut bien que je les suive, disait-il en parlant des
siens, puisque je suis leur chef ». C'est dans cette
situation que Mme de Staël et Chateaubriand ont mis
la critique de leur temps, et, pour qu'elle les suivît,
ils en ont pris la tête.

Chateaubriand d'ailleurs a lui-même heureusement
résumé son intention, dans une maxime devenue
célèbre, quand il a dit « qu'à la critique stérile des
défauts il était venu substituer la critique féconde des
beautés ». Rien de plus juste ou rien de plus faux
que ce principe, selon qu'on veut l'entendre. Car la
« critique des défauts » a au moins cet avantage
qu'elle nous met à même de les éviter ; mais la « critique des beautés » a cet inconvénient qu'elle nous
invite à les imiter, ce qui n'en produit d'habitude
qu'une assez méchante parodie. Plût aux Dieux que
Chapelain eût été moins habile à la « critique des
beautés » de Virgile ou du Tasse! il n'eût pas com-

posé sa *Pucelle,* qu'il n'a faite que pour les imiter!
Mais quand, en revanche, Boileau, dans l'*Andromaque* de son ami Racine, critiquait les « défauts » du
caractère de Pyrrhus — qu'il trouvait trop semblable
encore à un héros de Mlle de Scudéri, — cela servait
à Racine pour mieux peindre, sous des traits plus
naturels et plus vrais, l'Achille de son *Iphigénie.* En
d'autres termes encore, s'il y a des beautés dont le
propre est d'être inimitables, la critique n'en est pas
« féconde » ; elle en peut même devenir aisément dangereuse. C'est ce que prouverait au besoin l'exemple
du classicisme lui-même, qui ne s'est, après tout,
immobilisé dans ses règles que pour avoir trop admiré,
d'une admiration trop exclusive et trop superstitieuse, les chefs-d'œuvre dont nous avons vu qu'il les
avait tirées. Mais s'il y a des défauts, et il y en a, qui
ne sont pas nécessairement le revers ou la rançon de
certaines qualités, on peut donc s'en défendre, et la
critique n'en est pas « stérile ». Il n'en a pas mal
pris à l'auteur du *Génie du christianisme* d'avoir quelquefois écouté les conseils de Fontanes, et si les romantiques en général eussent à leur tour écouté les
avis de Sainte-Beuve, j'ai quelque peine à croire qu'ils
ne s'en fussent pas bien trouvés.

Maintenant, si l'on veut dire que la critique unique
des défauts serait un témoignage à la fois d'étroitesse et d'insensibilité ; on a évidemment raison.
Elle implique encore une confiance dans l'autorité
des règles tout à fait étrangère à l'esprit de la véritable critique. Et enfin, et surtout, comme elle suppose, ou comme elle en arrive toujours immanqua-
blement à poser qu'on ne saurait jamais négliger ou

violer les règles qu'au détriment de l'art, étant un
obstacle au progrès ou à l'évolution des formes de
l'art, elle en est un elle-même à son propre mouvement. C'est là ce que Chateaubriand veut dire. Son
expression n'a pas tout à fait trahi sa pensée ; mais,
poète autant que critique, il n'a pas pu, dans sa formule, s'empêcher de réserver les droits de son
amour-propre. Même à Laharpe en effet, il n'eût pas
pu décemment reprocher d'avoir borné sa critique à
celle des « défauts » ; car qui a rendu aux « beautés »
des tragédies de Voltaire une justice plus partiale,
et jusqu'à leur sacrifier quelquefois les « beautés »
même de la tragédie de Racine?

Il nous reste à dire quelques mots du livre de
l'*Allemagne*, rendu célèbre, avant qu'il eût paru, par
les tracasseries de la police impériale, et demeuré
peut-être le chef-d'œuvre de Mme de Staël.

Qu'il ait vieilli, aussi lui, comme le *Génie du christianisme*, je n'en disconviens pas. Je me demandais
seulement, en le relisant, s'il est beaucoup plus vieux,
s'il a pris plus de rides que l'*Allemagne* que Henri
Heine, vingt-cinq ou trente ans plus tard, écrivait
pour le réfuter ou pour le « redresser » ; et se poser
la question, c'est avoir fait la réponse. Comme vous
pouvez étudier l'Allemagne d'aujourd'hui dans les
écrits de Schopenhauer, dans les discours de M. de
Bismarck et dans les partitions de Wagner, étudiez
donc celle de 1840 dans le livre de Henri Heine, mais
étudiez celle de 1810 dans le livre de Mme de Staël ;
et si ces trois Allemagnes ne sont pas aussi différentes qu'on l'a dit l'une de l'autre, vous conviendrez
qu'indépendamment de l'effet qu'elle a produit dans le

temps de son apparition, l'*Allemagne* de Mme de
Staël peut avoir encore aujourd'hui son intérêt et
son *actualité.*

On peut dire, je crois, sans exagération, que si l'on
retrouve le livre de *la Littérature* dans *l'Allemagne* de
Mme de Staël, cependant, au point de vue de l'histoire ou de l'évolution de la critique, *l'Allemagne* est
d'un pas ou deux en avant sur le *Génie du christianisme.*

Il est impossible — disait Mme de Staël, dès le début du
livre — que les écrivains allemands, ces hommes les plus
méditatifs de l'Europe, ne méritent pas qu'on accorde un
moment d'attention à leur littérature et à leur philosophie. On oppose à l'une qu'elle n'est pas de bon goût, et à
l'autre qu'elle est pleine de folies. *Il se pourrait qu'une littérature ne fût pas conforme à notre législation et qu'elle
contînt des idées nouvelles dont nous puissions nous enrichir....* La stérilité dont notre littérature est menacée
ferait croire que l'esprit français lui-même a besoin maintenant d'être renouvelé par une sève plus vigoureuse, et
comme l'élégance de la société nous préservera toujours de
certaines fautes, il nous importe surtout de retrouver la
source des grandes beautés.

Outre que c'était indiquer, comme vous le voyez,
à l'esprit français, une « source » à laquelle Chateaubriand ne l'avait pas adressé, c'était ouvertement
déclarer à la superstition du « bon goût » la guerre
que Chateaubriand lui avait faite sans le dire. Plus
encore, peut-être ! Chateaubriand avait dit : « Ce
sont deux beaux poèmes que la *Jérusalem* et le *Paradis
perdu* »; et, pour le prouver, il avait montré qu'il
s'y rencontrait des « beautés » analogues à celles que

l'on admire dans l'*Énéide* ou dans l'*Iliade*, c'est-à-
dire, après tout, des beautés conformes à l'éternel bon
goût. Mais Mme de Staël insinue qu'il pourrait y avoir
dans une littérature étrangère des « beautés » que
nous fussions incapables d'abord de sentir ; qui n'en
seraient pas moins des « beautés » ; et qu'il nous faut
donc nous apprendre à comprendre. Vous voyez la
différence, et vous voyez le progrès. Dans *le Génie du
christianisme*, c'est encore le bon goût, le grand goût,
le goût formé à l'aide des anciens — et des plus
anciens, si l'on peut ainsi dire, parmi les modernes,
— qui demeure juge de l'art. Dans *l'Allemagne* de
Mme de Staël, ce grand goût n'est plus que le goût
français, ou le goût latin, qu'elle oppose au goût teu-
tonique. Et c'est ici que, reprenant, corrigeant, et for-
tifiant la distinction qu'elle avait déjà fait ressortir,
dans *la Littérature*, entre les littératures du Nord et
celles du Midi, elle s'exprime de la manière suivante :

> Le nom de *romantique* a été nouvellement introduit en
> Allemagne pour désigner la poésie dont les chants des trou-
> badours ont été l'origine, celle qui est née de la chevalerie
> et du christianisme. Si l'on n'admet pas que le paganisme
> et le christianisme, le Nord et le Midi, la chevalerie et les
> institutions grecques et romaines se sont partagé l'empire
> de la littérature, l'on ne parviendra jamais à juger sous un
> point de vue philosophique le goût antique et le goût
> moderne.

Admirez en passant comment, avec quelle ingé-
nieuse et rapide industrie, fondant ensemble ses idées
et celles de Chateaubriand, elle leur donne tout de
suite une portée très supérieure à celle qu'elles avaient
dans le livre de son illustre rival. Elle continue :

On prend quelquefois le mot *classique* comme synonyme de perfection. Je m'en sers ici dans une autre acception, en considérant la poésie classique comme celle des anciens, et la poésie romantique comme celle qui tient en quelque manière aux traditions chevaleresques. Cette division se rapporte également aux deux époques du monde, celle qui a précédé l'établissement du christianisme et celle qui l'a suivi.

J'ai peut-être trop mal parlé tout à l'heure du style de Mme de Staël ; ou plutôt, non, je crois que je vous en ai parlé comme il fallait, et ce n'est pas ici la grande manière de l'autre. Mais comme il est spirituel pourtant! comme il est surtout agile! et quel plaisir de voir ainsi les idées naître l'une de l'autre sous la plume de cette femme qui pense en écrivant comme elle devait faire en causant :

La nation française, la plus cultivée des nations latines, penche vers la poésie classique, imitée des Grecs et des Romains. La nation anglaise, la plus illustre des nations germaniques, aime la poésie romantique et se glorifie des chefs-d'œuvre qu'elle possède en ce genre. Je n'examinerai point ici lequel de ces deux genres de poésie mérite la préférence : il suffit de montrer que la diversité des goûts à cet égard dérive non seulement de causes accidentelles, *mais aussi des sources primitives de l'imagination et de la pensée.*

Voilà le grand mot prononcé : la critique change d'objet. Il ne va plus s'agir désormais de considérer les œuvres en elles-mêmes, pour elles-mêmes, mais par rapport aux états de civilisation dont elles sont le produit naturel. Et si j'ajoute en terminant que Mme de Staël avait une autre supériorité sur Chateaubriand, qui était de ne pouvoir être soupçonnée

comme lui d'un excès de complaisance pour des doctrines dont les générations formées à l'école de Voltaire avec Rousseau se défiaient toujours, vous ne vous
étonnerez pas que j'aie cru devoir lui faire une si
large place dans l'histoire de la critique. Oui, c'est
bien elle qui a fait enfin triompher les modernes, et
il était assez naturel que cela fût ainsi. En dépit de
Mme Dacier, les femmes sont toujours du côté des
modernes; et parmi vingt raisons qu'on en pourrait
donner, celle-ci en est une : que les femmes n'ont
que peu de place dans les littératures de l'antiquité.

L'évolution était accomplie; et c'est pourquoi je
ne vous parlerai pas de la critique du *Globe*. La critique du *Globe* n'a guère fait que développer les idées
de Mme de Staël; — et encore est-ce beaucoup dire!
« Qu'on se rappelle *le Globe* — écrivait Sainte-Beuve
en 1850, c'est-à-dire quand il en était beaucoup plus
près lui-même que nous ne le sommes déjà des *Causeries du Lundi*, — ce journal si sérieux, si distingué,
qui croyait ressembler si peu à un autre et qui a eu
de l'influence sur la jeunesse lettrée, dans les dernières années de la Restauration. Reprenez-le aujour-
d'hui : les articles semblent tout petits, tout incom-
plets; ils nous font l'effet d'habits devenus trop courts
pour notre taille. Je ne sais si nous avons grandi,
nous avons grossi du moins. » Et pour penser comme
lui, vous n'aurez en effet qu'à parcourir, puisqu'on
les a rassemblés dans ses *Premiers Lundis*, les articles qu'en ce temps-là, vers 1827, il donnait lui-même
au *Globe*. Les rédacteurs du *Globe* n'ont pas joué de
rôle original dans l'histoire de la critique moderne :

il nous suffira donc de les avoir salués, et nous pouvons passer.

Je ne vous parle pas non plus de la fameuse *Préface de Cromwell*, et c'est un peu pour la même raison. Mais il y en a une autre, il y en a même deux,
et les voici.

La première, c'est que, sur aucune question, générale ou particulière, ni sur la question de la liberté
dans l'art et du « faux bon goût », ni sur la question
de l'emploi de l'histoire dans le drame, à l'imitation
de Gœthe et de Shakespeare — et de Voltaire aussi,
ne l'oublions pas, — ni sur la question enfin du mélange des genres ou des trois unités, la *Préface de
Cromwell* ne contient rien, absolument rien, qui
ne soit ailleurs, et notamment dans *l'Allemagne* de
Mme de Staël. Lisez, pour bien vous en assurer, les
chapitres xiv et xv de la seconde partie : sur *le
Goût* et sur *l'Art dramatique*. De même que *Henri III
et sa cour* a précédé de six mois *Hernani* sur la
scène du Théâtre-Français, de même *l'Allemagne*
a précédé la *Préface de Cromwell*; mais, elle l'a
précédée de seize ou dix-sept ans, et c'est sans doute
pour cela qu'on l'oublie. Aussi, de mieux informés
l'ont-ils pu dire avec raison : « Ce qu'il y a de
propre à Hugo dans cette célèbre *Préface* est faux; et
ce qu'elle contient de vérité, tout le monde l'avait dit
avant lui ».

Mais je vais plus loin, et j'ajoute qu'Hugo — l'esprit
le moins critique assurément qu'il y ait eu — n'a pas
toujours compris Mme de Staël, et je n'en veux
pour preuve que ce qu'il disait en 1824, dans la seconde préface de ses *Odes et Ballades*.

L'auteur de ces *Odes...* ignore profondément ce que c'est que le genre *classique* et le genre *romantique.* Selon une femme de génie qui, la première, a prononcé le mot de *littérature romantique* en France, *cette division se rapporte aux deux grandes ères du monde, celle qui a précédé l'établissement du christianisme et celle qui l'a suivi.* D'après le sens littéral de cette explication, il semble que le *Paradis perdu* serait un poème *classique,* et la *Henriade* une œuvre *romantique.* Il ne paraît pas démontré que les deux mots importés par Mme de Staël soient aujourd'hui compris de cette façon.

Oh! le pitoyable raisonnement! Hugo est-il sincère? ou bien, puisque j'ai tout à l'heure eu soin de mettre sous vos yeux le passage de Mme de Staël, se moque-t-il ici du monde? Mais, je crois plutôt qu'il ne comprend pas, et ce qui suit vous le fera croire aussi :

En littérature comme en toute chose, il n'y a que le bon et le mauvais, le beau et le difforme, le vrai et le faux. Or, sans établir ici de comparaisons qui exigeraient des développements et des restrictions, le *beau* dans Shakespeare est tout aussi *classique* (si *classique* signifie digne d'être étudié) que le *beau* dans Racine, et le *faux* dans Voltaire est tout aussi *romantique* (si *romantique* veut dire mauvais) que le *faux* dans Calderon.

Pour le coup, c'était faire rétrograder la question par delà Mme de Staël; et la distinction lumineuse et profonde qu'elle avait essayé d'établir entre deux sortes d'esprits, dont elle s'était efforcée de trouver l'origine et l'explication dans la différence des milieux ou dans la diversité des races, Hugo la niait au nom d'un idéal aussi universel, et conséquemment aussi arbitraire en son genre, que celui du classicisme

lui-même. Il y a dans Calderon des beautés qui n'en
sont point d'abord pour des lecteurs français, formés
à l'école de Corneille, de Racine, de Voltaire; qui
sont cependant des beautés certaines, des beautés
réelles, comme étant expressives de ce que le génie
espagnol a de plus particulier ou de plus adéquat à
lui-même; qu'il nous faut donc en conséquence nous
efforcer de sentir, par une étude plus approfondie de
ce qui n'est pas nous; — voilà ce que Mme de Staël
avait voulu dire, voilà ce qu'elle avait dit. Et Hugo lui
répondait par cet argument de collège, que le beau
est toujours et partout le beau, toujours et partout
identique à lui-même, ce que dément pourtant assez
l'expérience de l'histoire; — et ce qui est d'un autre
côté la négation de toute critique.

Qu'est-ce en effet que cela veut dire, si nous allons
au fond de sa pensée? Cela veut dire : « Le *beau* c'est
ce que nous trouvons *beau*; et ce que nous trouvons
beau, personne au monde ne nous démontrera qu'il
puisse ne pas l'être ». Mme de Staël et Chateaubriand
l'entendaient autrement. Tout en acceptant l'héritage
de Rousseau, c'est-à-dire tout en admettant qu'il n'y
eût rien d'*absolu* en critique, ils n'avaient pas cru
que tout y fût *relatif*; ou du moins, ils avaient inter-
prété ce mot de *relatif*; et, lui donnant toute l'étendue
de son sens, ils avaient essayé de déterminer quelques-
unes des *relations* d'où le jugement doit dépendre.
La *beauté* des œuvres est *relative*, pour Mme de Staël,
du temps, des circonstances, de la race, de la religion, des lois, des mœurs, de la structure de la
société : elle ne l'est plus pour Hugo que du caprice
ou de la fantaisie du juge. Ce qui revient à dire

qu'entre les années 1820 et 1830, le mouvement romantique, très loin d'aider l'évolution de la critique, l'aurait troublée plutôt. Et je ne m'en étonne point si —
comme j'ai plusieurs fois essayé de le montrer — le
romantisme en France, c'est le *lyrisme*, c'est le triomphe
en tout, puisque aussi bien je rime en *isme*, du *dilettantisme*, de l'*individualisme* et du *subjectivisme*.

De là, l'opposition que la critique allait lui faire.
Ou plutôt, et en dehors de lui, parallèlement à lui, si
vous l'aimez mieux, la critique, poursuivant sa carrière, allait essayer de réduire la part de cette *relativité* qu'elle reconnaissait dans les choses; et, puisqu'il faut qu'elle conclue, sous peine de perdre son
nom et son sens, elle allait essayer de trouver, ailleurs que dans la notion des règles et du beau idéal,
son point fixe et régulateur, — ou, comme on dit
encore, le *criterium* de ses jugements.

30 novembre 1889.

SEPTIÈME LEÇON

LA CRITIQUE DE VILLEMAIN

1820-1835.

Quelques mots sur le dilettantisme et sur l'individualisme en critique. — Cousin, Guizot et Villemain. — Du rôle des idées générales en critique. — L'*Introduction à l'histoire de la philosophie* et l'*Histoire de la civilisation en France*. — Le cours de Villemain sur le xviiie siècle. — L'histoire du xviiie siècle, trop favorable à la thèse de Villemain, en prouvant trop, ne prouve pas assez. — Autres défauts du livre de Villemain. — Ses qualités. — La littérature considérée comme expression de la société. — La critique biographique. — La littérature comparée. — Si le plan de Villemain est conforme à l'enchaînement réel de l'histoire du xviiie siècle? — Saint-Marc Girardin et Désiré Nisard. — La part propre de Villemain dans l'histoire de la critique.

Messieurs,

En essayant l'autre jour de la définir, nous avons largement loué la façon libérale, intelligente, et généreuse dont Mme de Staël et Châteaubriand avaient entendu et pratiqué eux-mêmes la critique. Mais, nous l'avons dit aussi, de ce libéralisme et de cette générosité mal entendus, il ne laissait pas de résulter quelques inconvénients ou quelques dangers, qui n'allaient à rien de moins, si l'on n'y prenait garde,

qu'à déposséder la critique de son objet et de sa fonction. Il fallait craindre en effet que le plaisir de tout
comprendre ne dégénérât en cette espèce d'épicu-
risme intellectuel qu'on appelle du nom de *dilettan-*
tisme — ce qui est un peu le cas de Mme de Staël; —
et il fallait craindre surtout que la critique systématique des beautés, se réduisant à l'aveu des préférences
personnelles du critique, n'entraînât peut-être la recherche des lois de l'art dans le même discrédit que
les règles. C'était le cas de Chateaubriand, c'était
celui de l'auteur de la *Préface de Cromwell*; — et
c'est ce qu'on peut appeler l'excès de l'*individualisme*
en critique.

Je n'examine point à cette occasion, si les uns, les
individualistes, ceux qui font de la critique personnelle, sont toujours très conséquents avec eux-mêmes;
et, par exemple, quand ils nous exposent leurs préférences, si ces préférences ne sont point assez souvent
des jugements qu'ils essayent de nous imposer. On a
toujours quelque raison de préférer une chose à une
autre, et cette raison, qui se tire quelquefois de notre
tempérament, se tire bien quelquefois aussi de la
nature de la chose....

Je ne recherche pas non plus, si les autres, les
dilettanti, sont tout à fait sincères quand ils croient
goûter également la beauté simple, claire et logique,
de l'architecture grecque, et la beauté paradoxale
de l'architecture gothique, celle dont on a pu dire,
qu'étant comme un défi porté aux lois de la pesan-
teur, elle sort des conditions humaines, et même naturelles. On peut également les comprendre; il faut
s'exercer à les comprendre, à nous donner le sens de

celle des deux que nous n'aimons pas. On ne peut
pas également les aimer, également les sentir, également
ment én jouir; et quiconque prétend le contraire, il
se trompe. Il est bien difficile encore d'aimer également Raphaël et Rembrandt; *Andromaque* et *Hamlet*;
les romans de Balzac et ceux de George Sand.... Je
dis seulement que, quand on le pourrait, comme aussi
quand en exprimant des préférences il serait possible
de ne pas s'efforcer de les faire partager aux autres,
l'objet de la critique n'en demeurerait pas moins toujours de *juger* et de *classer*.

Il faut que la critique *juge*, puisqu'elle n'a été précisément inventée que pour cela, pour trouver à nos
impressions des motifs plus généraux qu'elles-mêmes,
des justifications qui les dépassent, des causes enfin
qui leur soient antérieures, extérieures, supérieures.
Voilà pour les *dilettanti*. Et il faut que la critique
classe si nos impressions, comme nous le savons bien,
différentes en quantité, ne le sont pas moins en qualité. Voilà pour les *individualistes*. Il y a une hiérarchie des esprits, il y a une hiérarchie des choses, il y
en a une aussi de la valeur des impressions que les
choses font sur les esprits.

Aux environs de 1825, pour ignorer ou pour méconnaître ces vérités presque élémentaires, on était
trop voisin encore de la critique purement classique.
Ce que la critique de Mme de Staël et de Chateaubriand
avait de dangereux, comme trop aristocratique, on le
comprit donc, et qu'il était urgent, si je puis ainsi
dire, de la lester d'un peu de bon sens bourgeois.
On sentit que, pour qu'elle ne pérît point de l'excès
même de son libéralisme, il s'agissait de substituer

un nouveau principe de ses jugements à celui que ne constituaient plus pour elle, ni pour l'opinion, des règles désormais écoulées et détruites. On le chercha dans les voies que *le Génie du christianisme* et *l'Allemagne* avaient frayées. Et ce fut l'œuvre de Cousin, de Guizot, de Villemain, dans ces cours mémorables qui, si nous en voulions croire quelques juges trop dédaigneux, auraient égaré pour quarante ou cinquante ans notre enseignement supérieur dans les généralités oratoires les plus brillantes, mais aussi les plus vides, et les plus corruptrices de la science et de la saine érudition.

Je suis d'un avis précisément contraire; et, l'assertion vous en paraîtra peut-être audacieuse, mais je ne considère pas que l'incapacité de former des idées générales soit un titre suffisant pour nier leur intérêt et leur efficacité. Expliquons-nous, en passant, sur ce point, qui est capital. « Les monographies, a dit Goethe, n'ont d'intérêt que par le rapport qu'elles ont avec l'ensemble des choses »; ou, comme aimait encore à le répéter, non pas un poète, celui-là, ni un critique, mais un savant, il faut qu'un mémoire sur les *Arachnides* ou sur les *Gastéropodes* ait assez d'intérêt pour en avoir encore, même s'il n'existait pas d'araignées ni de colimaçons. Et, en vérité, je vous le demande, que nous importeraient les écrivains dont nous avons parlé, tous ceux dont nous parlerons encore, Mme de Staël ou Chateaubriand, s'ils n'avaient pas leur place dans l'histoire des idées, et s'ils ne l'y avaient pas pour avoir eux-mêmes représenté ou développé des idées? Faites-y bien attention : ce que nous voulons savoir d'eux, c'est deux choses, et deux choses seule-

ment. Quels ou qui furent-ils? quelle femme? ou quel
homme? et que leur devons-nous? Quels furent-ils,
c'est-à-dire, qu'y eut-il en eux de différent de leurs
contemporains, d'original, d'unique? quelle famille
d'esprits sont-ils peut-être à eux tous seuls? de quelle
combinaison nouvelle d'éléments toujours identiques
ont-ils enrichi notre idée de la nature humaine? Mais
que leur devons-nous? c'est-à-dire de quelles acquisitions durables ont-ils eux-mêmes enrichi l'art et la
pensée? quelles idées nouvelles ont-ils introduites
parmi nous? qu'on ne connaissait point avant eux,
dont on ne s'était point avisé, qu'ils ont découvertes,
s'ils n'en sont point les *inventeurs*? Et tout le reste
n'a pour objet que de préparer de plus loin à ces deux
questions une réponse à la fois plus précise, plus
ample et plus décisive.

Si nous nous assurons de l'exacte chronologie de
leurs œuvres, des circonstances de leur composition;
si nous cherchons dans leurs origines, dans l'histoire
de leur vie, jusque dans celle de leur hygiène, le
secret de leur vraie pensée, si nous ne nous lassons
pas d'interroger sur eux les *Mémoires*, les *Lettres*, les
souvenirs de leurs contemporains, c'est pour cela,
uniquement pour cela. Toute cette érudition que nous
rassemblons laborieusement n'est toujours qu'un
moyen, jamais une *fin* : il s'agit de savoir dans quelle
mesure et dans quel sens ils ont modifié ce que l'on
pensait avant eux sur les intérêts les plus généraux
de l'humanité. Et eux-mêmes n'ont de place et de
rang dans l'histoire de la littérature qu'à cette condition. Vous intéressez vous aux tragédies de Thomas
Corneille ou aux romans de Mme Cottin?

Quand au surplus je songe à ceux de nos contemporains qui ont le plus vivement attaqué ces « généralisations oratoires » de la Sorbonne d'autrefois, c'est alors que je ne puis m'empêcher de trouver qu'ils sont eux-mêmes la plus éloquente réponse qu'il y ait à leurs critiques. Et qui donc, depuis plus de trente ans, a jeté dans la circulation plus d'idées générales que l'auteur de l'*Histoire de la littérature anglaise*, de la *Philosophie de l'art*, des *Origines de la France contemporaine*? et se peut-il qu'il ignore que c'est là son titre de gloire? Mais l'auteur des *Origines du christianisme*, de l'*Histoire du peuple d'Israël*, des *Études d'histoire religieuse*, est-ce qu'il s'imagine qu'il doit la célébrité de son nom à tel mémoire, dont je doute que vous connaissiez l'existence, sur *la Dynastie des Lysanias d'Abylène* ou sur l'*Agriculture nabatéenne*? Je serais heureux de le détromper, en ce cas, et de lui dire que, si nous respectons en lui le sémitisant, c'est de loin; et que nous préférons le penseur, l'excitateur, le remueur d'idées.

Ne nous défions donc pas des idées générales : ce sont elles qui font avancer la pensée, si je puis ainsi dire, comme ce sont les grandes hypothèses qui font progresser la science. Je ne m'intéresse guère aux *récifs de corail*, et peu de choses en soi me seraient plus indifférentes que les *éponges calcaires*. Mais je sais que la *Monographie des éponges calcaires* est de Hæckel, et je me rappelle que Darwin, tout en observant les récifs de corail, méditait son *Origine des espèces*. Voilà ce qui m'importe, et voilà ce qui m'intéresse. Mais voilà pour quelle raison aussi je ne puis m'associer à ce dédain, qu'on affecte encore quelquefois aujourd'hui,

pour les idées générales, même prématurées, même
arbitraires, même fausses. L'étonnement qu'elles
provoquent, l'opposition qu'elles soulèvent, les contradictions qu'elles suggèrent, les recherches enfin
dont elles deviennent ainsi l'occasion ou le point de
départ, c'est ce qui entretient autour des grands pro-
blèmes cette agitation des esprits qui est, pour ainsi
dire, la première condition de la découverte et du progrès. Les exclure de la science, c'est en ôter le levain
même. Mais les exclure de l'enseignement, c'est le
nier dans sa raison d'être, qui est de transmettre à la
génération future, avec la science acquise, les moyens
les plus propres à la pousser plus avant.

Il se pourrait, depuis une cinquantaine d'années,
que l'on eût un peu perdu de vue ces considérations.
Vraies de la science et de l'histoire, je ne crains pas
de dire qu'elles le sont encore plus, si c'est possible,
de la critique et de l'histoire de la littérature. « La
froide érudition, pour emprunter à Rousseau ce qu'il
nous disait de la raison l'autre jour, n'y a rien fait
d'illustre », et presque rien d'intéressant. Elle n'y
fera jamais rien que de tailler des pierres ou de
dégrossir des matériaux. Et vous, si vous voulez y
faire quelque chose, n'ayez pas peur d'être Cousin,
d'être Guizot, d'être Villemain, si vous le pouvez;
mais si vous ne le pouvez pas, au moins ne com-
mettez jamais cette erreur de croire que c'est la
preuve de votre supériorité; et puisqu'ils le furent,
pardonnez-leur de l'avoir été.

Je reviens à mon sujet, ou plutôt j'en suis à peine
sorti, si l'une des erreurs graves de l'ancienne critique, faute d'idées assez générales, ç'avait été, tout

justement, d'isoler l'œuvre littéraire et de la séparer
non seulement des autres parties de la civilisation,
mais des circonstances environnantes, et même de-
ses propres antécédents. Laharpe, je vous l'ai dit,
et Voltaire avaient seuls essayé de réagir contre
cette tendance. Encore ne l'avaient-ils fait qu'avec
une timidité singulière, dont vous trouvez la preuve
dans la disposition même de ce *Siècle de Louis XIV*,
où Voltaire vous vous le rappelez, rejette à la fin de
son livre, pour le traiter à part, ce qu'il y veut dire
des *Beaux-Arts* et des *Sciences*. L'observation en est
d'autant plus significative que, si vous lisez attentivement les premiers chapitres du livre, vous verrez
que, ce qu'il voulait dire des *Sciences* et des *Beaux-
Arts*, c'est justement ce qui a guidé Voltaire dans le
choix de son sujet. Sous l'influence de Mme de Staël
et de Chateaubriand, si l'on n'admet pas encore que
l'œuvre d'art soit une simple *résultante*, on s'accou-
tume du moins à l'idée qu'elle est un *exemplaire* de
l'état général des esprits.

Cette idée, vous la trouverez exprimée dans ces
leçons de Victor Cousin où, sous le titre d'*Introduction à l'histoire de la philosophie,* mêlant d'ailleurs
aux vues de Mme de Staël celles de Herder et aussi de
Schelling, il a dit en France, presque le premier, bien
des choses que nous sommes habitués à considérer
de nos jours comme toutes contemporaines. « Oui,
messieurs, s'écriait-il, donnez-moi la carte d'un pays,
sa configuration, son climat, ses eaux, ses vents, et
toute sa géographie physique ; donnez-moi ses productions naturelles, sa flore, sa zoologie, et je me
charge de vous dire *a priori* quel sera l'homme de

ce pays, et quel rôle le pays jouera dans l'histoire,
non pas accidentellement, mais nécessairement ; non
pas à telle époque, mais dans toutes ; enfin l'idée
qu'il est appelé à représenter. » M. Taine lui-même,
nous le verrons bientôt, n'a pas poussé plus loin la
confiance dans l'autorité des lois ; et si l'histoire, selon
son expression, n'est qu'un problème de mécanique
physiologique, qu'est-elle de plus pour Cousin?

Ce que Cousin essayait de faire pour l'histoire de
la philosophie, de la lier à toutes les autres parties
de l'histoire, mais en ayant peut-être le tort de vouloir toutes les placer non seulement dans la dépendance, mais sous la subordination de la philosophie,
Guizot, à côté de lui, dans le même temps et dans la
même Sorbonne, le faisait pour l'histoire politique
et sociale dans ses leçons sur l'*Histoire de la civilisation en France*. Je veux remettre sous vos yeux ce
passage tout entier :

Jusqu'à nos jours les études historiques, philosophiques aussi bien qu'érudites ont été spéciales, bornées ; on
a écrit des histoires politiques, législatives, religieuses,
littéraires ; de savantes recherches ont été faites, de brillantes considérations ont été présentées sur la destinée et
le développement des lois, des mœurs, des lettres, des
sciences, des arts, de toutes les œuvres de l'activité
humaine ; on ne les a point considérées ensemble, d'une
seule vue, dans leur union intime et féconde. Et quand même
on a tenté de saisir les résultats généraux, quand même
on a voulu se former une idée complète du développement
de l'humanité, c'est sur une base toute spéciale qu'on a
élevé l'édifice. Le *Discours sur l'histoire universelle* et l'*Esprit des lois* sont de glorieux essais d'histoire de la civilisation, mais qui ne voit que Bossuet l'a presque exclusivement cherchée dans l'histoire des croyances religieuses,

Montesquieu dans celle des institutions politiques? Ces
deux grands génies ont ainsi borné leur horizon. Que dire
des esprits d'un ordre inférieur? Évidemment, érudite ou
philosophique, l'histoire jusqu'ici n'a jamais été générale,
elle n'a jamais suivi simultanément l'homme dans toutes
les carrières où son activité s'est déployée.

Et, conformément à ces principes, vous savez quelle
place, dans ces leçons, occupe l'histoire littéraire;
vous savez surtout quel instrument d'investigation
pénétrant et sûr Guizot en a su faire.

Très inférieur à Guizot de toutes les manières —
qui sera quelque jour l'un des trois ou quatre grands
esprits du XIXᵉ siècle, qui le serait déjà, si, en se
mêlant de politique, il n'eût mis sa gloire au hasard
des contestations de partis, — c'est aussi, c'est enfin
ce que Villemain a voulu faire, et c'est ce qu'il nous
faut voir maintenant. Il nous suffira pour cela de le
prendre dans son œuvre maîtresse, le *Tableau de la
littérature française au* XVIIIᵉ *siècle.*

On peut lui faire un premier reproche, et ce
reproche est assez grave. Pour établir, par un
exemple convaincant, l'influence réciproque des idées,
des mœurs et des lettres; de l'état social, de l'état
moral et de la littérature, les uns sur les autres;
l'exemple que Villemain a choisi dans la littérature
du XVIIIᵉ siècle est trop probant, si je puis ainsi dire,
pour être démonstratif.

Oui, l'exemple est si bon qu'il en devient douteux. Il est presque trop vrai que la littérature du
XVIIIᵉ siècle est l'expression des idées du XVIIIᵉ siècle;
seulement, n'est-ce pas pour cela qu'elle est souvent à
peine de la littérature? Quand il écrit son *Mahomet*, son

Alzire même — pour la préface ; — ou son *Olympie* —
pour les notes, — est-ce que Voltaire fait de la littérature, est-ce qu'il fait de l'art? est-ce qu'on ne peut
pas dire qu'il dégrade les exemples que lui ont légués
l'auteur d'*Andromaque* et celui du *Cid*, en faisant
servir la forme et le prestige de leurs chefs-d'œuvre à
la propagation de ses idées de tolérance et d'indiffé-
rentisme philosophique? Et les encyclopédistes, Diderot ou d'Alembert, est-ce qu'ils se soucient d'art,
quand ils dressent leur machine de guerre contre
l'ancien régime? est-ce que, pourvu qu'on les com-
prenne, ils ne croient pas assez bien écrire? ou encore,
et pour *vulgariser* les idées qu'ils croient justes,
est-ce qu'un art trop subtil, trop savant, trop serré
n'y serait pas un empêchement à leurs yeux? De
même Rousseau, quand il écrit son *Émile* ou sa
Nouvelle Héloïse, qui sont des actes, avant d'être des
œuvres; qui sont des romans, mais aussi des pamphlets; qui n'ont rien de commun avec la manière
désintéressée de l'auteur de *Manon Lescaut*, ou de
Gil Blas, ou de *la Princesse de Clèves*. Mais, dans ces
conditions, est-il étonnant que la littérature se présente à nous comme l'expression de la société? et
puisque cette société travaille à changer de structure
et de forme, quoi de plus naturel que de retrouver
dans l'histoire de sa littérature l'image de ses idées
religieuses, politiques, sociales?

Qui veut trop prouver ne prouve rien, dit avec
raison le proverbe. Villemain s'est donné la partie
trop belle, et, comme nous le verrons prochainement, s'il voulait montrer cette liaison des œuvres
avec les autres parties de la civilisation d'un temps,

le siècle qu'il eût dû choisir, c'est celui de La Fontaine et de Racine, de Molière et Corneille, de Quinault et de Boileau. Il est vrai qu'il eût alors été plus
embarrassé peut-être, et qu'entre les *Contes* de La
Fontaine et les *Pensées* de Pascal — les *Contes* sont
de 1669, les *Pensées* de 1670, — il eût eu de la peine
à décider lesquels sont l'expression de la société du
temps et de l'idée du siècle.

Quant aux autres défauts qu'on peut également
reprocher à Villemain, je me borne à les indiquer
d'un mot, comme n'intéressant pas le fond même du
sujet. Si donc son érudition n'est pas toujours assez
précise, assez détaillée pour notre goût contemporain,
si ses jugements nous paraissent assez souvent em-
preints d'exagération et de partialité, c'est qu'il est
trop voisin du siècle et des hommes dont il parle. Il
en a pu lui-même connaître encore quelques-uns ; et,
sur la plupart des autres, il a les souvenirs de ceux
qui les ont connus. Mauvaise condition, quoi que l'on
en dise, pour juger équitablement les œuvres et les
hommes : il y faut plus de recul et de perspective.
Élève de Fontanes et de Luce de Lancival, on peut
regretter encore qu'il y ait trop de rhétorique dans
son éloquence, une volonté trop étudiée de plaire,
trop de fleurs aujourd'hui fanées, qui n'étaient déjà
pas fraîches en 1828. Enfin, ce qu'il y a de plus fâcheux et de plus irritant que tout le reste, c'est l'abus
de l'allusion politique, où se trahissent les intentions
et les ambitions du jeune professeur qui se croit appelé à quelque destinée plus haute que d'interpréter
en Sorbonne les textes des autres. Villemain, aussi
lui, s'est cru un homme politique, une façon de Burke

ou de Pitt; et c'est l'explication — mais ce n'est
pas l'excuse — de la place que tiennent dans son
Tableau de la littérature française au xviii⁰ *siècle,* les
exploits oratoires d'un lord Chatham ou d'un She-
ridan.

Mais, heureusement que, comme je vous le disais,
rien de tout cela n'affecte le fond du sujet : on l'en
pourrait enlever presque sans qu'il y parût ; et quand
le livre aurait plus de défauts encore, il n'en demeurerait pas moins toujours agréable à lire, et toujours
un livre considérable ou marquant dans l'histoire de
la critique.

Il l'est tout d'abord pour la curiosité spirituelle
et intelligente, pour la sûreté, pour la finesse avec
laquelle y sont démêlées les influences du dehors sur
la littérature nationale, l'influence anglaise en particulier, celle d'Addison, celle de Pope, celle de Swift,
à qui Villemain consacre des chapitres entiers. Je
sais bien qu'il n'y parle pas tant des *Voyages de Gul-*
liver ou du *Conte du Tonneau* que des pamphlets politiques de Swift ; et, pour connaître Swift lui-même,
pour apprendre à en goûter le pessimisme cynique et
la misanthropie hautaine, c'est à d'autres qu'à Villemain qu'il faut aujourd'hui s'adresser. Que voulez-
vous! En ce temps-là, dans les années de la Restauration, comme le maître d'école a passé depuis lors
pour le vainqueur de Sadowa, c'était le gouvernement
parlementaire qui passait pour avoir vaincu à Waterloo! On lui faisait beaucoup d'honneur. Mais enfin
la direction était donnée. La littérature, dans les
leçons de Villemain, était conçue, si je puis ainsi dire,
elle était présentée comme européenne. Son histoire

y était surtout celle des courants et des contre-
courants qui l'avaient partagée. C'est pour cela que
l'influence de la littérature nationale sur les littératures étrangères n'y tenait pas moins de place. On la
suivait elle-même au delà de ses frontières; et les Italiens, Beccaria, par exemple, ou Filangieri, n'étaient
pas plus oubliés qu'Addison ou que Hume. De telle
sorte que, si l'Allemagne n'était pas trop négligem-
ment touchée dans ces quatre volumes, autant que le
Tableau de la littérature française, ils formeraient un
Tableau de la littérature européenne au xviii° *siècle.*
Vous n'aurez d'ailleurs, pour combler cette lacune,
qu'à joindre au livre de Villemain celui d'Hermann
Hettner sur le même sujet.

Autre innovation, presque plus considérable : pour
la première fois l'histoire, générale et particulière, et
la biographie des hommes se mêlaient, pour l'éclairer,
pour l'animer, pour la vivifier, à l'analyse et à l'explication des œuvres. C'était, avons-nous dit, ce qui faisait encore défaut au *Cours de littérature* de Laharpe;
et, de la suite entière de l'histoire littéraire, s'il avait
eu le premier l'idée d'en faire un seul corps, c'était,
pour ainsi parler, un corps mort, dans les veines
duquel il n'avait pas découvert le moyen de faire
circuler l'intérêt. Grâce à l'anecdote et au renseigne-
ment biographique, c'est ce moyen que Villemain a
trouvé. Sans doute, il est fort éloigné d'en avoir tiré
tout le parti que nous verrons Sainte-Beuve en tirer
après lui. L'œuvre et l'homme, dans ses leçons, ne sont
pas encore assez mêlés l'un à l'autre, et le choix des
particularités n'y semble pas tant procéder du besoin
de connaître que du désir de plaire. Il s'amuse de la

biographie plutôt qu'il ne s'en sert, et il nous en amuse plutôt qu'il ne la fait servir à l'intelligence des œuvres. Mais il faut pourtant être juste, et la méthode qu'un autre allait pousser plus avant, c'est bien lui qui ne s'est plus contenté de l'indiquer, comme avaient fait Mme de Staël et Chateaubriand, mais il l'a lui-même vraiment appliquée et réalisée. « On crayonne avant que de peindre, et on dessine avant que de bâtir. »

Enfin il convient de signaler la disposition, l'enchaînement logique et la liaison des parties. En ceci encore Villemain continue, mais il complète surtout, il achève et dépasse Laharpe. « On m'a quelquefois reproché, disait-il à ce propos, de faire une histoire plutôt qu'un cours, de raconter au lieu d'instruire. Je n'espère pas me corriger tout à fait de ce défaut. » C'est qu'il sentait bien lui-même — et nous, aujourd'hui, nous le voyons encore mieux — que là, dans cet emploi qu'il faisait de l'histoire, n'était pas la moindre raison du succès de son enseignement, ni surtout la moindre nouveauté de sa méthode. Entre ses mains habiles et agiles, de purement littéraire, la critique devenait véritablement historique. Elle vivait; elle marchait. Les œuvres n'y étaient plus classées ou cataloguées seulement, comme des fleurs dans un herbier, comme des tableaux dans un musée, comme des cercueils dans un hypogée. Mais on les voyait agir les unes sur les autres, se continuer, s'opposer ou se contrarier, s'unir enfin sans se confondre, et s'ajouter ou s'associer dans la continuité d'un même mouvement, qui ne se détachait pas lui-même du mouvement des idées et des mœurs, ou pour mieux

dire encore, de l'histoire générale du siècle. Ce n'est
pas seulement l'histoire de la littérature du xviii° que
l'on apprend dans Villemain, c'est aussi, c'est surtout à en connaître l'esprit.

Ce n'est pas, à la vérité, puisque je touche en passant ce point, que je conçoive comme lui la suite
et l'enchaînement d'une histoire de la littérature
française au xviii° siècle. « Que reste-t-il des orateurs anglais? » lui demandait un jour quelqu'un,
et il répondait : « Il reste l'Amérique ». Mais l'Amérique n'est pas de la littérature ; et quand elle en
serait, je trouverais encore que l'Angleterre tient
vraiment trop de place dans le livre de Villemain.
S'il avait mieux connu le xvii° siècle, s'il avait lu
plus attentivement La Bruyère — Bayle surtout dans
son *Dictionnaire,* — et même Fontenelle, il aurait vu
que, pour expliquer les caractères de la littérature
nouvelle sous la Régence et dans les premières années
du règne de Louis XV, nous n'avions pas tant besoin
d'Addison, de Swift, ni de Bolingbroke. Ou bien encore, moins engagé lui-même dans les idées du
xviii° siècle, plus éloigné de ses premiers maîtres, il
eût vu que cette entreprise de l'*Encyclopédie,* dont à
peine a-t-il dit quelques mots, est la grande affaire
du temps, le but où tendait tout ce qui l'a précédée,
l'origine de tout ce qui l'a suivie, et conséquemment,
le vrai centre d'une histoire des idées au xviii° siècle.
Et je crois enfin que, trop soucieux de retrouver, pour
ainsi parler, dans le présent tout le passé, il n'a pas
assez clairement vu, du moins il n'a pas assez dit
qu'une littérature nouvelle commence avec Rousseau,
dont la nouveauté même accuse de décrépitude et

d'irrémédiable décadence tout ce qui n'en procède
pas autour d'elle. Mais quoi qu'il en soit de cette ob-
jection et de quelques autres, le signal n'en était pas
moins donné, l'œuvre même dressée debout en quelque sorte; — et c'est pour cela qu'il convenait d'y
insister.

Faut-il maintenant ajouter deux autres noms au
sien, et vous parlerai-je aujourd'hui de Saint-Marc-
Girardin et de Désiré Nisard? Il le faudrait assurément dans une « histoire de la critique », et nous
n'y pourrions omettre ni le *Cours de Littérature
dramatique* du premier, ni surtout l'*Histoire de la
Littérature française* du second. Mais au point de
vue dont j'essaye de ne pas me départir dans cette
Introduction, je suis bien forcé de dire que je ne
vois pas où peut être l'originalité de Saint-Marc-
Girardin; ce que nous lui devons; ni ce qui nous man-
querait si ce moraliste ingénieux, quoique un peu
bourgeois, et souvent mordant, mais toujours apprêté
— toujours aussi trop content de lui-même, — n'avait
ni écrit ni parlé. Il a continué l'œuvre de Villemain,
sans y rien ajouter d'essentiel; et plus préoccupé
de morale que son maître, je craindrais, si j'avais
à le juger, qu'il ne l'eût plutôt rétrécie qu'élargie.
Dans une « histoire de la critique » Saint-Marc-
Girardin a sans doute sa place; il ne l'a pas, non plus
qu'autrefois Grimm ou Meister, si vous le voulez, dans
l' « évolution du genre ».

Nisard, lui, est un tout autre homme, un écrivain de
race; — et non pas seulement de verve, comme Saint-
Marc, lequel a beau s'évertuer et se travailler, son
style sent toujours la facilité de l'improvisation. Saint-

Marc effleure tout; il appuie quelquefois très fort; il
n'enfonce jamais dans rien. Je ne saurais d'ailleurs
trop louer quelques parties de l'*Histoire de la Littérature française*. Le plan, sans doute, en est défectueux.
Nisard commence, vous le savez, par poser la définition de l'esprit français, et, de toute notre « histoire
littéraire », il ne retient, pour en former l' « histoire
de la littérature », que les œuvres et les hommes qu'il
trouve effectivement conformes ou analogues à sa définition. Je ne m'étonne pas alors qu'il y retrouve l'esprit français, puisque, comme vous le voyez, la définition en est faite pour lui du caractère de ces œuvres
et de ces hommes mêmes. Admirablement développé
dans quelques-unes de ses parties, son syllogisme ne
laisse pas, dans son ensemble, d'avoir de l'air d'un
cercle vicieux, ou si vous l'aimez mieux, d'une péti-
tion de principe.

Je suis encore gêné ou désappointé, dans une *Histoire de la Littérature française*, de trouver si peu
d'histoire, j'entends si peu de dates, si peu de faits,
si peu de biographie. C'est qu'aussi bien, sous des
apparences dogmatiques, je ne sache pas de critique
plus « personnelle » que celle de Nisard, une critique
toute en jugements, sans considérants ni motifs, et
dont on peut bien imiter les allures, pour le dire en
passant, mais non pas la justesse, qui n'est que
l'expression ou le reflet de la justesse unique de
l'esprit de Nisard.

Avec tous ces défauts, et peut-être en partie à cause
d'eux, Nisard, dans l'histoire de la critique moderne,
représente donc quelque chose. Seulement, ce quelque chose, il se trouve que nous n'en avons pas

besoin. Ce quelque chose, en effet, c'est la stabilité
dans une tradition que Villemain lui-même avait déjà
dépassée, comme nous venons de le voir, et dans une
tradition que tout le talent de Nisard — qui fut grand
et quelquefois exquis — n'a pas eu le pouvoir de
relever de sa ruine. En somme, il a voulu ramener la
critique en arrière, et il n'y a pas réussi. Tandis
qu'autour de lui, c'était à qui s'efforcerait d'établir
une *relation* nouvelle entre les œuvres et les circonstances de leur apparition, il a fait profession de les
considérer uniquement en elles-mêmes, sans avoir
d'égard qu'à leurs antécédents. Et je ne dis pas qu'il
ait eu tort, j'essayerai même de vous dire dans quelle
mesure il a eu raison; mais le fait est qu'on ne l'a
pas suivi, qu'il n'a pas fait école, que sa critique enfin
est et demeure en dehors, ou en marge, comme vous
voudrez, de l'évolution de la critique contemporaine.
Est-il venu trop tard? est-il venu trop tôt? C'est une
question qu'on pourra traiter dans quelque cinquante
ou cent ans d'ici. Mais, en attendant, il n'est pas un
anneau nécessaire de la chaîne que nous essayons
de nouer, et si je vous ai parlé de lui, vous remarquerez, s'il vous plaît, que je ne l'ai fait que par pré-
térition.

L'introduction de l'histoire dans la critique, voilà
en effet l'œuvre propre de Villemain, aidé, je le répète
encore, de Guizot et de Cousin :

Et d'abord, Messieurs, disait-il au début d'une de ses
leçons, je ne conçois guère l'étude des lettres autrement
que par une suite d'épreuves, d'expériences sur toutes les
créations de sa pensée... Je ne crois pas que les formes du
génie puissent être prévues, calculées, enfermées dans un

certain nombre de règles et de préceptes.... De même que, suivant la haute remarque de Buffon, pour bien connaître la nature, il ne suffit pas d'apprendre les classifications des sciences, et qu'il faut la contempler en elle-même, dans son incalculable richesse et sa perpétuelle activité,... ainsi pour concevoir le génie de l'éloquence, il faut éprouver, au moins par l'imagination, la force de tous les sentiments humains, comparer les siècles divers et leurs inspirations successives, étudier tous les efforts et tous les hasards du talent....

Et c'est en effet le premier de tous les profits que la critique allait retirer des leçons et de l'exemple de Villemain. Il est désormais entendu que l'œuvre littéraire soutient d'étroites relations, qui peuvent aller jusqu'à l'entière dépendance, avec l'état social, avec l'état politique, avec les actions ou les influences du dehors, et de tout enfin ce qu'on va bientôt appeler les « grandes pressions environnantes ». Il faut seulement ajouter que, comme Villemain n'aime pas en général à conclure, on ne voit pas encore assez nettement dans son œuvre quelle est la nature de cette relation, si elle est stricte ou lâche, accidentelle ou nécessaire, si l'histoire et la biographie sont vraiment pour lui des explications des œuvres ; ou si peut-être elles ne sont que des ornements de rhétorique, un moyen de captiver l'attention de son auditoire, et une manière de parler ou d'écrire plutôt que de penser.

Il semble toutefois également entendu et prouvé désormais que l'œuvre littéraire est expressive ou significative de quelque chose de plus qu'elle-même et que son auteur. Par exemple, le *Barbier de Séville* ou *Paul et Virginie*, significatifs de Beaumarchais et de Bernardin de Saint-Pierre, le sont en même temps,

et en plus, d'une certaine espèce d'hommes ou de
toute une famille d'esprits. Ou, en d'autres termes,
avec la personne de Bernardin de Saint-Pierre et de
Beaumarchais, si nous savons nous y prendre, nous
devons pouvoir y retrouver la personne de tous ceux
qui les ont applaudis. Ce n'est pas tout encore, et
significative ou caractéristique de toute une famille
d'esprits, l'œuvre littéraire est, ou peut être expressive de toute une époque. Ainsi, toute une province
de la société du xviii⁰ siècle revit ou plutôt continue
de respirer encore dans la comédie de Marivaux, et
une autre, déjà plus corrompue, dans les romans de
Duclos et du jeune Crébillon. Et enfin, expressive de
toute une époque, l'œuvre peut être représentative
de tout un long moment de l'histoire de l'art ou de
celle des idées, comme par exemple l'*Essai sur les
Mœurs* ou comme l'*Histoire naturelle* de Buffon. Si
tout cela est sans doute un peu confus, un peu brouillé
chez Villemain, tout cela y est pourtant, et c'est
bien lui qui, complétant en ce point l'œuvre de ses
prédécesseurs, a éveillé l'attention sur cette nature
de questions.

Or, vous remarquerez que la critique ainsi retrouve
son aplomb ; avec son aplomb, son autorité naturelle ;
et avec son autorité, les moyens de remplir son office.
Il arrive encore fréquemment à Villemain de juger à
la façon d'un critique de l'ancienne école ; son éducation première est la plus forte ; et en plus d'une occasion nous sommes tentés de ne pas le trouver si différent de Laharpe. Mais prenons-y garde au moins
Car, il est évident d'autre part que les règles n'ont
plus d'importance pour lui, et qu'au fond de sa pensée

le droit de l'histoire s'est substitué à celui qu'aussi
bien les règles ne tenaient que d'une fausse interprétation des modèles. Il juge donc, mais sur d'autres
principes. Et si nous nous demandons quels sont ces
principes nouveaux, nous avons fait la réponse en
l'étudiant lui-même. On jugera désormais, et l'on
mesurera la valeur des œuvres à la quantité, à la
complexité, à la délicatesse des rapports qu'elles
expriment, ou si vous l'aimez mieux, à la richesse de
leur signification. De le faire bien voir, ç'allait être
la tâche et l'honneur de Sainte-Beuve.

3 décembre 1889.

HUITIÈME LEÇON

L'ŒUVRE DE SAINTE-BEUVE.

1830-1865.

L'étendue et la diversité de l'œuvre. — Quelques prédécesseurs de Sainte-Beuve. — Augustin Thierry et Michelet. — La notion de race et la géographie physiologique. — Le jugement de Sainte-Beuve sur lui-même : ce qu'il contient de faux et de vrai. — L'impartialité critique. — Développement de la critique biographique : les *Premiers Lundis*, les *Portraits littéraires* et les *Portraits contemporains*. — Anatomie, physiologie et psychologie. — *Port-Royal*. — L'histoire naturelle des esprits : les *Causeries du Lundi*. — Les *Nouveaux Lundis*. — Définition de la méthode. — Limites de la critique de Sainte-Beuve. — Quelques mots sur Edmond Scherer et sur M. Ernest Renan.

Messieurs,

On a dit plus d'une fois que le siècle où nous vivons serait par excellence le siècle de la critique et de l'histoire; et, sans doute, on pourrait dire avec tout autant de vérité qu'il est celui du roman, par exemple, ou de la poésie lyrique; mais, si l'on entend par là que la critique et l'histoire, depuis quatre-vingts ans, ont pris un rôle, une importance et une dignité qu'elles n'avaient jamais connus, on

peut le dire. Laharpe lui-même — et le premier
peut-être, — Mme de Staël, Chateaubriand y ont aidé,
comme vous l'avez vu; et après eux ,Cousin, Guizot,
Villemain, d'autres encore; mais l'homme dont on
doit dire qu'après l'avoir été de son vivant, il de-
meurera dans l'avenir l'expression la plus originale,
sinon la plus complète, de ce renouvellement de la
critique, c'est l'historien de *Port-Royal* et l'auteur
des *Causeries du Lundi*.

Vous connaissez l'étendue, les dimensions ou, pour
mieux dire encore, l'énormité de son œuvre, soixante
ou soixante-dix volumes — autant ou un peu plus
que n'en a laissé Voltaire, — et dans lesquels il n'y
a pas trace de ce « rabâchage » sénile que Grimm,
dans sa *Correspondance*, a pu reprocher avec raison
au « patriarche de Ferney ». Sainte-Beuve, mort à
soixante-cinq ans, n'a pas eu le temps de se répéter,
mais seulement celui de se contredire, et, en se con-
tredisant, de se renouveler. Vous savez également
la diversité de cette œuvre prodigieuse ; et, littérature, politique, philosophie, religion, histoire, art
ou science même, vous savez qu'il n'est pas de province de l'esprit que l'intelligente et un peu sceptique
curiosité de Sainte-Beuve n'ait au moins explorée.
J'ouvre au hasard un volume de ses *Nouveaux Lundis*,
et à côté d'un article sur *les Jeudis de Mme Charbon-
neau*, j'en trouve un sur les *Lettres de Racine*, sur le
Waterloo de M. Thiers, sur le *Charles-Quint* de Mi-
gnet, sur *les Évangiles*, sur les *Entretiens de Gœthe
et d'Eckermann*, sur le *Mystère du siège d'Orléans*....
Enfin, vous connaissez l'intérêt, le charme et la séduc-
tion de cette critique.... Peut-être tiennent-ils sur-

tout à ce que Sainte-Beuve a aimé passionnément
son art, et qu'au lieu de se faire de la littérature,
comme tant d'autres, comme Cousin ou comme Villemain, un moyen de fortune, un titre aux ministères,
il l'a, jusqu'à son dernier jour, cultivée pour elle-
même, comme le plus noble emploi de l'intelligence
et de l'activité....

Mais avant d'essayer de définir et de caractériser
cette critique par des traits plus précis — ce qui
sera aujourd'hui le principal objet de cette leçon, —
je voudrais dire quelques mots de deux hommes
qui n'ont pas fait profession de critiques, mais qui
n'en ont pas moins, à mon avis, exercé quelque influence — et sur la direction générale de la critique
contemporaine, et sur celle des idées de Sainte-
Beuve lui-même, — en complétant ou en resserrant
cette union intime de l'histoire et de la critique dont
nous avons vu les commencements en parlant l'autre
jour de Villemain.

Je ne vous rappelle que pour mémoire ces *Lettres
sur l'Histoire de France*, où, dès 1820, en essayant de
distinguer et de caractériser les époques de l'histoire
nationale, de leur rendre à chacune sa physionomie,
sa couleur, son accent individuel, Augustin Thierry,
sur les traces de Chateaubriand, avait fait rentrer,
pour ainsi dire, la vie avec le sang, dans cette chose
morte qui était l'histoire de France d'Anquetil ou de
Velly. Mais, en outre, et depuis, en 1826, dans son
*Histoire de la Conquête de l'Angleterre par les Nor-
mans*, allant déjà plus loin et poussant plus avant
que Cousin, que Guizot, que Villemain qui s'étaient
bornés, qui devaient se borner, pour mieux dire, à

mettre la littérature en rapport avec les institutions sociales et l'esprit général des temps, il s'était efforcé de fonder l'explication dernière de l'histoire sur les considérations ethnographiques, et de faire ainsi de la persistance de la race à travers les âges l'élément fondamental, et, comme vous le voudrez, la pierre angulaire ou la clé de voûte de son système historique.

Je n'ai d'ailleurs à examiner ici ni comment, par quelles voies — médiocrement scientifiques peut-être, — il en était arrivé à ces théories; ni non plus ce qu'elles valent, et dans quelle mesure les historiens récents de l'Angleterre les admettent encore ou les repoussent aujourd'hui. J'estime seulement, pour ma part, que l'on a trop donné, beaucoup trop, à l'influence du sang ou de la race, et je tâcherai de vous le montrer. Pour le moment, il suffit que vous sachiez, dans la critique et dans l'histoire, l'importance de cette notion; et il suffit, si sans doute Augustin Thierry ne l'a pas débrouillée, ni surtout aperçue le premier, il suffit que le premier du moins il en ait fait l'application en grand, pour ainsi dire, à l'un des grands événements de l'histoire moderne; qu'il l'ait poursuivie, cette application, jusque dans le dernier détail, pendant quatre volumes; et qu'enfin, par son exemple, il en ait montré la fécondité.

Quant à Michelet, c'est la géographie qu'il a fait, lui, entrer ou rentrer dans l'histoire, la géographie, la géologie, la physique, dans cet admirable second volume de son *Histoire de France*, où se trouvent exprimées pour la première fois ces liaisons mystérieuses qui font d'un grand politique ou d'un grand

écrivain, d'un Descartes ou d'un Richelieu, l'abrégé,
si l'on peut ainsi dire, non seulement de leurs compatriotes, mais de la figure même de leur sol natal.
Et, il est bien vrai que l'*Histoire de France* de Michelet
n'a commencé de paraître qu'en 1833; mais comme
nous l'allons voir, Sainte-Beuve était alors encore
assez jeune, et sa méthode encore assez flottante,
pressentie plutôt que définie, pour qu'il ne nous soit
pas permis de douter de l'influence que les généralisations de Michelet ont exercée sur lui.

Si maintenant vous ajoutez l'influence de Fauriel,
et de sa curiosité des questions d'origines; si vous
ajoutez l'influence du *criticisme* allemand, qui flottait
alors un peu partout dans l'air, sous la forme de l'une
de ses doctrines essentielles, celle de la *relativité de
la connaissance*; enfin si vous y joignez l'influence et
l'exemple du renouvellement de la physiologie sous
l'impulsion des Cabanis et des Bichat, vous aurez,
je crois, les origines immédiates de la critique de
Sainte-Beuve. Il s'agit de rechercher ce qu'il y allait
joindre de son fonds.

Il a pris les devants; et, de peur que l'on ne s'y
méprît, il s'est plus d'une fois représenté lui-même
dans l'attitude et sous les traits dont il voulait qu'on
le peignît. Parmi ces fragments autobiographiques,
il y en a un qu'on a souvent cité, comme le plus
caractéristique, et que pour cette raison il faut bien
citer encore. Vous le retrouverez tout à la fin du
troisième volume des *Portraits littéraires* :

Je suis l'esprit le plus brisé et le plus rompu aux méta-
morphoses. J'ai commencé franchement et crûment par le
xviii° siècle le plus avancé, par Tracy, Daunou, Lamarck et

la physiologie : là est mon fond véritable. De là, je suis
passé par l'école doctrinaire et psychologique du *Globe*,
mais en faisant mes réserves, et sans y adhérer. De là j'ai
passé au romantisme poétique, et par le monde de Victor
Hugo, et j'ai eu l'air de m'y fondre. J'ai traversé ensuite,
ou plutôt côtoyé le saint-simonisme, et presque aussitôt
le monde de Lamennais, encore très catholique. En 1837,
à Lausanne, j'ai côtoyé le calvinisme et le méthodisme, et
j'ai dû m'efforcer à l'intéresser. Dans toutes ces traversées,
je n'ai jamais aliéné ma volonté et mon jugement (hormis
un moment dans le monde de Hugo et par l'effet d'un
charme), je n'ai jamais engagé ma croyance, mais je com-
prenais si bien les choses et les gens que je donnais *les
plus grandes espérances* aux sincères qui voulaient me convertir, et qui me croyaient déjà à eux. Ma curiosité, mon
désir de tout voir, de tout regarder de près, mon extrême
plaisir à trouver le vrai relatif de chaque chose et de
chaque organisation, m'entraînaient à cette série d'expériences, qui n'ont été pour moi qu'un long cours de physiologie morale.

Il y a du vrai dans cette confession : il y a aussi
quelques erreurs, involontaires ou délibérées. Le vrai,
c'est ce que Sainte-Beuve y dit des milieux qu'il a
successivement traversés, de sa facilité de métamorphose, de la complexité de son être ondoyant, de ce
que nous appellerons le caractère errant ou vagabond
de son insatiable, de son universelle curiosité. Jamais
homme ne fut pétri d'une argile plus plastique, plus
apte à prendre toutes les formes; jamais homme plus
intelligent, je veux dire plus prompt à se déprendre
de ses idées pour entrer dans celles des autres;
jamais homme enfin plus glissant, plus subtil, plus
souple à échapper aux mains amicales de ceux qui
croyaient le mieux le tenir.

Mais, et sans le chicaner sur ces noms de Tracy, de

Daunou, de Lamarck, lesquels, en passant, sont fort loin de représenter « le xviiie siècle le plus avancé », ce qui est moins vrai, c'est qu'il ait commencé par eux ; et, au contraire, ses *Lettres à l'abbé Barbe*, publiées depuis sa mort, nous le montrent plutôt débutant par cette vague religiosité dont les *Méditations*, datées de 1819, et les *Odes et Ballades*, qui sont de 1822, demeurent encore aujourd'hui l'expression poétique. La distinction alors, dans les belles années de la Restauration, était d'être chrétien à la façon de Chateaubriand, ou bien à celle encore de l'auteur de l'*Essai sur l'Indifférence*. Ce qui est également faux — et heureusement faux, pour l'honneur de Sainte-Beuve, — c'est « qu'il n'ait jamais engagé sa croyance » ; et il a, au contraire, été tour à tour plus sincèrement, plus résolument catholique ou saint-simonien qu'il ne le veut bien dire. Enfin, ce qui n'est pas plus exact, c'est qu'il fût, dès 1825, en possession de la méthode et de l'objet de sa critique. Il ne faisait point d'expériences, ni de cours de « physiologie morale » quand il allait, comme dit l'autre — c'est Henri Heine, — sonnant de la trompette au-devant de Victor Hugo ; et, pour « l'extrême plaisir de trouver le vrai relatif de chaque chose », il se vante là d'une qualité dont il a bien senti tout le prix, mais qu'en somme il n'a jamais eu le courage ou la vertu d'acquérir.

Cette qualité, c'est l'*indifférence* ou l'*impartialité critique*, et personne ne l'a mieux définie que lui, dans un article de ses *Portraits littéraires*, que je vous ai déjà signalé, sur *Bayle et le génie critique*, daté de 1835, ou dans un article encore de ses

Portraits contemporains, sur *Charles Magnin*, daté de 1843.

Voici le premier passage :

Une des conditions du génie critique dans la plénitude où Bayle nous le représente, c'est de n'avoir pas d'*art* à soi, de *style*. Hâtons-nous d'expliquer notre pensée. Quand on a un style à soi, comme Montaigne, par exemple, qui certes est un grand esprit critique, on est plus soucieux de la pensée qu'on exprime, et de la manière aiguisée dont on l'exprime, que de la pensée de l'auteur qu'on explique, qu'on développe, qu'on critique.... De plus, quand on a un art à soi, une poésie, par exemple, comme Voltaire, qui certes est aussi un grand esprit critique,... on a un goût décidé, qui, quelque souple qu'il soit, atteint vite ses restrictions; on a son œuvre propre derrière soi à l'horizon; on ne perd jamais de vue ce clocher-là....

Et, huit ans plus tard, il disait encore, presque dans les mêmes termes :

En général, M. Magnin a une qualité à lui, quand il traite d'un sujet et d'un livre, une qualité que possèdent bien peu de critiques, et qui est bien nécessaire pourtant à l'impartialité : c'est l'indifférence. Je vais me hâter de définir cette espèce d'indifférence.... Voltaire l'a très bien remarqué : « Un excellent critique serait un artiste qui aurait beaucoup de science et de goût, sans préjugés et sans envie : cela est difficile à trouver ». Il ajoute encore : « Les artistes sont les juges compétents de l'art, il est vrai; mais ces juges sont tous corrompus... ». Sans doute, un artiste, sur l'objet qui l'occupe et qui le possède, aura des vues perçantes, des remarques précises et décisives, et avec une autorité égale à son talent, mais cette envie, qui est un bien vilain mot à prononcer, et que chacun repousse du geste loin de soi comme le plus bas des vices, il l'évitera difficilement, s'il juge ses rivaux.... Je l'ai toujours pensé,

pour être un grand critique ou un historien littéraire complet, le plus sûr serait de n'avoir concouru en aucune
branche, sur aucune partie de l'art, ou autrement....

Ces fragments ont le prix d'un involontaire et
d'autant plus significatif aveu. Tout au rebours en
effet d'un Magnin ou d'un Bayle, Sainte-Beuve, lui,
selon son expression , avait commencé par con-
courir dans presque toutes les parties de l'art, historien autant que critique dans son *Tableau de la
poésie française au* XVIᵉ *siècle*, poète avec *Joseph Delorme*, romancier dans *Volupté*; — et, il faut bien le
dire, ni comme romancier ni comme poète, le succès
n'avait répondu à ses ambitions.

N'appuyons pas sur ce point, mais indiquons-le
cependant, **si**, comme je le crois, rien n'a plus contri-
bué, jusque dans ses derniers écrits, à troubler son
impartialité de juge et sa sérénité de critique. Poète
et romancier, parce qu'il avait un art, un style, une
manière à lui, il n'a pu prendre sur lui d'être équi-
table aux poètes ou aux romanciers ses contemporains. Il n'a été généralement juste ni pour Hugo, ni
pour Lamartine, ni pour Vigny, ni pour Musset, ni
pour Balzac ; et même, quand il en a fait, comme souvent, de justes critiques, la justesse en est corrompue
par une espèce d'aigreur qui s'y mêle. Vous en trouverez d'innombrables exemples. Là est aussi l'explication des éloges dont on a remarqué qu'il aimait à
combler ceux du second rang : une Desbordes-Val-
more, qu'il a presque mieux louée qu'il n'a jamais
fait Musset ou Vigny ; un Feydeau, l'auteur de *Fanny*,
pour lequel il a eu plus de complaisance que pour
Balzac ; combien d'autres encore !

Une grande partie de ses jugements est donc ainsi sujette à caution et à revision. J'ajouterai, qu'indépendamment de certaines préventions ou de certains préjugés d'art, il a porté, dans la critique des contemporains, des préventions toutes personnelles, un vif chagrin du succès et de la croissante popularité de ceux dont il avait pu se croire un moment l'émule ou l'égal. Il y a porté aussi des préventions politiques; et il n'a jamais pardonné tout à fait à ses anciens collaborateurs du *Globe* d'être devenus ministres ou ambassadeurs, tandis qu'il continuait de peiner avec honneur dans son logis d'étudiant. Je conçois son sentiment, mais je ne voudrais pas qu'il l'eût publiquement exprimé. Enfin, plus tard encore, quand il se fut rangé du côté de l'Empire, il a eu des complaisances qu'on ne saurait sans doute avoir le rigorisme de lui reprocher, mais qu'il faut bien qu'on dise qu'il a eues. Empressons-nous seulement d'observer que, de l'ensemble de son œuvre, quand on a fait les retranchements nécessaires, il en reste encore assez pour justifier ce que nous disions tout à l'heure : qu'il n'y en a pas de plus considérable dans l'histoire de la critique, ni de plus originale peut-être.

Dans la production successive et dans le développement naturel de cette œuvre, il me semble qu'on peut distinguer cinq *époques,* sur la première desquelles nous pouvons aujourd'hui passer assez rapidement. Comprise entre les années 1824 et 1830, c'est le temps de la collaboration de Sainte-Beuve au *Globe,* et c'est le temps aussi de sa première ferveur romantique. Je dirais volontiers qu'elle appar-

tient plutôt à l'histoire du romantisme qu'à celle de
la critique, et vous pourrez d'ailleurs vous en convaincre, en lisant les *Premiers Lundis*, le premier
volume des *Portraits contemporains*, ou le premier
volume des *Portraits littéraires*.

Mais, si vous y joignez le *Tableau de la poésie
française au* XVIe *siècle*, qui est de 1828, vous verrez
déjà poindre l'aptitude historique dans la manière
même dont Sainte-Beuve a mené sa campagne romantique. Tandis en effet qu'il ne se lasse pas d'attaquer les Rousseau, les Lebrun, les Delille, et de
s'en prendre même à ce « législateur du Parnasse »
— auquel d'ailleurs il fera bientôt réparation ; — d'un
autre côté, c'est dans l'histoire qu'il va chercher la
justification du romantisme, et pour lui donner des
titres, il lui découvre des aïeux. Les romantiques sont
les héritiers d'une tradition longtemps interrompue,
et cette tradition, il s'agit de la rétablir dans ses
droits.... Mais, je le répète, Sainte-Beuve est à peine
encore lui-même, et sa critique, déjà savante, n'a
rien pourtant de très original.

Ce sont les cours de Villemain qui paraissent lui
avoir indiqué sa véritable voie, en lui procurant en
même temps les moyens d'y pousser plus avant que
Villemain lui-même ; et les linéaments de la critique
biographique, encore un peu brouillés, comme je
vous l'ai dit, dans l'œuvre de Villemain, se dessi-
nent avec netteté dans un article sur *Pierre Corneille*, daté de 1828 :

En fait de critique et d'histoire littéraire, il n'est point,
ce me semble, de lecture plus récréante, plus délectable,
et à la fois plus féconde en enseignements de toute espèce

que les biographies bien faites des grands hommes : *non pas les biographies minces et sèches, les notices exiguës et précieuses, où l'écrivain a la pensée de briller, et dont chaque paragraphe est aiguisé en épigramme* — il songe peut-être à Villemain lui-même, et certainement à Suard, à d'Alembert, à Fontenelle, — mais de larges, copieuses, diffuses histoires de l'homme et de ses œuvres : entrer en son auteur, s'y installer, le produire sous ses aspects divers; le faire vivre, se mouvoir et parler, comme il a dû faire; le suivre en son intérieur et dans ses mœurs domestiques aussi avant que l'on peut; le rattacher par tous côtés à cette terre, à cette existence réelle, à ces habitudes de chaque jour dont les grands hommes ne dépendent pas moins que nous autres.

La méthode se précise encore dans un article sur *Diderot*, daté de 1831, dont voici le début :

J'ai toujours aimé les correspondances, les conversations, les pensées, tous les détails du caractère, des mœurs, de la biographie, en un mot, des grands écrivains.... On s'enferme pendant une quinzaine de jours avec les écrits d'un mort célèbre, poète ou philosophe; on l'étudie, on le retourne, on l'interroge à loisir, on le fait poser devant soi.... Chaque trait s'ajoute à son tour, et prend place de lui-même dans cette physionomie qu'on essaye de reproduire.... Au type vague, abstrait, général qu'une première vue avait embrassé, se mêle et s'incorpore par degrés une réalité individuelle, précise, de plus en plus accentuée.... On sent naître, on voit venir la ressemblance; et le jour, le moment où l'on a saisi le tic familier, le sourire révélateur, la gerçure indéfinissable, la ride intime et douloureuse qui se cache en vain sous les cheveux déjà clairsemés, à ce moment l'analyse disparaît dans la création, le portrait parle et vit, on a trouvé l'homme.

Les derniers mots sont caractéristiques : ce n'est plus seulement de la biographie; c'est ici l'introduc-

tion du *portrait* dans la critique. Essayons, sur l'indication de Sainte-Beuve, de reconnaître ce que ce seul
mot enveloppe, et, avec l'anatomie, la physiologie, la
psychologie de l'écrivain, tâchons de discerner les
éléments nouveaux « qui se mèlent et qui s'incorpo-
rent » à la définition de la critique, pour la vivifier
d'abord, l'élargir ensuite, et finalement la transformer.

L'anatomie de l'écrivain, c'est la considération générale et sommaire de son individu physique. Est-il
grand, haut en couleur, est-il bien équilibré, comme
Buffon, ou, au contraire, comme Pope, est-il malingre,
chétif et contrefait? et ces caractères physiques ont-
ils dans son œuvre une traduction qui leur soit en
quelque sorte adéquate? Si deux écrivains ont vécu
dans le même temps, s'ils ont reçu la même éducation générale, s'ils ont touché les mêmes sujets,
ou des sujets analogues, s'ils ont l'un et l'autre la
réputation d'y avoir excellé, comme Bossuet et comme
Pascal, retrouverons-nous dans les *Sermons* de l'un
son admirable équilibre d'esprit, ou, dans les *Pensées*
de l'autre, les stigmates, pour ainsi parler, de ses
longues souffrances? Ou bien encore, celui-ci, comme
Boileau, a peu aimé les femmes, et celui-là, comme
Rousseau, longtemps ou toujours malade, a fini par
mourir fou? La sécheresse du premier, sa continence
et sa frugalité ne se retrouvent-elles pas dans ses
vers, dans le caractère de son style, dans cette
absence de grâces, dans cette sévérité d'ajustements
qui sentent le vieux célibataire? et, au contraire, le
frisson de la maladie de l'autre n'a-t-il point passé
dans sa prose?

Voilà tout un ordre de questions dont à peine encore s'était-on avisé. Elles s'introduisent dans la critique avec Sainte-Beuve; et il ne paraît pas qu'elles soient près de cesser d'en faire l'un des plus vifs attraits. La science y trouve son compte; l'humaine malignité s'y délecte; et les faiblesses des grands hommes réjouissent notre vanité.

La physiologie, déjà plus indiscrète, va plus loin, pénètre plus avant encore, ne se contente pas de ce peu d'indications. Avec le tempérament de l'écrivain quelle a été son hygiène? et, son tempérament lui-même, d'où le tient-il? Montaigne est Gascon et Corneille est Normand. Si nous voulons les connaître à fond, faire dans leur œuvre sa part au sol natal, à l'atmosphère qu'ils ont respirée, il faut donc étudier leur province et leur ville. Mais il faut connaître aussi leur famille, leurs ascendants ou leurs descendants, le père et la mère de Molière, Jean Poquelin, bourgeois de Paris, et Marie Cressé, sa femme; ou les fils de Racine, si peut-être leur père, ayant gardé tout le génie pour lui, ne leur a légué de lui-même que les moins précieuses parcelles.

Mme de Sévigné, je l'ai dit plus d'une fois, semble s'être dédoublée dans ses deux enfants; le chevalier, léger, étourdi, ayant la grâce, et Mme de Grignan, intelligente, mais un peu froide, ayant pris pour elle la raison. Leur mère avait tout; on ne lui conteste pas la grâce, mais à ceux qui voudraient lui refuser le sérieux et la raison, il n'est pas mal d'avoir à montrer la raison dans Mme de Grignan, la raison toute seule, sur le grand pied et dans toute sa pompe. Avec ce qu'on trouve dans les écrits, cela aide et cela guide.

Et la façon dont ils ont vécu, n'y regarderons-nous pas aussi? Celui-ci, La Rochefoucauld, l'auteur des *Maximes*, est un grand seigneur, à qui rien ne semble avoir manqué de ce qui compose le bonheur des hommes; cet autre, Pascal, est né dans une bourgeoisie qui confinait presque à la noblesse, il est né dans l'aisance, et il y a vécu, et il a écrit les *Pensées*; un troisième enfin, La Bruyère, l'auteur des *Caractères*, « né chrétien et Français », a vécu dans une condition subalterne, humilié sous une nécessité contre laquelle il ne pouvait rien.... Mais ici, ce n'est plus de physiologie, c'est de psychologie qu'il s'agit, si tant est que l'on puisse marquer exactement la limite.

Comment donc l'écrivain a-t-il pensé, comment s'est-il comporté sur l'article de l'amour, sur l'article de la religion, sur l'article de la mort? Comment a-t-il conçu son art? Comment a-t-il traité les plaisirs ordinaires des hommes? la table, le jeu, les voyages? Aucune de ces questions n'est désormais indifférente. Aurions-nous les *Pensées*, si la vie n'avait pas été pour Pascal la méditation de la mort, et la mort « le roi des épouvantements »? Indispensable à la connaissance de Pascal lui-même, la question ne l'est pas moins à l'intelligence des *Pensées*. Si Racine n'avait pas été l'élève de Port-Royal, un chef-d'œuvre de plus n'aurait-il pas fait rentrer dans l'ombre la cabale de Pradon? et l'auteur d'*Andromaque* et de *Phèdre* ne s'est-il pas un jour, selon le mot de Nicole, considéré lui-même comme un « empoisonneur public »? Ou aurions-nous enfin *le Lac*, aurions-nous *la Tristesse d'Olympio*, aurions-nous *les*

Nuits si Lamartine, si Hugo, si Musset n'avaient aimé?

Vous voyez, sans que j'aie besoin d'insister davantage, dans quelle série d'autres questions ces questions nous jettent à leur tour. D'étudier l'œuvre d'un grand écrivain, cela devient l'affaire sinon de toute une vie, au moins de longues années; mais, en revanche, et puisque rien n'échappe désormais aux prises de la critique, ni ce qui touche à la vie privée dans ce qu'elle a de plus intime, ni ce qui relève de la vie supérieure de l'esprit, quel agrandissement de l'objet, quel élargissement du point de vue, quelle extension de l'horizon! et, par exemple, avoir fait le tour d'un Pascal ou d'un Voltaire, n'est-ce pas avoir fait le tour du monde?

> Humani generis mores tibi nosse volenti,
> Sufficit una domus....

C'est dans ce genre de critique — anatomique, physiologique et morale — que Sainte-Beuve s'est comme cantonné pendant une douzaine d'années, de 1828 à 1840 environ, poussant dans tous les sens, curieux de toutes choses, apprenant, réfléchissant, vagabondant, peut-on dire, et, selon son mot, semblable à ce tyran de l'antiquité « qui avait trente chambres, et qui ne savait jamais dans laquelle il coucherait le soir ».

Mais ce dilettantisme supérieur avait un grave inconvénient, que Sainte-Beuve n'a pas seulement reconnu, qu'il a voulu signaler lui-même. « Cette critique ne concluait pas »; puisque au milieu de cette diversité d'expériences, si le critique, bien loin

d'en rien perdre, avait au contraire affiné son tact
littéraire et aiguisé sa perspicacité psychologique, il
ne discernait plus le point fixe, le point de départ
sans lequel on peut bien analyser les œuvres, les
développer, les commenter, les expliquer, les admirer aussi, mais non pas les juger. Ce point fixe,
l'étude de Port-Royal allait le lui donner.

J'aimerais ici, si je ne craignais que ce fût trop
s'écarter de notre sujet, vous parler longuement de
ce livre, qui pourrait bien être le chef-d'œuvre de
Sainte-Beuve, et qui est assurément l'un des beaux
livres du xixe siècle. Pour en sentir tout le mérite,
c'est avec le *Port-Royal* du vénérable Clémencet sous
les yeux qu'il faudrait le relire; et, des annales du
bénédictin, quand Sainte-Beuve en transporte sans
scrupule dans son livre des pages entières, admirer
l'air de nouveauté qu'elles y prennent. Tandis qu'en
effet, dans les pages monotones de l'historiographe
du jansénisme, tout s'enveloppe et se fond dans une
teinte grise et uniforme; que M. Singlin n'y diffère
qu'à peine de M. Lemaître, et Arnauld ou Nicole pas
du tout de Pascal; que l'on dirait d'eux tous des
noms dépouillés de substance et des fantômes errants
parmi les ruines éparses d'un cloître abandonné;
tandis qu'à force d'être semblables entre eux dans
l'insignifiance, ils nous désintéressent, pour ne pas
dire qu'ils nous dégoûtent de leur propre histoire,
ainsi réduite à celle d'une querelle de moines récal-
citrants; et tandis qu'enfin, étrangers à leur temps
comme à l'humanité, ce ne sont pas même des fantômes, dont ils n'ont ni la mince consistance, ni
l'apparente visibilité; dans le *Port-Royal* de Sainte-

Beuve au contraire, ils vivent, ils sont faits de chair
et de sang ; la religion, en domptant leurs instincts,
ne les a pas détruits, et nous retrouvons en eux des
hommes de leur siècle, un mousquetaire, comme
Tréville, un corsaire, comme Pontis, un docteur de
Sorbonne, comme Arnauld, des avocats et des diplo-
mates ; nous y reconnaissons nos vertus et nos vices,
l'orgueil du rang, la vanité littéraire, la sourde ambition qui survivent au serment qu'on a fait de les
abjurer, ou, inversement, le détachement du monde,
l'esprit d'abnégation et de charité, l'héroïsme opi-
niâtre qui fit autrefois les martyrs ; et, pour tout
dire en deux mots, nous y reconnaissons dans des
personnes particulières, déterminées et agissantes,
des exemplaires éternels de l'humanité. Voilà, si nous
en avions le temps, ce que j'aimerais à vous montrer. Et, sans doute, pour faire entrer et mouvoir
tout cela dans son cadre, si je pouvais montrer aussi
l'aisance et la souplesse de la composition que Sainte-
Beuve a imaginée, vous partageriez mon avis. Vous
conviendriez avec moi que nous sommes en présence
de l'un des tableaux les plus complets, les plus
vivants qu'il y ait dans aucune littérature, et d'une
création ou d'une invention d'art au-dessus de laquelle
on ne pourrait mettre aucune histoire de Michelet,
aucun roman de Balzac, et aucun drame de Hugo.
Sainte-Beuve le savait bien, quand il revenait sans
cesse à son *Port-Royal* et que, d'édition en édition,
pendant vingt ans, il le perfectionnait, sans en avoir
jamais voulu donner ce que nous appellerions aujour-
d'hui l'*édition définitive*.

Mais du fond de son couvent, si je puis ainsi dire,

ce qu'il rapportait en même temps que ce beau livre,
c'était cette conviction qu'il y a des familles d'esprits
et une hiérarchie de ces familles entre elles. On ne
résiste pas à l'évidence. Qui connaît Arnauld et Pascal
ne saurait les confondre, ni surtout méconnaître la
supériorité du second. C'est ici, si vous le voulez,
que commence la quatrième époque du talent de
Sainte-Beuve, et qu'avec ses *Causeries du Lundi*,
maître de son talent et de sa méthode, il aborde enfin
ce qu'il a lui-même plusieurs fois appelé l'*histoire
naturelle des esprits*.

Il part de ce principe, où sont fondues ensemble son
ancienne manière et la nouvelle, que les mêmes traits
généraux se combinent à l'infini; qu'entre les esprits
comme entre les visages il doit y avoir, il y a des
analogies et des différences; que le principal objet
de la critique doit être désormais de les rechercher,
de les préciser, de les distinguer; et qu'il n'y a pas
d'autre moyen pour cela, dans l'état actuel de la
science, que de procéder à la façon des naturalistes,
c'est-à-dire par *monographies*. Une collection de monographies, telle est la définition qu'on pourrait
donner en deux mots des *Causeries du Lundi*; et, pendant près de vingt ans, telle est l'œuvre à laquelle
Sainte-Beuve s'est consacré tout entier.

L'observation morale des caractères en est encore au
détail, aux éléments, à la description des individus et tout
au plus de quelques espèces.... Un jour viendra, que je
crois avoir entrevu dans le cours de mes observations, un
jour où la science sera constituée, où les grandes familles
d'esprits seront déterminées et connues. Alors, le principal
caractère d'un esprit étant donné, on pourra en déduire

plusieurs autres. Pour l'homme sans doute, on ne pourra
jamais faire exactement comme pour les animaux ou pour
les plantes; l'homme moral est plus complexe; il a ce
qu'on nomme *liberté* et qui, dans tous les cas, suppose
une grande mobilité de combinaisons possibles. Quoi qu'il
en soit, on arrivera avec le temps, j'imagine, à constituer
plus largement la science du moraliste. Elle en est aujour-
d'hui au point où la botanique **en** était avant Jussieu, et
l'anatomie comparée avant Cuvier, à l'état pour ainsi dire
anecdotique. Nous faisons pour notre compte de simples
monographies, nous amassons des observations de détail,
mais j'entrevois des liens, des rapports,... et on pourra
découvrir quelque jour les grandes divisions naturelles qui
répondent aux familles d'esprits.

On peut, d'ailleurs, discuter si Sainte-Beuve a rempli
fidèlement son programme; s'il ne s'est pas plus souvent soucié, comme l'on dit, de suivre sa pointe et de
satisfaire son goût pour l'indiscrétion que de travailler à l'histoire naturelle des esprits. Mais enfin, dans
l'ensemble, il a heureusement caractérisé une œuvre
dont les défaillances d'exécution ne sauraient nous
empêcher de reconnaître la grandeur et la nouveauté.
Unique dans notre langue, la collection des *Causeries
du Lundi* l'est également dans l'histoire de la critique.
Avec un seul mot, Sainte-Beuve a déplacé les bases
de la critique : il en a renouvelé les méthodes en leur
donnant l'exemple de s'inspirer désormais de celles
de l'histoire naturelle; — et j'ajoute qu'en en renouvelant les méthodes et en en déplaçant la base, cependant il en a maintenu l'objet.

C'est, en effet, par là que je veux terminer, en
marquant d'un trait bien précis ce qui distingue; ce
qui sépare les *Nouveaux Lunais* des *Causeries du
Lundi*, et en traçant la limite où Sainte-Beuve a

voulu s'arrêter, car il y a deux ou trois points sur
lesquels il n'a jamais cédé ; et, comme vous l'allez
voir, l'importance en est capitale.

En premier lieu, ce que Sainte-Beuve n'a jamais
admis, ou plutôt, s'il l'avait admis pendant un temps,
ce que l'auteur des *Nouveaux Lundis* n'a plus voulu
concéder, c'est que la critique se réduisît à n'être
que l'expression des jugements ou des goûts personnels du critique.

Nous avons déjà touché ce point, et l'occasion se
représentera pour nous d'y toucher plus d'une fois
encore. Je me borne donc à vous faire observer aujour-
d'hui que si Sainte-Beuve avait persisté dans son
ancien dilettantisme, et surtout dans son individualisme, il n'aurait pas pu proposer à la critique l'objet
que nous venons de dire. Eh oui ! sans doute, nos opinions sont déterminées par nos goûts, qui le sont par
notre nature, qui l'est elle-même par des conditions
dont nous ne sommes pas les maîtres ! Seulement,
l'objet de la critique, c'est de nous apprendre à nous
élever au-dessus de nos goûts ; comme celui de la
morale est de nous apprendre à nous élever au-dessus
de nos instincts ou de nos intérêts ; et comme celui
de la science est de nous apprendre en quelque
manière à sortir de notre humanité pour la considérer
et pour l'étudier du dehors. Mais peu de gens, dit-on,
y parviennent ! Peu de gens aussi parviennent à la
vertu ; et, comme il y a beaucoup de fort honnêtes gens
qui ne sont point proprement vertueux, il y aura donc
beaucoup d'amateurs et peu de critiques ; ce qui me
semble d'ailleurs assez clairement résulter de la revue
que nous venons de passer.

Mais en second lieu, ce que Sainte-Beuve n'a jamais
admis non plus, c'est que, dans la critique des œuvres
littéraires, on fît abstraction du point de vue littéraire,
et que, traitant, je suppose, les tragédies de Racine
ou les comédies de Molière comme de purs documents
sur les mœurs, l'esprit et la société du XVIIᵉ siècle,
on fît abstraction, en parlant de *l'École des femmes* et
d'*Andromaque*, de l'espèce de plaisir qu'elles sont
faites pour nous procurer; — et encore bien moins
de la personne ou de l'individualité de Molière et de
Racine.

Et, en effet, remarquons-le bien, s'il s'était laissé
faire sur ce point; s'il avait consenti qu'en étudiant
Molière ou Racine on oubliât ce qui fait qu'ils sont
Racine et non Pradon, Molière et non pas Poisson ou
Montfleury; s'il avait souffert qu'en les expliquant on
les rapportât tout entiers à d'autres causes qu'eux-
mêmes, il aurait trop évidemment et trop scandaleu-
sement renié ce qui me semble avoir fait, sous les
variations de ses jugements, l'unité et la continuité
de sa méthode : je veux dire la recherche de ce qu'il
y a dans tout artiste ou tout écrivain digne de ce
nom de *différent* de tous les autres, et d'*unique* en
son genre. La contradiction eût été trop flagrante.
Aussi, je le répète, n'a-t-il eu garde d'y tomber. Et,
quant à permettre, d'un autre côté, que, dans une
œuvre d'art, on n'oubliât ou on ne négligeât de considérer que l'art même, il était pour cela trop artiste;
il se souvenait trop d'avoir à son heure été *Joseph
Delorme* et d'avoir écrit *Volupté*.

Voici d'ailleurs, sur l'un et l'autre point, comme il
s'est expliqué dans les *Nouveaux Lundis*, à l'occasion

de l'*Histoire de la Littérature anglaise*, de M. Taine, qui venait de paraître :

A propos de Boileau, puis-je donc accepter ce jugement étrange d'un homme d'esprit, cette opinion méprisante que M. Taine, en la citant, prend à son compte, et ne craint pas d'endosser en passant : « Il y a deux sortes de vers dans Boileau : les plus nombreux qui semblent d'un bon élève de troisième, les moins nombreux qui semblent d'un bon élève de rhétorique » ? L'homme d'esprit qui parle ainsi ne sent pas Boileau poète, et, j'irai plus loin, il ne doit sentir aucun poète en tant que poète. Je conçois qu'on ne mette pas toute la poésie dans le métier; mais je ne conçois pas du tout que, quand il s'agit d'un art, on ne tienne nul compte de l'art lui-même, et qu'on déprécie à ce point les parfaits ouvriers qui y excellent. Supprimez d'un seul coup toute la poésie en vers, ce sera plus expéditif; sinon parlez avec estime de ceux qui en ont possédé les secrets.

Vous rapprocherez ce qu'il dit ici de Boileau de ce qu'il en avait dit dans son *Port-Royal*, où il a mis sa véritable opinion sur l'auteur des *Satires*. Et il disait encore, dans le même article :

Lorsqu'on dit et qu'on répète que la littérature est l'expression de la société, il convient de ne l'entendre qu'avec bien des précautions et des réserves.

L'esprit humain, dites-vous, coule avec les événements comme un fleuve? Je répondrai *oui* et *non*. Mais je dirai hardiment *non* en ce sens qu'à la différence d'un fleuve, l'esprit humain n'est point composé d'une quantité de gouttes semblables. Il y a distinction de qualité dans bien des gouttes. En un mot, il n'y avait qu'une âme au xviie siècle pour faire *la Princesse de Clèves* : autrement il en serait sorti des quantités.

Et, en général, il n'est qu'une âme, une forme particulière d'esprit pour faire tel ou tel chef-d'œuvre. Quand il s'agit de témoins historiques, je conçois des équivalents ; je n'en connais pas en matière de goût. Supposez un grand talent de moins, supposez le monde ou mieux le miroir magique d'un seul vrai poète brisé dans son berceau à sa naissance, il ne s'en rencontrera plus jamais un autre qui soit exactement le même ni qui en tienne lieu. Il n'y a de chaque vrai poète qu'un exemplaire.

Je prends un autre exemple de cette spécialité unique du talent. *Paul et Virginie* porte certainement des traces de son époque : mais si *Paul et Virginie* n'avait pas été fait, on pourrait soutenir par toutes sortes de raisonnements spécieux et plausibles qu'il était impossible à un livre de cette qualité virginale de naître dans la corruption du xviii\ siècle : Bernardin de Saint-Pierre seul l'a pu faire. C'est qu'il n'y a rien, je le répète, de plus imprévu que le talent, et il ne serait pas le talent, s'il n'était imprévu, s'il n'était un seul entre plusieurs, un seul entre tous.

Je ne discute point l'opinion de Sainte-Beuve : je l'expose ; et, comme je vous le disais tout à l'heure, dans l'application des méthodes naturelles à la critique, vous voyez ici précisément où il a voulu s'arrêter. Mais il faut sans doute que les idées, une fois lancées, aillent au bout de leur course, et, le dernier pas, que Sainte-Beuve n'avait pas voulu faire, il était inévitable qu'un plus audacieux le fît. C'est M. Taine que je veux dire, et c'est de son œuvre que je vous parlerai dans notre prochaine conférence. Il convient toutefois, avant que d'en parler, de mentionner aujourd'hui deux hommes dont l'influence a très inégalement, mais très certainement aidé le progrès des idées de M. Taine lui-même : M. Edmond Scherer et M. Ernest Renan.

Théologien et théologien protestant, philosophe et homme politique, n'ayant d'ailleurs jamais écrit que

des articles de *Revues* et de journaux, dont le caractère fragmentaire ne permet pas de saisir aisément
l'unité de son œuvre, je dirais volontiers qu'Edmond
Scherer s'est donné pour tâche d'entretenir les communications de la pensée française avec les littératures étrangères. Nul n'a mieux connu l'Allemagne
et l'Angleterre : l'Angleterre de Wordsworth et celle
de George Eliot, l'Allemagne de Strauss et celle de
Hegel. Si vous voulez l'apprécier à sa véritable valeur,
je vous recommande particulièrement, dans ses *Études
d'histoire religieuse*, un essai sur *Hegel et l'Hégélia-
nisme*, qui fut, en ce temps-là, dans le silence du
second Empire, ce qu'on appelait encore alors un
événement littéraire. Il n'y a plus aujourd'hui d'événement littéraire. Quelle est d'ailleurs sa part précise dans l'évolution de la critique, c'est ce que je ne
saurais vous dire avec exactitude ; je sais seulement
qu'elle ne laisse pas d'avoir été réelle, sinon considérable ; et, en vous déléguant le soin de la mieux définir
quelque jour, je ne pouvais me dispenser de vous la
signaler.

Pour M. Ernest Renan, si vous vous en rapportiez à
la façon dont on parle aujourd'hui de lui, vous croiriez
qu'elle n'a consisté qu'à exagérer ce qu'il s'insinue
toujours de nécessairement *relatif* dans nos opinions
les plus décidées et dans nos jugements les plus absolus. Ce serait une erreur, dont je n'ai pas le temps
de rechercher avec vous l'origine, ni comment elle
s'est répandue ; mais ce serait une erreur.

En réalité, des ouvrages comme l'*Histoire comparée
des Langues sémitiques*, ou des articles comme ceux
qu'il a consacrés à l'*Islamisme*, aux *Religions de l'Anti-*

quité, au *Bouddhisme*, à la *Poésie des Races celtiques*,
ont contribué singulièrement à nous faire voir dans
cette notion de race, dont je vous parlais au commencement de cette leçon, l'élément irréductible
entre tous, celui qui sépare l'humanité en familles
tranchées, le dernier terme enfin de l'analyse littéraire, philologique, linguistique et psychologique,
au delà duquel il n'y a plus rien qu'incertitude et
mystère. Selon son expression, et pour autant qu'il ne
s'est pas absorbé tout entier dans l'*Histoire d'Israël*
ou dans celle des *Origines du christianisme*, la critique
a été pour M. Renan l'art de « rendre une voix aux
races qui ne sont plus » ; et, jusque dans l'étude particulière des individus, c'est à peine eux qu'il a cher-
chés, mais bien plutôt les traits de la race dont ils
furent les représentants. Ce n'est pas là, vous le
voyez, du *scepticisme* ou du *dilettantisme*, puisque, au
contraire, nous le disions tout à l'heure à propos
d'Augustin Thierry, qui fut justement l'un des guides
et des maîtres de M. Renan, c'est donner ou vouloir
donner à la critique, en en mettant le fondement
dans la linguistique et dans l'anthropologie, la certitude et la solidité de la science.

Un autre service, presque plus considérable, ç'a été
d'accroître et d'élargir l'horizon critique des données
de l'orientalisme. Schopenhauer, dans son grand
ouvrage, a quelque part écrit que le XIXᵉ siècle ne
devrait guère moins un jour à la connaissance du
vieux monde oriental que le XVIᵉ siècle, ou généralement l'esprit de la Renaissance, à la découverte ou à
la révélation de l'antiquité gréco-romaine. L'avenir
nous dira s'il exagérait. Mais, en attendant, si vous

considérez que la science des religions, par exemple,
est sortie tout entière des travaux relatifs au bouddhisme, avant lesquels elle manquait de base, parce
qu'elle manquait de terme de comparaison, vous ne
méconnaîtrez pas qu'il a vu juste, en somme, et qu'il
ne s'est pas entièrement trompé. Grâce à son talent
d'écrivain, c'est M. Renan, c'est l'auteur des travaux
que je vous rappelais à l'instant même qui a fait
passer dans l'usage commun de la critique générale,
si je puis ainsi dire, les acquisitions réalisées par un
Eugène Burnouf, l'un encore de ses maîtres, et l'un
des vraiment grands esprits de ce siècle. Par là, c'est
un monde nouveau qu'il nous a ouvert; et quoique
n'ayant pas fait lui-même profession de critique — au
sens du moins où nous sommes convenus de res-
treindre le mot, — par là aussi vous pouvez mesurer
la grandeur du service rendu; et par là enfin, quoique
ses travaux spéciaux nous échappent, M. Renan doit
avoir sa place dans l'histoire ou plutôt dans l'évolution contemporaine.

7 décembre 1889.

NEUVIÈME LEÇON

M. TAINE

1865-1880.

Messieurs,

C'est aujourd'hui de M. Taine que nous allons nous entretenir; et, comme il est encore vivant, comme nous aurons, dès aujourd'hui même, et surtout par la suite, le regret de ne pas toujours nous trouver d'accord avec lui, je me fais tout d'abord un devoir de rendre un juste hommage à la réelle beauté — beauté savante, beauté sévère, beauté laborieuse aussi, mais beauté solide et durable, — à la gran-

deur et à la vigoureuse originalité de son œuvre.
Dans cette carrière nouvelle ouverte à la critique, où
nous l'avons vu s'engager avec Mme de Staël et avec
Chateaubriand, dire en effet que, si Villemain a fait
le premier pas et Sainte-Beuve le second, M. Taine
a fait le troisième, ce ne serait pas assez dire. Mais il
faut dire, et si nous l'avons dit, il faut le répéter, que,
depuis Hegel, personne peut-être en Europe n'a jeté
dans la circulation, sur l'histoire de la littérature et
de l'art, plus d'idées nouvelles, fortes ou profondes —
et vraies ou fausses d'ailleurs, mais en tout cas *suggestives* et provocatrices — que l'auteur de *la Philosophie de l'art.*

Pour traduire ces idées, à peine ai-je besoin d'ajouter
qu'il a trouvé ou qu'il s'est fait un style d'une précision, d'une densité, d'un éclat extraordinaires, dont
je vous dirais bien les défauts, s'ils étaient de notre
sujet, mais dont j'aime mieux louer aujourd'hui sans
restriction la probité jusque dans le paradoxe et la
vérité jusque dans la rhétorique.

Et vous savez enfin, par votre propre expérience,
que, de tous les *penseurs* contemporains, il n'y en a
pas un dont l'influence ait été plus considérable, dont
les idées aient pénétré plus avant, se soient plus
fortement emparées même de ceux qui ne les approuvent point; et de la méthode enfin de qui, sans le savoir
ou sans le vouloir, vous et moi, tous tant que nous
sommes, nous soyons plus profondément imprégnés
ou imbus, si je puis ainsi dire.

C'est ce qui me permettra de passer outre aux
préliminaires, et de ne pas rechercher curieusement
les origines prochaines des idées de M. Taine. Elles

procèdent sans doute, comme celles de Sainte-Beuve,
ou comme celles de Villemain, des idées de ses prédécesseurs, si c'est en histoire et en critique surtout
que chacun de nous est l'héritier de tous ceux qui lui
ont frayé ou aplani les voies. Mais, de quelque source
particulière qu'elles lui puissent venir, il les a faites
siennes, et si fortement marquées à son empreinte
qu'elles lui appartiendront dans l'histoire de la pensée
contemporaine. Je me rappelle à ce propos que l'estimable auteur d'une assez bonne et très copieuse
Histoire de la peinture flamande a cru devoir faire
observer quelque part, qu'avant les *Essais de critique
et d'histoire* et avant l'*Histoire de la littérature anglaise*,
il s'était avisé, aussi lui, que la *race* et le *milieu* ne
laissent pas d'exercer quelque influence sur la production et la nature de l'œuvre d'art. Mais, sans
compter que, comme vous l'avez vu, d'autres aussi
s'en étaient avisés avant lui : Boulainvilliers pour la
race et l'abbé Dubos pour le *milieu*, M. Alfred Michiels
a eu un grand tort : c'est d'être l'auteur de l'*Histoire
de la peinture flamande* et non pas celui de la *Philosophie de l'Art en Italie*, par exemple, ou des leçons
sur l'*Idéal dans l'Art*. Rien n'est nouveau sous le
soleil. Et quand on sait qu'il n'y a pas une comédie
de Molière ou un drame de Shakespeare dont le *sujet*
leur appartienne, on ne peut s'empêcher de trouver
ces revendications de priorité bien puériles.

Que M. Taine, pour bâtir, si je puis ainsi dire, l'édifice de son système, se soit donc servi de quelques
pierres qu'il n'avait point lui-même taillées, ce n'était
pas seulement son droit, c'était son devoir. Exige-t-on
de l'architecte qu'il soit aussi le maçon de son œuvre?

Non, sans doute, mais il suffit qu'au besoin il ne soit
pas incapable de l'être, et qu'il soit le juge compétent
du travail de son entrepreneur. Son habileté, son
talent, son mérite n'est pas là. Le mérite et le talent
de M. Taine, c'est la puissance et la fécondité de son
imagination *constructive*, si je puis hasarder ce mot;
et de ces « magnifiques palais d'idées » où se com-
plaisait jadis à errer la pensée des grands métaphy-
siciens, c'est son vrai titre de gloire qu'il y en ait peu
d'aussi vastes et d'aussi beaux que le sien. Seulement,
ce que l'on essayait avant lui de construire dans les
nuages, il a, lui, essayé de le fonder en terre, plus
solidement, avec des matériaux qui fussent à l'abri de
l'injure du temps; et ces matériaux il les a demandés
ou empruntés à la science. Que voudrait-on qu'il eût
fait davantage ? Ce que l'on n'avait jusqu'à lui qu'entrevu ou que soupçonné, il l'a dégagé ; ce qui était
épars, il l'a rassemblé, relié, ordonné ; et ce qui
n'était qu'une divination ou qu'un pressentiment, chez
Sainte-Beuve lui-même, il en a fait, nous l'allons voir,
une méthode entière.

C'est ce qui me permet également de ne pas m'at-
tarder aux influences de milieu qu'il a subies, sans
doute, comme tout le monde, et parmi lesquelles je
me contenterai de vous signaler, en passant, celles de
la métaphysique allemande, du positivisme français
et du naturalisme anglais. C'est la dernière, vous ne
l'ignorez pas, qui l'a décidément emporté chez
M. Taine, depuis quinze ou vingt ans, et, à cette occasion, je ne jurerais pas qu'une admiration excessive
pour l'Angleterre n'ait altéré plus d'une fois chez lui
l'impartialité du critique et de l'historien. Ajoutez-y,

si vous le voulez, l'influence aussi du progrès de ces études orientales, dont nous parlions l'autre jour. Enfin, mettez l'influence des progrès scientifiques récents, et en particulier de ceux de la physiologie générale ou de l'histoire naturelle.

Les naturalistes ont remarqué que les divers organes d'un animal dépendent les uns des autres, que, par exemple, les dents, l'estomac, les pieds, les instincts et beaucoup d'autres données varient ensemble suivant une liaison fixe, si bien que l'une d'elles, transformée, entraîne dans le reste une transformation correspondante. *De même* les historiens peuvent remarquer que les diverses aptitudes et inclinations d'un individu, d'une race, d'une époque sont attachées les unes aux autres, de telle façon que l'altération d'une de ces données observée dans un individu voisin, dans un groupe rapproché, dans une époque précédente ou suivante, détermine en eux une altération proportionnée de tout le système. — Les naturalistes ont constaté que le développement exagéré d'un organe dans un animal, comme le kanguroo ou la chauve-souris, amenait l'appauvrissement ou la réduction des organes correspondants. *Pareillement* les historiens peuvent constater que le développement extraordinaire d'une faculté, comme l'aptitude morale dans les races germaniques ou la faculté métaphysique et religieuse chez les Indous, amène chez les mêmes races l'affaiblissement des facultés inverses. — Les naturalistes ont prouvé que, parmi les caractères d'un groupe animal ou végétal, les uns sont subordonnés, variables, parfois affaiblis, quelquefois absents; les autres, au contraire, comme la structure en couches concentriques dans une plante, ou l'organisation autour d'une chaîne de vertèbres, dans un animal, sont prépondérants et déterminent tout le plan de son économie. *De la même façon*, les historiens peuvent prouver que, parmi les caractères d'un groupe ou d'un individu humain, les uns sont subordonnés et accessoires, les autres, comme la présence prépondérante des images ou des idées, ou bien encore l'aptitude

plus ou moins grande aux conceptions plus ou moins
générales, sont dominateurs, et fixent d'avance la direction
de sa vie ou de ses intentions....

Mais il est inutile de poursuivre davantage, et vous
le voyez dès à présent : M. Taine, prenant au pied
de la lettre cette expression d'*histoire naturelle des
esprits*, qui n'était pas pour Sainte-Beuve beaucoup
plus qu'une métaphore, M. Taine y voit la définition
de l'objet même de la critique, de son objet actuel;
il la réalise; il l'*objective*, si je puis ainsi dire; et il se
propose d'en tirer les conséquences presque infinies
qui s'y trouvent effectivement contenues :

La méthode moderne que je tâche de suivre, dit-il encore
ailleurs,... consiste à considérer les œuvres humaines en
particulier comme des faits et des produits dont il faut
marquer les caractères et chercher les causes, rien de
plus. Ainsi comprise, la science ne proscrit ni ne pardonne :
elle constate et elle explique.... Elle fait comme la botanique, qui étudie avec un intérêt égal, tantôt l'oranger et
tantôt le sapin, tantôt le laurier et tantôt le bouleau : elle
est, elle-même, une sorte de botanique appliquée, non aux
plantes, mais aux œuvres humaines.

Ce qu'il y a d'ailleurs de légitime ou d'excessif dans
cette comparaison, et si l'on peut ainsi traiter les
« œuvres humaines » comme on fait les « plantes »
ou les « animaux », c'est ce que nous aurons plus
tard à examiner nous-mêmes. Sainte-Beuve là-dessus
faisait au nom de la *liberté* les réserves que vous
avez vues l'autre jour. Je tâcherai de vous montrer
qu'indépendamment de toute hypothèse sur le libre
arbitre — et au contraire jusque sous la loi du plus
rigoureux déterminisme, — il y a, dans l'œuvre de

l'homme, au moins un élément que cette comparaison y néglige. Nous verrons aussi, dans un instant, que M. Taine, d'un autre côté, n'a pas pu s'en tenir à cette indifférence entière, et que sa critique, en dépit d'elle, a souvent « proscrit » et souvent « pardonné ». Mais, pour le moment, ce qui nous importe ici, c'est de bien saisir la direction que les *Essais de critique et d'histoire*, ou les belles leçons sur la *Nature de l'œuvre d'art*, indiquaient aux esprits. Après l'histoire, et après la psychologie, c'était la science, toutes les sciences ensemble, pour ainsi dire, qui s'introduisaient dans la critique; et, de littéraire qu'elle demeurait encore chez l'auteur des *Causeries du Lundi*, la critique tendait devenir proprement scientifique. Dans quelle mesure y a-t-elle réussi?

Posons d'abord le principe. De même donc que toutes les parties d'un organisme vivant sont entre elles dans un rapport de corrélation ou de connexion nécessaire, ainsi, toutes les parties d'une œuvre, ou d'un homme, ou d'une époque, ou d'une civilisation, ou d'un peuple donné, forment ensemble un système lié, c'est-à-dire dont aucune partie ne saurait varier sans entraîner, dans sa variation même, une variation correspondante de tous les autres. C'est ce que M. Taine a lui-même appelé la *loi des dépendances mutuelles*, et, parmi les preuves qu'on peut donner de sa réalité, nous n'avons qu'à choisir.

Regardez donc autour de vous, ou, peut-être, prenez-vous vous-même pour exemple. Si vous aimez passionnément la musique de Wagner, le *Parsifal* ou la *Walkure*, je n'ai pas besoin que vous m'en disiez davantage, et vous devez aimer, vous aimez

ou vous aimerez la peinture de M. Puvis de Chavannes
ou celle de M. Gustave Moreau, vous aimerez les
préraphaélites, et non seulement Pérugin ou Ghirlan-
dajo, mais les Mantegna et les Botticelli. Vous préférerez également Lucas Cranach à Albert Dürer lui-
même, et Memling ou les Van Eyck à Rubens. Pareillement, en littérature, l'éducation classique vous pourra
bien retenir sur la pente, mais, au fond du cœur, vous
inclinerez vers les *symbolistes*, et vous oserez à peine
le dire, mais vous saurez un jour par cœur les « vers »
inégaux de M. Paul Verlaine ou les « proses » de
M. Stéphane Mallarmé. Tout cela se tient ou se com-
mande ; tout cela n'a pas même besoin, pour être soli-
daire, de s'engendrer l'un de l'autre. Si vous aimez
une certaine littérature, vous préférerez une certaine
musique, avant de l'avoir entendue, d'en avoir entendue même aucune ; et voilà un exemple du « système » que nos goûts peuvent former entre eux.
    En voici un des connexions qui rattachent ensemble
toutes les parties d'une même civilisation, à un moment donné de son histoire, et que peut-être vous
rappellerez-vous que je vous ai déjà mis sous les
yeux. La formation de la société précieuse au commencement du xviie siècle, le développement du jansénisme et la réforme de Port-Royal, la philosophie
cartésienne et le *Discours de la méthode*, la fondation
de l'Académie française et la politique de Richelieu,
les tragédies de Racine et les *Oraisons funèbres* de
Bossuet, quoi encore ? les jardins de Le Nôtre et une
ordonnance de Colbert sur la procédure, autant d'actions, comme dit M. Taine, d'un « homme idéal et
général » que nous pouvons appeler l'homme du

xviiᵉ siècle, et autant d'exemplaires d'une même organisation ou composition d'esprit. Et non seulement
tout cela se tient, mais ne semble-t-il pas que tout
cela se tienne presque nécessairement? et la preuve,
c'est que de chacun de ces faits nous ne pouvons avoir
une intelligence entière, qu'à la condition de connaître
les autres, et la nature précise du rapport qu'ils soutiennent avec lui.

Et voici un exemple enfin de ces liaisons qui joi-
gnent, par delà les frontières nationales et à travers
le temps, jusqu'aux époques successives d'un même
âge de l'histoire. Si l'on retrouve, en effet, tout le
moyen âge politique et poétique dans la *Divine
Comédie* de Dante, si vous en retrouvez toute la religion dans une cathédrale gothique, et s'il est vrai, si
l'on peut dire que la *Somme* de saint Thomas d'Aquin
en résume toute la science et toute la philosophie, ne
peut-on pas dire aussi qu'il n'y a rien qui ressemble
plus que la *Somme* de saint Thomas à une cathédrale
gothique, si ce n'est précisément la *Divine Comédie*
de Dante? Ou plutôt, il n'importe que ces trois monuments d'une pensée commune ne soient pas de la
même date, et' ils demeurent comme le témoignage
de je ne sais quoi de plus général qui planerait en
quelque sorte au-dessus du temps. Le moyen âge y
respire encore tout entier. Si nous n'en avions hérité
rien d'autre ni de plus, c'en serait assez pour nous
permettre de le reconstituer. Et qui sait? avec un peu
d'audace et un peu de bonheur surtout, si, n'ayant
conservé que la *Somme* et la *Divine Comédie*, nous
n'y retrouverions pas l'épure ou l'idée de la cathédrale?

Malheureusement, ce qui est plus difficile que de constater l'existence de ces connexions, et d'en établir la réalité sur autant d'exemples que l'on voudra, c'est d'en prouver la *nécessité*, sans laquelle, pourtant, n'y ayant que rencontre ou coïncidence, vous entendez bien qu'il n'y a pas de « science » au sens propre du mot. Quelque étroite que soit la relation de la tragédie de Racine ou de l'éloquence de Bossuet avec les autres parties de la civilisation du xviie siècle, on ne peut pas démontrer qu'elle soit nécessaire, puisque aussi bien, l'une et l'autre, elles sont contemporaines de l'éloquence de Bourdaloue, par exemple, et de la tragédie de Thomas Corneille, qui ne leur ressemblent guère. Mais je vais plus loin, et je dis que l'on démontrerait beaucoup plus aisément le contraire. En effet, si ce qu'il y a de plus caractéristique de l'éloquence de Bossuet, c'est la présence de Bossuet lui-même dans son discours; et si, comme Sainte-Beuve nous le faisait observer l'autre jour, ce qu'il y a d'unique dans la tragédie de Racine, c'est ce que tout autre que Racine eût été incapable d'y mettre, qu'est-ce à dire, sinon que la relation dont on cherche à déterminer la nature, étant toute personnelle, est essentiellement contingente?

Il y a donc bien des « dépendances »; et j'accorde que les œuvres de la littérature et de l'art soient « conditionnées » par elles; mais, dès à présent, je ne puis m'empêcher d'observer que, bien plus que des autres parties de la civilisation, *Andromaque* et *Iphigénie*, ou l'*Oraison funèbre d'Henriette d'Angleterre* dépendent, sinon du hasard, tout au moins de l'apparition de Bossuet ou de Racine? Et si l'on dit que

cette apparition même est conditionnée par des « lois »,
comme le reste, alors je réponds qu'on équivoque sur
le mot de « loi » ; le propre de la loi consistant, si je
ne me trompe, en ce qu'elle nous permet, ou de
« prévoir » ou de « pouvoir ». Je ne sache pas que
l'on ait trouvé jusqu'ici le moyen de faire naître à
volonté des Bossuets ou des Racines, ni qu'on puisse
calculer quand il en paraîtra.

Tout ce que l'on peut faire — et c'est ce qu'a fait
M. Taine, — c'est donc uniquement, dans les parties
d'une même civilisation ou parmi les caractères d'un
même individu, de distinguer le principal d'avec l'accessoire, l'important d'avec ce qui l'est moins, et le
caractère *essentiel* ou *dominateur* d'avec les caractères
secondaires.

Vous savez ce que c'est, dans le langage de l'histoire naturelle, qu'un caractère essentiel, et M. Taine
lui-même nous le rappelait il n'y a qu'un instant.
C'est un caractère dont la variation entraîne de soi
celle de tous les autres, et, conséquemment, dont
la présence détermine ou règle toute seule la constitution de l'animal entier. Si, par exemple, la nature
du système dentaire du lion le destine à se nourrir
de proie vivante et le système dentaire du cheval
à se repaître d'herbe, la différence du système dentaire, entraînant celle de la nourriture, entraîne
aussi celle de l'appareil digestif, qui entraîne celle de
l'appareil musculaire, qui entraîne celle du système
respiratoire, qui entraîne celle de l'appareil de la circulation, de telle sorte que le cheval et le lion nous
apparaissent comme essentiellement différenciés l'un
de l'autre par la nature de leur système dentaire. On

dit alors que la nature du système dentaire est un
caractère *essentiel* ou *dominateur*; et c'est effectivement
ce qu'exprime la classification quand elle range le
lion parmi les *carnassiers*, et le cheval parmi les *her-*
bivores.

Je vous renvoie d'ailleurs, pour de plus amples
détails — dont vous ne sauriez être trop curieux, —
au livre d'Agassiz sur *l'Espèce et la Classification*, ou
encore et surtout à celui que Milne-Edwards a jadis
donné sous le titre d'*Introduction à la Zoologie géné-*
rale. Vous y apprendrez bien des choses, et celle-ci
notamment, qui a son prix, qu'il s'en faut de beaucoup, qu'en zoologie même, le caractère *essentiel* ou
dominateur ait l'importance absolue qu'on lui a quelquefois attribuée.

C'est au surplus ce que je vous montrerais — sans
avoir besoin d'invoquer pour cela l'autorité des zoolo-
gistes, — si seulement nous considérions la définition
qu'on propose du caractère *essentiel*. En tant que
définis par leurs caractères *essentiels*, ne prouverait-
on pas, en effet, que le tigre est un lion, ou que le
cheval est un âne? Ce qui revient à dire que ce qui
les distingue l'un de l'autre, c'est justement ceux de
leurs caractères que la zoologie n'appelle pas *essen-*
tiels. Le tigre et le lion sont des vertébrés, sont des
mammifères, sont des carnassiers, sont des félins; et
pareillement l'âne et le cheval sont des équidés, sont
des herbivores, sont des mammifères, sont des vertébrés. Le caractère dominateur, qui les différencie
comme représentants de leur famille ou de leur
classe, ne les différencie déjà qu'à peine comme représentants de leur genre ou de leur espèce. A plus forte

raison, ne peut-on pas dire qu'il les *individualise*. Semblablement, et pour rentrer dans le plein de notre sujet, en tant qu'un drame ou qu'un roman expriment et traduisent l'esprit général de leur temps, c'est précisément en cela qu'ils ne sont pas seuls de leur espèce, uniques et inimitables, qu'ils sont *le Grand Cyrus* au lieu de *la Princesse de Clèves*, *Astrate* ou *Bellérophon* au lieu de *Britannicus* ou d'*Athalie*. C'est également en cela qu'ils sont presque anonymes.... Mais comme c'est encore une question que nous retrouverons, je passe, et je viens à la manière dont M. Taine a essayé de déterminer ce caractère *essentiel*.

Il a donc reconnu les données élémentaires de la psychologie générale, et, sous l'influence de la race, du milieu et du moment, il s'est proposé d'étudier les variations qu'elles subissaient; par suite, les positions successives qu'elles prenaient, si je puis ainsi dire, les formes nouvelles qu'elles affectaient, les combinaisons imprévues qu'elles constituaient. Rappelez-vous là-dessus qu'il suffit, pour défrayer la diversité des combinaisons de la chimie organique, de trois ou quatre corps, pas davantage, unis ou combinés dans des proportions différentes. Rappelez-vous également que nous avons, tous tant que nous sommes, un front, un nez, deux yeux, une bouche, disposés d'une manière respectivement analogue, et que cela suffit pourtant à composer l'infinie dissemblance des visages humains. *Entia non multiplicanda sunt praeter necessitatem*, disait la philosophie scolastique; et je traduirais volontiers l'aphorisme en disant que le nombre n'est pas la condition de la complexité.

Ce qu'on appelle *la race* — nous dit M. Taine dans son *Histoire de la littérature anglaise*, — ce sont ces dispositions innées et héréditaires que l'homme apporte avec lui à la lumière et qui ordinairement sont jointes à des différences marquées dans le tempérament et dans la structure du corps.... Il y a naturellement des variétés d'hommes, comme des variétés de taureaux et de chevaux, les unes braves et intelligentes, les autres timides et bornées, les unes capables de conceptions et de créations supérieures, les autres réduites aux idées et aux inventions rudimentaires, quelques-unes appropriées plus particulièrement à certaines œuvres, et approvisionnées plus richement de certains instincts, comme on voit des races de chiens douées, les unes pour la course, les autres pour le combat, les autres pour la chasse, les autres enfin pour la garde des maisons ou des troupeaux.

C'est ainsi qu'un Anglais diffère d'un Français, ou, pour mieux dire encore — et ne pas brouiller des choses qui doivent demeurer distinctes, — c'est ainsi qu'un Anglo-Saxon, remué de Normand, diffère d'un Gallo-Romain, croisé de Germain. Ils n'ont ni le même tempérament, ni la même nature physique, ni les mêmes aptitudes originelles d'esprit : Voltaire n'eût pas pu naître à Londres, ni Shakespeare à la Ferté-Milon. A plus forte raison, les Aryens diffèrent-ils des Sémites, les *Védas* de la *Bible* ou du *Coran*, et Valmiki, l'auteur présumé du *Ramayana*, d'Isaïe ou de Jérémie. La capacité métaphysique, l'aptitude aux grandes synthèses, extraordinaire chez les Aryens de l'Inde, jusqu'à en être morbide, est faible, ou pour mieux dire, elle est nulle chez les Sémites. Et la différence enfin devient aussi grande qu'il se puisse, l'opsition aussi profonde, l'impossibilité de s'entendre et de communiquer aussi radicale, quand on com-

pare l'homme jaune à l'homme blanc, le Chinois,
par exemple, au Sémite lui-même ou à l'Aryen,
Confucius avec Mahomet, et Lao-Tseu avec Çakya-
Mouni.

Si l'on dit vrai, si l'on ne se méprend pas sur la
nature de ces différences, c'est ce qu'il nous faudra
bientôt examiner. Je crois au moins qu'on exagère;
et, dès aujourd'hui, faites attention que l'inaptitude
métaphysique des Espagnols ou des Portugais, par
exemple, étant ou du moins paraissant aussi radicale
dans l'histoire que celle des Sémites eux-mêmes, s'il
y a pourtant un métaphysicien au monde qui soit
digne de son nom, c'est ce Sémite portugais qui
s'appelait Spinosa. Pareillement, si vous cherchez
dans vos lectures une impression de surprise, d'étonnement, d'étrangeté, lisez les *Védas* ou lisez le
Bhagavata-Pourana, qui sont cependant des poèmes
aryens; mais si vous voulez vous retrouver, au
contraire, en pays de connaissance et pour ainsi
dire en famille, lisez les odelettes ou les chansons
de Thou-Fou et de Li-taï-pé, qui sont pourtant bien
des Chinois authentiques. Et lorsque l'on nous dit
enfin que Shakespeare n'eût pas pu naître en France,
pourquoi faut-il, qu'en ce moment même, on soit en
train d'essayer de prouver en Angleterre que l'auteur
du *Roi Lear* et d'*Hamlet* est un Celte?

L'influence du *milieu*, plus facile d'ailleurs à saisir,
me paraît plus considérable aussi que celle de la
race. Nous en avons dit quelques mots tout au début
de ces leçons. Le *milieu*, comme son nom l'indique,
c'est l'ensemble des circonstances environnantes, capables au besoin, et même assez communément, de

modifier la race même. Nous subissons l'influence du
milieu politique ou historique, nous subissons l'influence du *milieu* social, nous subissons aussi l'influence du *milieu* physique. Mais il ne faut pas oublier
que si nous la subissons, nous pouvons pourtant aussi
lui résister; et vous savez sans doute qu'il y en a de
mémorables exemples. Celui de la peinture hollandaise n'est pas le moins éloquent, qui s'est développée,
avec ses scènes d'intérieur, dans le temps même que
la Hollande ne savait pas si le soleil du lendemain se
lèverait sur son indépendance ou sur sa servitude.

Si l'on songe à ce que l'histoire du xviiᵉ siècle hollandais
contient d'événements — dit à ce propos Eugène Fromentin,
dans ses *Maîtres d'autrefois,* — à la gravité des faits militaires, à l'énergie de ce peuple de soldats et de matelots, à
ce qu'il souffrit; si l'on imagine le spectacle que le pays
pouvait offrir en ces temps terribles, on est tout surpris
de voir la peinture se désintéresser à ce point de ce qui
était la vie même du peuple.

On se bat à l'étranger, sur terre et sur mer, sur les
frontières et jusqu'au cœur du pays : à l'intérieur on se
déchire, Barneveldt est décapité en 1619, les frères de Witt
sont massacrés en 1672.... La guerre est en permanence
avec l'Espagne, avec l'Angleterre, avec Louis XIV.... La
guerre de la Succession d'Espagne s'ouvre avec le nouveau
siècle, et l'on peut dire que tous les peintres de la grande
et pacifique école dont je vous entretiens sont morts sans
avoir cessé presque un seul jour d'entendre le canon.

Ce qu'ils faisaient pendant ce temps-là, leurs œuvres nous
l'apprennent. Leurs portraitistes peignaient leurs grands
hommes de guerre, leurs princes,... eux-mêmes ou leurs
amis. Les paysagistes habitaient les champs, rêvant, dessi-
nant des animaux, copiant des cabanes,... peignant des
arbres, des canaux et des ciels.... Les autres ne sortaient
guère de leur atelier que pour fureter autour des tavernes,
rôder autour des lieux galants, en étudier les mœurs....

Et c'est qu'en effet, si nous subissons l'influence du milieu, un pouvoir que nous avons aussi, c'est de ne pas nous laisser faire, ou, pour dire encore quelque chose de plus, c'est de conformer, c'est d'adapter le milieu lui-même à nos propres convenances. Tous les naturalistes aujourd'hui sont d'accord en ce point; et, sans doute, ils ne nient point l'influence du milieu; mais ils sont très éloignés de lui donner, même en zoologie, l'importance qu'elle semble avoir dans la doctrine de M. Taine. La doctrine de l'évolution, dont on pourrait presque dire, comme vous le verrez, que les conclusions ont annulé l'influence de la race, ne nie pas sans doute, comme nous le verrons aussi, l'influence du milieu, mais il faut convenir qu'elle l'a singulièrement réduite.

En revanche, tout ce qu'elle enlevait à l'influence du milieu, mais surtout de la race, nous pouvons dire, il faut dire qu'elle le donnait ou qu'elle le rendait à l'influence du *moment*.

Outre l'influence de l'impulsion permanente et du milieu donné — nous dit à ce propos M. Taine, — il y a la vitesse acquise. Quand le caractère national et les circonstances environnantes opèrent, ils n'opèrent point sur une table rase, mais sur une table où des empreintes sont déjà marquées. Selon qu'on prend la table à un *moment* ou à un autre, l'empreinte est différente, et cela suffit pour que le total soit différent.

Considérez, par exemple, deux moments d'une littérature ou d'un art, la tragédie française sous Corneille et sous Voltaire, le théâtre grec sous Eschyle et sous Euripide, la poésie latine sous Lucrèce et sous Claudien, la peinture italienne sous Vinci et sous Le Guide.... Il en est ici d'un peuple comme d'une plante, la même sève, sous la même température et sous le même sol, produit, aux divers

degrés de son élaboration successive, des formations différe-
rentes, bourgeons, fleurs, fruits, semences, en telle façon
que la suivante a toujours pour condition la précédente, et
naît de sa mort.

C'est ce qu'avaient dit, avant M. Taine, Voltaire,
dans son *Siècle de Louis XIV*, et même Boileau, vous
l'avez vu, dans sa *Lettre à M. Perrault*, mais ils ne
l'avaient pas si bien dit, et surtout ils n'en avaient
pas si bien vu les conséquences.

Avec le *moment*, en effet, et rien qu'avec le *moment*,
tout ce qu'il y a, dans l'œuvre littéraire, de réelle-
ment explicable par les causes générales, je me char-
gerais de l'expliquer. Voulez-vous savoir la vraie
cause, si je puis ainsi dire, de la tragédie de Voltaire? Cherchez-la d'abord dans l'individualité de Voltaire, et surtout dans la nécessité qui pesait sur lui,
tout en suivant les traces de Racine et de Quinault,
de faire pourtant autre chose qu'eux. Et quant au
drame romantique, le drame de Dumas et d'Hugo,
j'oserais dire que sa définition est contenue tout entière dans la définition de la tragédie de Voltaire,
dont il n'est que la contradiction. Le romantisme
au théâtre n'a pas voulu faire ceci ou cela ; il a
voulu faire le contraire du classicisme, — et, pour
le dire en passant, c'est la principale raison de son
avortement.

Bien loin donc ici que nous reprochions à M. Taine
d'avoir trop donné à l'influence du *moment*, nous lui
donnerons, vous le verrez, bien davantage encore, et
nous essayerons d'établir qu'en littérature comme en
art — après l'influence de l'individu, — la grande
action qui opère, c'est celle des œuvres sur les œuvres.

Ou nous voulons rivaliser, dans leur genre, avec ceux qui nous ont précédés; et voilà comment se perpétuent les procédés, comment se fondent les écoles, comment s'imposent les traditions : ou nous prétendons faire autrement qu'ils n'ont fait; et voilà comment l'évolution s'oppose à la tradition, comment les écoles se renouvellent, et comment les procédés se transforment.

M. Taine en serait lui-même un exemple, au besoin. S'il n'avait pas été précédé de Sainte-Beuve, Sainte-Beuve de Villemain et Villemain de Mme de Staël et de Chateaubriand, soyez-en sûr, il n'aurait écrit ni les *Essais de critique et d'histoire*, ni l'*Histoire de la littérature anglaise*, ni la *Philosophie de l'art*. Et ne me dites pas qu'ayant vécu dans un autre temps, il a donc vécu dans un autre *milieu*, mais dites-moi qu'il a vécu dans un autre *moment*. Félicitez-vous-en d'ailleurs, vous qui vivrez à votre tour dans un autre, et qui, comme il l'est lui-même à ses prédécesseurs, lui serez ainsi redevables d'avoir exprimé pour vous celles mêmes de ses idées que vous croirez devoir contredire et combattre.

Cependant la méthode n'est pas achevée, et il reste maintenant à conclure. Effectivement, on peut bien dire, en termes généraux, après et avec M. Taine, dans son *Histoire de la littérature anglaise*, que « comme on n'étudie la coquille que pour connaître l'animal, de la même façon, nous n'étudions les œuvres que pour connaître les hommes »; mais on ne peut pas longtemps en soutenir la gageure.

Car en premier lieu, quand nous lisons un poème ou un roman, l'*Iliade* ou *Gil Blas*, notre première observation n'est pas du tout, comme le dit M. Taine, que « ce poème ou ce roman ne se sont pas faits tout seuls » ; elle est pour nous intéresser à ce qu'ils nous font connaître de nous-mêmes, et, si vous le voulez, à ce qu'ils nous apprennent sur les contemporains de Lesage ou d'Homère. Mais, la curiosité qui nous vienne la dernière, c'est celle de savoir comment Job avait le nez fait et si Valmiki fut heureux en ménage. Il y a trop de « romantisme » encore dans cette façon d'entendre la critique.

En second lieu, quand cela serait vrai, quand nous ne nous préoccuperions que du poète ou du romancier dans son œuvre, et de lui seulement, il nous faudrait encore, pour le reconnaître, commencer par le distinguer lui-même de tous les romanciers ses confrères ou de tous les poètes ses prédécesseurs. Ce n'est pas le rapport de l'animal avec sa coquille qui intéresse le naturaliste, ou du moins, ce qui l'intéresse bien davantage, c'est le rapport de la coquille et de l'animal, avec un autre animal et une autre coquille ; et c'est, par conséquent, de leur assigner leur véritable place à tous deux dans la série des coquilles et des animaux.

D'où il suit, en troisième lieu, puisque les œuvres sont, par hypothèse ou par définition, le témoignage des hommes, qu'il en faut donc arriver à la classification des œuvres ; et pour les classer il faut les comparer ; et pour les comparer il faut commencer par les juger. C'est ce que M. Taine lui-même n'a pas pu se défendre de faire. Il a « proscrit » et il a « pardonné », pour me servir des expressions que vous l'entendiez prononcer tout à l'heure ; et, après avoir un peu bien dédaigneusement traité ceux qui « pardonnaient » et ceux qui « proscrivaient », nul, à ma connaissance, depuis quinze ou vingt ans, n'a « proscrit » ou « pardonné » davantage.

C'est que nous avons beau faire, nous pouvons bien méconnaître la nature des choses, et la nier au besoin, mais nous ne pouvons pas la détruire. L'ancienne esthétique ou l'ancienne critique « donnait *d'abord* la définition du beau », nous dit quelque part M. Taine; et, partant de là, « elle absolvait, condamnait, admonestait et guidait ». Mais tout le tort qu'elle avait, vous l'avez vu — et je pense qu'il est assez considérable, — c'était de commencer par la fin, et de poser en principe une définition du beau que son objet même est de rechercher. Les définitions sont le terme de la science, elles n'en sont point le début.

Mais qu'elles en demeurent l'objet, c'est de quoi M. Taine a dû s'apercevoir quand, chargé d'enseigner l'esthétique à l'école des Beaux-Arts, il s'est aperçu que la sculpture grecque, la peinture hollandaise et la peinture italienne avaient un autre intérêt, plus profond et plus *actuel*, que de refléter pour nous l'état d'âme d'un contemporain de Barneveldt, de Léon X ou de Périclès. Lui aussi, il a bien fallu qu'il donnât sa « définition du beau »; il a bien fallu qu'il cherchât un principe de distinction et de classification des œuvres; il a bien fallu qu'il se fît enfin un *criterium* — si j'ose, en parlant de lui, me servir de cette expression, — et comme il est, d'ailleurs, le plus consciencieux des hommes, il en a pris son parti; et il s'en est fait un, dans ses leçons sur *l'Idéal dans l'art.* Vous y trouverez le complément de son esthétique, et pour ainsi parler, le couronnement de son système, puisque depuis lors, vous le savez, il s'est détourné de la critique pour s'appliquer uniquement à l'histoire.

Ce qu'il avait dit du caractère *essentiel* ou *dominateur* lui procurait un premier moyen de mesurer la valeur relative des œuvres de la littérature et de l'art

A la surface de l'homme sont des mœurs, des idées, un genre d'esprit qui durent trois ou quatre ans : ce sont ceux de la mode et du moment. Un voyageur qui est allé en Amérique ou en Chine ne retrouve plus le même Paris qu'il avait quitté. Il se sent provincial et dépaysé.... Les variations de la toilette mesurent les variations de ce genre d'esprit : de tous les caractères de l'homme c'est le plus superficiel et le moins stable.... Au-dessous s'étend une couche de caractères un peu plus solides : elle dure vingt, trente, quarante ans, environ une demi-période historique. Nous venons d'en voir finir une, celle qui eut son centre aux alentours de 1830.... Nous arrivons aux couches du troisième ordre, celles-ci très vastes et très complètes. Les caractères qui les composent durent pendant une période historique complète, comme le moyen âge, la Renaissance ou l'époque classique.... Mais un peuple, dans le cours de sa longue vie, traverse plusieurs renouvellements et pourtant il reste lui-même, non seulement par la continuité des générations qui le composent, mais encore par la persistance du caractère qui le fonde. En cela consiste la couche primitive : par-dessous les puissantes assises que les périodes historiques emportent, plonge et s'étend une assise plus puissante que les périodes historiques n'emportent pas.... Si vous cherchiez plus bas, vous trouveriez des fondements plus profonds,....par-dessous les caractères de peuples sont les caractères de races.... Enfin, au plus bas étage, se trouvent les caractères propres à toute race supérieure et capable de civilisation spontanée.... A cette échelle des valeurs morales, correspond, échelon par échelon, l'échelle des valeurs littéraires.

Je le veux bien, quoique d'une part, comme je vous l'ai fait observer, le caractère *essentiel* ou *dominateur* ne le soit peut-être pas plus en littérature ou en art qu'en histoire naturelle ; et quoique, d'autre part, cet appareil scientifique nous ramène à ce qu'il y a de plus classique, si je puis ainsi dire, dans le *classicisme*. La valeur d'une œuvre littéraire est proportionnelle au degré de permanence ou de généralité des caractères qu'elle exprime, voilà ce que veut dire M. Taine ; et, pour en aboutir là, ce n'était peut-être pas la peine de tant médire de l'ancienne esthétique, si Boileau, nous l'avons vu, quand il célébrait le pouvoir de la raison, n'entendait pas autre chose. Il est vrai que M. Taine y aboutit par des chemins tout nouveaux ; et que, ce qui n'était fondé jusqu'alors que sur un pressentiment juste, mais arbitraire, il le fonde, comme vous le voyez, sur l'analogie scientifique. N'en demandons pas davantage, et — sauf à discuter au besoin l'application du principe — retenons-en l'énonciation.

Pouvons-nous également retenir ce qu'ajoute M. Taine, que, pour déterminer la valeur de l'art, il faut, après le degré d'importance du caractère, en considérer le degré de bienfaisance ? « Toutes choses égales d'ailleurs, l'œuvre qui exprime un caractère bienfaisant est supérieure à l'œuvre qui exprime un caractère malfaisant. Deux œuvres étant données, si toutes deux mettent en scène, avec le même talent d'exécution, des forces naturelles de la même grandeur, celle qui représente un héros vaut mieux que celle qui représente un pleutre. » Je voudrais en être plus sûr, et conformément à ce principe, je serais

heureux, avec M. Taine, de voir renaître l'ancienne
hiérarchie des genres. Mais, en vérité, lorsque passant
à l'application, je vois les « Esther et les Agnès de
Dickens » mises au-dessus de la Cléopâtre ou de la
lady Macbeth de Shakespeare, *Grandison* et *la Mare
au Diable* proclamés supérieurs à *la Cousine Bette* ou
à *Don Quichotte* — et pourquoi pas aussi la comédie
de Molière mise au-dessous de celle de Marivaux? —
alors, je l'avoue, je commence d'entrer en défiance,
et je crains que le *criterium* ne soit à la fois insuffisant et douteux; je crains même qu'il ne devienne
aisément dangereux.

Dangereux, je suis obligé, pour aujourd'hui, de me
contenter de vous le dire, car si je voulais vous montrer qu'il l'est, c'est la question même de la *Moralité
dans l'art* qu'il me faudrait approfondir, — et je ne puis
le faire incidemment. Mais il suffit qu'il favorise la
confusion de la morale et de l'art, qui ne sont point,
certes, contradictoires; qui, peut-être, ne sauraient
se passer l'un de l'autre; mais qui pourtant ne sont
pas la même chose. En réglant la « classification des
valeurs littéraires » sur la « classification des valeurs
morales » on court le risque de mettre très haut dans
l'échelle des valeurs, une œuvre qui, comme *Grandison*, est aussi mortellement ennuyeuse qu'elle est
vertueuse. On court le risque également de classer
trop bas des œuvres qui, comme l'*École des Femmes* ou
Tartuffe, roulant sur la dérision des ridicules ou des
vices de l'humanité, ne sauraient jamais avoir le degré
de « bienfaisance » d'une berquinade ou d'une ber-
gerie; — et cependant vous savez si les *Tartuffe* sont
rares. Vous voyez la difficulté. Et je ne sais d'ailleurs

si nous en trouverons nous-mêmes une solution, mais
en attendant, c'est assez que vous ayez vu que le *criterium* tiré du degré de bienfaisance du caractère peut
être dangereux, et qu'en le qualifiant de ce nom, je
n'ai point parlé au hasard.

Mais ce que je crois que je puis dire avec plus d'assurance encore, c'est qu'il a contre lui d'être insuffisant et douteux. Sous prétexte, par exemple, que
« la volonté est une puissance, et, considérée en soi,
qu'elle est un bien » mettrons-nous *Rodogune* au-dessus de *Phèdre*; et, généralement, attribuerons-nous
au théâtre de Corneille une valeur supérieure à celui
de Racine? L'hésitation est au moins permise. Et
si le déploiement de la volonté qui s'exerce est l'âme
de l'action dramatique, tandis qu'au contraire le
propre du roman est de nous la montrer dominée ou
vaincue par les circonstances, faudra-t-il donc en tirer
cette conclusion que, d'une manière générale, et en
soi, la forme dramatique est supérieure à la roma-
nesque? Je ne le pense pas, ou du moins, de quelque
manière qu'on tranchera la question, ce sera pour
d'autres raisons, tirées d'ailleurs que de la « bienfaisance du caractère » que les œuvres manifestent? Le
principe de la distinction des genres ou de la classification des œuvres est situé plus profondément. Et
certes, comme vous le verrez, je suis très éloigné de
nier le pouvoir de la *sympathie* dans l'art, mais je
l'entends d'une autre manière, assez différente, moins
morale et plus esthétique.

Il est vrai qu'à ces deux principes, M. Taine en ajoute
un troisième, qu'il appelle le *degré de convergence des
effets*, et qu'il définit en ces termes :

Il faut encore que, dans l'œuvre d'art, les caractères dont nous avons reconnu la valeur deviennent aussi dominateurs qu'il se pourra. C'est ainsi seulement qu'ils recevront leur éclat et leur relief; de cette façon seulement ils seront plus visibles que dans la nature. Pour cela, il faut évidemment que toutes les parties de l'œuvre d'art contribuent à les manifester. Aucun élément ne doit rester inactif ou tirer l'attention d'un autre côté : ce serait une force employée à contresens. En d'autres termes, dans un tableau, une statue, un poème, un édifice, une symphonie, tous les effets doivent être *convergents*. Le degré de cette convergence marque la place de l'œuvre, et vous allez voir une troisième échelle se dresser à côté des deux premières pour mesurer la valeur des œuvres d'art.

Cela veut dire, si je l'entends bien — car il me semble qu'ici M. Taine est moins clair que d'habitude, — cela veut dire que, pour qu'une œuvre atteigne la perfection de son genre, il faut que l'on y trouve, premièrement, le caractère dominateur et notable dont elle est l'expression, simplement et fortement conçu ; en second lieu, tous les moyens propres à en manifester l'importance ; troisièmement et enfin, une forme, ou un style, ou une valeur d'exécution capable de les éterniser.

Soit, par exemple, une madone de Raphaël ou une tragédie de Racine, la *Madone de Saint-Sixte* ou la *Vierge de Foligno*, *Andromaque* ou *Britannicus*. Ce qui en fait la valeur, ce qui les met à un degré éminent dans l'histoire de l'art, c'est le style, c'est l'arabesque heureuse de la composition dans la *Madone de Saint-Sixte*, et c'en est la savante ingéniosité dans *Andromaque* ; c'est le choix des formes et des expressions dans la toile de Raphaël — je voudrais pouvoir dire, c'est le choix aussi des couleurs, — et c'est celui

des mots et l'élégance achevée des contours dans la
tragédie de Racine ; c'est l'effet total de perfection
dans la mesure qui se dégage du tableau, et de dignité
dans la passion qui résulte du drame. Mais, cet effet
lui-même, il a pour conditions préalables, et pour
fondements cachés, le choix et la méditation des
moyens les plus propres à le produire. Vous en com-
prendrez le prix si vous comparez à cet égard l'*Andromaque* de Racine au *Pertharite* de Corneille, dont
on veut que Racine se soit inspiré ; ou encore si vous
comparez les *Vierges* de Raphael à celles de Mignard.
Et comme enfin ce que la *Madone* du peintre et l'*Andromaque* du poète expriment ou manifestent avec
un éclat et surtout une justesse unique, c'est l'un des
caractères à la fois les plus « importants » et les
« plus bienfaisants » qu'il y ait — puisque c'est l'amour
maternel, — nous pourrons dire et nous dirons avec
raison qu'elles sont belles l'une et l'autre parce que
la convergence des effets, toujours si rare, n'a jamais
été plus complète.

Telle est, je crois, dans son ensemble, la doctrine
de M. Taine, et chemin faisant, je pense en avoir suffisamment indiqué les points douteux ou faibles pour
qu'il soit inutile d'y revenir en terminant. D'ailleurs,
comme je vous l'ai dit, si je n'accepte point toutes
les idées de M. Taine, c'est une partie de l'objet de
ce cours que de vous en donner les raisons. Sur toutes
ces questions, nous aurons bientôt à revenir, et
nous les prendrons au point où M. Taine les a lais-
sées. J'aime donc mieux insister sur quelques-unes des
conclusions qui se dégagent de la critique de M. Taine
lui-même, et qui mesurent, pour ainsi parler, le rap-

port qui subsiste toujours entre la critique ancienne
et la nouvelle, puisque le sens commun et le langage
courant, qui ne s'y trompent guère, continuent de les
désigner toujours sous le même nom.

Il semble donc, quoi que l'on fasse — et encore une
fois l'évolution des idées de M. Taine en est la preuve,
— il semble qu'on ne puisse pas traiter la littérature
ou l'art comme des documents, et qu'on doive tôt ou
tard, après en avoir proclamé la *relativité*, y réintro-
duire la notion de l'*absolu*, sous le nom de beauté. S'il
se peut que la littérature ou l'art soient l'*expression
de la société*, ce n'est pas là leur objet; ou du moins
ils en ont un autre; et, comme la société même ou
comme la religion, ils ont en eux-mêmes leur raison
d'être. Phidias n'a point sculpté les frises du Parthénon, Michel-Ange n'a point peint les voûtes de la
Sixtine, Shakespeare n'a point écrit *Macbeth* ou *le Roi
Lear*, pour qu'après de longues années la curiosité des
érudits traitât leurs chefs-d'œuvre comme un docu-
ment d'archives, et s'enquît par leur intermédiaire de
la psychologie de l'homme de la Renaissance ou du
Grec d'il y a deux mille ans. Que si d'ailleurs nous ne
pouvons dire nous-même quel est l'objet de l'art, nous
pouvons dire au moins ce qu'il n'est pas; et certes,
il y a longtemps que les poètes auraient cessé d'écrire,
et les peintres de peindre, s'ils ne s'étaient proposé
rien de plus ni d'autre que de traduire l'état d'âme de
leurs contemporains, ou s'ils s'étaient aperçus qu'on
limitait leur fonction sociale à celle de scribe ou de
greffier de l'esprit de leur temps. La réalisation de
la beauté, voilà où ils ont tendu; et quiconque prétend les juger sur ses tendances à lui, plutôt que sur

les leurs, je ne sais pas ce qu'il fait, mais ce n'est pas de la critique.

Car — vous l'avez également vu par l'exemple de M. Taine — il faut *juger* et il faut *classer*, en dépit qu'on en ait, et il l'avoue lui-même :

> Dans le monde imaginaire comme dans le monde réel, *il y a des rangs divers* parce qu'il y a des valeurs diverses. Le public et les connaisseurs assignent les uns et estiment les autres. *Nous n'avons pas fait autre chose depuis cinq ans, en parcourant les écoles de l'Italie, des Pays-Bas et de la Grèce. Nous avons toujours, et à chaque pas, porté des jugements.* Sans le savoir nous avions en main un instrument de mesure. Les autres hommes sont comme nous, et en critique comme ailleurs il y a des vérités acquises. Chacun reconnaît aujourd'hui que certains poètes, comme Dante et Shakespeare, certains compositeurs, comme Mozart et Beethoven tiennent la première place dans leur art. *On l'accorde à Goethe, parmi les écrivains de notre siècle;* parmi les Hollandais, à Rembrandt; parmi les Vénitiens, à Titien. Trois artistes de la Renaissance italienne : Léonard de Vinci, Michel-Ange et Raphaël, montent d'un consentement unanime au-dessus de tous les autres.

Il serait difficile d'être plus explicite; et je ne saurais trop m'étonner que l'on s'autorise de l'œuvre et du nom de M. Taine quand on soutient qu'indifférente à la beauté des œuvres, la critique n'aurait plus qu'à s'occuper de leur « signification ». C'est lui faire tort de la moitié de son œuvre, et, pour l'avoir de son côté, c'est commencer par en rayer la moitié de ce qu'il a pensé.

Bien loin d'ailleurs qu'en essayant de conformer ses méthodes à celles de l'histoire naturelle la critique s'écarte de son objet, en tant qu'il est de classer, de juger et de comprendre — ou, pour parler plus exac-

tement de comprendre d'abord, de juger ensuite et
de classer enfin, — je crois que l'exemple de M. Taine
nous prouve plutôt qu'elle s'en rapproche.

Car, de classer, nous l'avons déjà dit plusieurs fois.
il suffit d'entendre toute la portée du mot pour ne
pas douter que la classification soit l'une des fins de
l'histoire naturelle. Voyez encore là-dessus le livre
d'Agassiz que je vous indiquais tout à l'heure, ou celui
d'Hæckel, sur l'*Histoire naturelle de la création.* Mais
pour ce qui est de juger, si les naturalistes font profession de s'en abstenir, et bornent, comme ils disent,
leur ambition à « constater » on ne s'en douterait pas à
lire leurs livres, et il faut dire alors qu'ils ont la cons-
tatation prodigieusement admirative. La nature, pour
eux, est remplie de merveilles, et sur la diversité,
sur l'ingéniosité, sur la singularité des moyens dont
elle use pour réaliser ses plans ils ne tarissent pas
d'exclamations et d'enthousiasme. « Il est intéressant
de contempler un rivage luxuriant, tapissé de nombreuses plantes appartenant à de nombreuses espèces,
abritant des oiseaux qui chantent dans les buissons,
des insectes ailés qui voltigent çà et là, des vers qui
rampent dans la terre humide, si l'on songe que ces
formes si admirablement construites, si différemment
conformées, et dépendantes les unes des autres d'une
manière si complexe ont toutes été produites par des
lois qui agissent autour de nous. » De qui croyez-vous
que soit cet hymne aux lois de la nature? de Bernardin de Saint-Pierre? ou de Fénelon, peut-être?
Non; mais bien de Darwin; et il fait, s'il vous plaît,
la conclusion du livre de l'*Origine des espèces.*

Quand, au surplus, le naturaliste s'abstiendrait de

juger et de mêler à l'observation des faits l'expression
de la surprise, ou de l'étonnement, ou de la joie qu'il
y trouve, qu'en résulterait-il? que la critique et l'histoire naturelle sont deux? qu'il y a dans l'homme
quelque chose d'autre et de plus que dans l'animal?
et que la civilisation diffère enfin de la nature? On ne
prétend point le contraire; et, pour ma part, je ne
sache guère de vérité dont je sois plus fermement
convaincu. Mais, comme la civilisation, si elle est en
partie l'œuvre de la volonté, est en partie aussi l'œuvre
de l'instinct; comme les productions de l'homme,
pour différer de celles de la nature, ne laissent pas
pourtant d'avoir quelques traits de communs avec
elles; et comme enfin, quand elles sont détachées une
fois de leur auteur, les œuvres vivent, d'une vie
propre et indépendante, on dit seulement que la connaissance des lois de la nature ne saurait manquer
de jeter une grande clarté sur l'intelligence des lois
qui gouvernent le développement des œuvres de
l'homme. Vous en avez vu quelques exemples aujour-
d'hui même; nous en verrons d'autres et de plus nombreux par la suite; et si l'honneur d'avoir indiqué
l'assimilation appartient à Sainte-Beuve, c'est à
M. Taine que l'on saura gré, dans l'avenir, d'en avoir
démontré la justesse et la fécondité.

Ce que je crains seulement, c'est qu'il ne nous ait
rendu la tâche étrangement difficile. Autrefois, en
effet, du temps encore de Sainte-Beuve, du temps de
Villemain, et à plus forte raison du temps de Mme de
Staël et de Chateaubriand, pour faire de la critique, il
suffisait d'avoir l'esprit juste, du goût, l'usage du
monde; — et au besoin quelque talent. On se laissait

aller à sa pente « La critique souvent n'est pas une
s ience, disait La Bruyère il y a deux cents ans, c'est
un métier, où il faut plus de santé que d'esprit, plus
de travail que de capacité, plus d'habitude que de
génie. » M. Taine a changé tout cela. Pour faire
aujourd'hui de la critique, il faudrait commencer par
avoir fait le tour des idées ; et, passant non seulement ses frontières, mais aussi celles de son temps, il
faudrait que le critique fût également informé de la
littérature française et de la scandinave ; qu'il connût
l'art chinois aussi bien que l'art italien ; qu'il eût une
opinion raisonnée sur les origines du christianisme
et sur celles du bouddhisme. Ce n'est pas tout encore.
Ni les méthodes particulières des sciences, de l'histoire naturelle ou de la physiologie, de la chimie
même, ni les moyens techniques des arts ne devraient
lui être étrangers : car, comment parler de peinture,
par exemple, ou de musique, si l'on n'est soi-même
un peu peintre ou un peu musicien ? Et il faudrait
aussi que « brisés et rompus à toutes les métamor-
phoses », comme disait Sainte-Beuve ; et capables
ainsi, non seulement de tout comprendre, mais de
tout sentir, de nous faire une âme grecque pour
admirer le Parthénon, et une âme romaine pour
jouir du Colisée, Italiens avec Dante, Anglais avec
Shakespeare, Gaulois avec Molière, il faudrait que
nous eussions encore le pouvoir de nous retirer, de
nous abstraire de nos propres plaisirs pour en être
tour à tour, ou l'un après l'autre, le sujet passionné
et le juge impartial. N'y a-t-il pas, en effet, dans
toutes les grandes œuvres de la littérature ou de
l'art un je ne sais quoi qui ne se révèle ou qui ne se

donne qu'à la sympathie? Mais il faudrait surtout
nous connaître nous-mêmes, savoir ce qu'il s'insinue
de nous, sans que nous le sachions d'ordinaire, dans
nos impressions et dans nos jugements; en quoi et
combien ils diffèrent presque inévitablement de ce
qu'ils sont chez les autres ou de ce qu'ils devraient
être; quelle est, en chaque cas enfin, la quantité dont
il faut que nous les corrigions pour les réduire à la
justesse et à la vérité. Puisqu'il y en a parmi nous
qui sont insensibles, par exemple, à de certaines
couleurs, ou du moins qui les prennent constamment
l'une pour l'autre, il y en a sans doute aussi qui sont
insensibles à de certaines qualités d'art, qui le seront
toujours, qui devront donc le savoir, et qui devront
compter eux-mêmes avec leur insensibilité....

C'est beaucoup; et, ainsi comprise, la critique pas-
serait les forces d'un homme, ce qu'il faut éviter, de
peur, comme l'a dit quelqu'un, que le jour qu'elle se
tairait « le monde ne fût dévoré par la superstition
et la crédulité en tout genre ». Les charlatans alors
deviendraient les maîtres des hommes. Mais il faut
tâcher pourtant de nous conformer à un mouvement
qu'il serait aussi vain que présomptueux de vouloir
enrayer; et, du mieux que nous le pourrons, c'est ce
que nous tâcherons de faire cette année.

Pour cela, comme je vous l'ai dit, nous n'aurons
qu'à prendre la critique au point où nous venons
d'en amener l'histoire, — qui n'en est pas l'histoire,
je le répète encore une fois, mais l'esquisse seulement, très rapide et très sommaire, de ce que pourrait être une telle histoire. Et dès la prochaine fois
— puisque notre projet n'est autre que d'emprunter

de Darwin et de Hæckel le secours que M. Taine a
emprunté de Geoffroy Saint-Hilaire et de Cuvier, —
j'essayerai de vous résumer, dans ses origines, dans
son développement, et dans sa diffusion, la doctrine
de l'évolution.

10 décembre 1889.

TABLE DES MATIÈRES

TROISIÈME LEÇON

Boileau-Despréaux (1665-1685).

QUATRIÈME LEÇON

La querelle des Anciens et des Modernes (1690-1720).

HUITIÈME LEÇON

L'œuvre de Sainte-Beuve (1830-1865).

NEUVIÈME LEÇON

M. Taine (1865-1880).

1523-13. - Coulommiers. Imp. PAUL BRODARD. - P11-13.

LIBRAIRIE HACHETTE ET Cie

BOULEVARD SAINT-GERMAIN, 79, A PARIS

LES

GRANDS ÉCRIVAINS FRANÇAIS

ÉTUDES SUR LA VIE
LES ŒUVRES ET L'INFLUENCE DES PRINCIPAUX AUTEURS
DE NOTRE LITTÉRATURE

Notre siècle a eu, dès son début, et léguera au siècle prochain un goût profond pour les recherches historiques. Il s'y est livré avec une ardeur, une méthode et un succès que les âges antérieurs n'avaient pas connus. L'histoire du globe et de ses habitants a été refaite en entier; la pioche de l'archéologue a rendu à la lumière les os des guerriers de Mycènes et le propre visage de Sésostris. Les ruines expliquées, les hiéroglyphes traduits ont permis de reconstitué l'existence des illustres morts, parfois de pénétrer jusque dans leur âme.

Avec une passion plus intense encore, parce qu'elle était mêlée de tendresse, notre siècle s'est appliqué à faire revivre les grands écrivains de toutes les littératures, dépositaires du génie des nations, interprètes de la pensée des peuples. Il n'a pas manqué en France d'érudits pour s'occuper de cette tâche; on a publié les œuvres et débrouillé la biographie de ces hommes fameux que nous chérissons comme des ancêtres et qui ont contribué, plus même que les princes et les capitaines, à la formation de la France moderne, pour ne pas dire du monde moderne.

Car c'est là une de nos gloires, l'œuvre de la France a été accomplie moins par les armes que par la pensée, et l'action de notre pays sur le monde a toujours été indépendante de ses triomphes militaires : on l'a vue prépondérante aux heures les plus douloureuses de l'histoire nationale. C'est pourquoi les maîtres esprits de notre littérature intéressent non seulement leurs descendants directs, mais encore une nombreuse postérité européenne éparse au delà des frontières.

Depuis que ces lignes ont été écrites, en avril 1887, la collection a reçu la plus précieuse consécration. L'Académie française a bien voulu lui décerner une médaille d'or sur la fondation Botta. « Parmi les ouvrages présentés à ce concours, a dit M. Camille Doucet dans son rapport, l'Académie avait distingué en première ligne la *Collection des Grands Écrivains français...* Cette importante publication ne rentrait pas entièrement dans les conditions du programme, mais elle méritait un témoignage particulier d'estime et de sympathie. L'Académie le lui donne. » (Rapport sur le concours de 1894.)

J.-J. JUSSERAND.

LIBRAIRIE HACHETTE ET. C⁣ⁱᵉ

BOULEVARD SAINT-GERMAIN, 79, A PARIS

LES
GRANDS ÉCRIVAINS FRANÇAIS

ÉTUDES SUR LA VIE
LES ŒUVRES ET L'INFLUENCE DES PRINCIPAUX AUTEURS
DE NOTRE LITTÉRATURE

Chaque volume in-16, orné d'un portrait en héliogravure, broché. 2 fr.

LISTE DANS L'ORDRE DE LA PUBLICATION
DES 56 VOLUMES PARUS

J.-J. ROUSSEAU, par M. *Arthur Chuquet*, professeur au Collège de France.

LESAGE, par M. *Eugène Lintilhac.*

DESCARTES, par M. *Alfred Fouillée*, de l'Institut.

VICTOR HUGO, par M. *Léopold Mabilleau*, professeur de Faculté.

ALFRED DE MUSSET, par M. *Arvède Barine.*

JOSEPH DE MAISTRE, par M. *George Cogordan.*

FROISSART, par Mme *Mary Darmesteter.*

DIDEROT, par M. *Joseph Reinach.*

GUIZOT, par M. *A. Bardoux*, de l'Institut.

MONTAIGNE, par M. *Paul Stapfer*, professeur de Faculté.

LA ROCHEFOUCAULD, par M. *J. Bourdeau.*

LACORDAIRE, par M. le comte *d'Haussonville*, de l'Académie française.

ROYER-COLLARD, par M. *E. Spuller.*

LA FONTAINE, par M. *G. Lafenestre*, de l'Institut.

MALHERBE, par M. le duc *de Broglie*, de l'Académie française.

BEAUMARCHAIS, par M. *André Hallays.*

MARIVAUX, par M. *Gaston Deschamps.*

RACINE, par M. *G. Larroumet*, de l'Institut.

MÉRIMÉE, par M. *Augustin Filon.*

CORNEILLE, par M. *G. Lanson.*

FLAUBERT, par M. *Émile Faguet*, de l'Académie française.

BOSSUET, par M. *Alfred Rebelliau.*

PASCAL, par M. *É. Boutroux*, membre de l'Institut.

FRANÇOIS VILLON, par M. *G. Paris*, de l'Académie française.

ALEXANDRE DUMAS PÈRE, par M. *Hippolyte Parigot.*

ANDRÉ CHÉNIER, par M. *Émile Faguet*, de l'Académie française.

LA BRUYÈRE, par M. *Morillot*, professeur de Faculté.

FONTENELLE, par M. *Laborde-Milaå.*

CALVIN, par M. *A. Bossert*, inspecteur général de l'Instruction publique.

VOLTAIRE, par M. *G. Lanson.*

MOLIÈRE, par M. *G. Lafenestre*, de l'Institut.

AGRIPPA D'AUBIGNÉ, par M. *S. Rocheblave.*

L'AMARTINE, par M. *R. Doumic*, de l'Académie française.

BALZAC, par *Émile Faguet*, de l'Académie française.

RONSARD, par M. *J.-J. Jusserand.*

Chaque volume, format in-16, broché, avec un portrait en héliogravure. **2 fr.**

Coulommiers. — Imp. PAUL BRODARD. — Pé-13-1800.